布迪厄與台灣當代女性小說

劉乃慈 著

台灣 **學生書局** 印行

布迪厄與台灣當代女性小說

目　次

自序：機巧與正巧

　　這本書的必然源於機巧與正巧的偶然，而內心的驚喜則啟於新連結的嘗試。2009 年年末，我在研究所開設「女性主義與台灣文學批評」的課程正要進入收尾的階段。某次課後，無意間聽到一位男學生對身邊同學說：乾脆把布迪厄的場域理論跟女性主義加起來用好了。那時他正神情輕鬆地準備與其他同學一塊步出教室。雖然他的話不是對著我說，當下我的心卻是涼了一截，感慨著上學期的布迪厄與這學期的女性主義是不是都白教了？前者講求一套客觀實證的分析架構，後者強調政治性的批判論述策略，彼此如何相容？

　　必須承認我對這位學生多少存在一些主觀意見，出自他在課堂上的種種學習表現，讓我覺得他這個發想有大部分是出自好玩、機巧（witty）的反應。那時的我怎麼也沒想到，這個機巧竟會意外撞擊出我對女性文學研究的新視野，啟動日後《布迪厄與台灣女性小說》這本小書問世的契機。學生的無心之言，促成我的有意之舉，不得不說這個機巧來得正巧。事隔七年，再回想這一切的起始，我真該好好謝謝他的。

　　一個源自課堂上連事件都稱不上的經驗，不時纏繞在我的記憶裡，提醒我學術習氣的根深蒂固。「當女性主義遇到布迪厄」，這點不是什麼驚人的大發現，歐美女性主義社會學陣營早

在二○○○年前後掀起一陣討論，只是這類思考在人文學門裡乏人關注罷了。我倒不認為、也不會將此現象歸因於人文比其它學科發展遲緩，反而是更深刻感受到各學門潛在的知識遊戲規則侷限。往往，訓練有素的專家們，都被有形無形的規則牢牢捆縛而不自覺。良適的訓練當然會導引研究者往更優質的知識面向開展，有些規則何妨嘗試突破，不意的收穫也值得期待。

　　我在這本書裡嘗試脫離我個人的文學研究習氣，特別是上個世紀末後結構女性主義文學批評的思考慣性。事實上，我做著與其他研究者差不多的事，所以關於寫作此書的心跡都保留在書內正文裡，序言再提就真的是索然無味了。把一套道理清楚說出來其實很簡單，不過任誰都可以同意，悟出道理的過程需要痛苦的時間醞釀。讓人願意長時間浸泡在不舒服的迷宮暈眩狀態，為的也不過是頓悟的剎那，那份孤獨自愉的小雀躍。

　　本書出版，首先要感謝科技部歷年專題研究計畫所給予的支持（「MOST-100-2410-H-006-045」、「MOST-102-2410-H-006-103」、「MOST-103-2410-H-006-078」），也要感謝這一路上默默鼓勵或者不以為然的朋友們。學生書局陳蕙文小姐在整個編輯過程的細心盡力，謹此一併致謝。最後將此書，再次獻給我摯愛的父母。

劉乃慈　二○一六冬至・台南

導論：
台灣女性文學研究的建制與轉移

一、當代學術場域裡的「台灣女性文學」位置

　　「台灣文學研究」自九〇年代初在本地學院內生根，到九〇年代末「台灣文學系所」的相繼成立，是學術場域快速變遷以及進步的象徵。「台灣文學」的學術體制化在九〇年代逐步落實，可以從以下幾個重要面向來觀察。例如，台灣文學學術會議的舉辦、國家台灣文學館自籌備到正式運作、台灣文學系所的設置、各種母語和鄉土教材列入國民小學課程（應鳳凰 1996）。這和稍早的八〇年代，是需要透過自發性的民間力量來緩慢推動，其實踐意義與運作規模已不可同日而語。「台灣文學」從學科範疇的畫分與界定，到高等教育體制內專業系所的成立（1997 年全台第一間「台灣文學系」在淡水工商管理學院成立，2000 年第一間「台灣文學研究所」在成功大學設置），乃至 2007 年左右我們便能看到相關「台灣文學博士」的陸續出現。另一個體制化的指標還在於「台灣文學研究」由早期肩負的歷史情感和文化使命，越來越走向學術規範的專業化過程。例如 2007 年集合學院學者協力完成的《台灣小說史論》，其撰述準則定要遵循「言必

有據」，已與早前由民間知識分子執筆的台灣文學史相關著述大不相同。再者，當代的台灣文學研究不論是在史料的挖掘考據、研究範疇的擴展、方法學的吸收與調整，皆展現出台灣文學研究的多元詮釋觀點，凸顯此一學科蓬勃朝氣的發展現況。

　　此中，「台灣女性文學研究」（the studies of Taiwanese Women's literature）展現的豐沛學術成果，又是「台灣文學」在學術場域內做為一門新興、獨立學科並且蓬勃發展的顯著指標之一[1]。這個鮮明的指標，必須奠基在過去三十年間的學術場域變動而成[2]。或者換個角度來說，是台灣當代學術場域裡與之相關的三股力量／位置的交互作用，共同打造出「台灣女性文學研究」的現有成績。

---

[1]　本文所謂的「台灣女性文學研究」（the studies of Taiwanese Women's literature），有非常明確清楚的「地域」界定，而非「論域」。換句話說，台灣學院裡的中國古典婦女文學、中國大陸現當代女性文學以及華美女性文學等等研究，都不列入本文討論的文脈範圍。

[2]　更嚴格的說法應該是，「台灣女性文學研究」的蓬勃是自八〇年代以降來自本地政治與社會場域的婦女改革運動，以及文化、學術場域的女性／性別論述趨勢所共同促成的。唯本文的重點是聚焦在「台灣女性文學」在當代學術圈的研究與發展樣態，礙於篇幅所限以及避免文脈過度擴散，此處無法逐一說明。關於當代女性創作活動、批評與文化生產體制之間的關係，可參閱劉乃慈《奢華美學：台灣當代文學生產》第五章的討論。再者，台灣學院裡的女性／性別研究從八〇年代開始一直持續到 2010 年間，除了明顯帶有婦女社會改革運動與學術論述同步發展、相輔相成的特性，並且在各個學科（例如西洋文學、社會學、教育學）有不同的發展樣貌。這方面的詳細討論可參閱黃淑玲、謝小芩合著，〈運動與學術雙向結合：台灣性別研究發展之跨學門比較〉，《女學學誌：婦女與性別研究》，第 29 期（2011 年 12 月），頁 173-231。

　　推動「台灣女性文學研究」的三股力量／位置，它們分別是「女性主義／性別研究」以及「台灣文學」的學術體制化，再加上這兩股力量共同作用在「台灣女性文學」這塊研究領域所帶來的發展。其發生時序容或有先後之差，不過它們應該可以被扼要地描述如下：

　　（一）台灣學術場域裡的女性主義文學理論、文化批評約莫在八〇年代中期興起，被視為是西方第二波女性主義在學院體制內形塑的新興力量。更是刺激台灣學術圈的反思與批判能量的重要動力之一。在一開始是由幾所大學外文系為中心的引導推動，爾後陸續有中文系和歷史系的學者們加入；擅長論述和思辨的文學院女性主義學者活躍一時。這個階段的出版傳播媒體以及文化圈，亦明顯感受到女性主義這類基進思潮對台灣社會的吸引力，積極向本地的閱讀市場大量譯介西方相關作品。當時報紙雜誌上的各式專題報導、副刊專欄文章、文化演講、座談活動甚至在通俗流行文化雜誌裡，圍繞著女性／性別的多樣議題都成為備受關注以及熱切討論的對象。到了九〇年代初，在大學教育裡開設婦女／性別課程、舉辦相關學術會議、學術期刊專號的規劃與執行、各種學術機構研究計畫的關注方向、各大學性別研究中心的設置，甚至更晚一點還有性別研究所的成立、專業學位的認可，這些都是女性主義／性別論述在台灣當代學術場域內漸次落實為一套規模化與常態性的制度和成效。及至二十一世紀的第一個十年，性別議題早已是各大專院校裡跨學科研究與通識教學的一個重要面向，女性主義、女性文學與性別研究在目前的文學科系裡

更是常設性的課程之一[3]。

（二）女性主義的學術建制又與七〇年代末、八〇年代初的台灣社會、文化場域高漲的本土意識，以及稍後九〇年代「台灣文學」在高等教育體制內的落實，有著相互鑲嵌、彼此援引的關係。各種女性主義思潮在大學高等教育裡不僅止是推動兩性平權等等觀念，更積極反思、批判長期存在台灣學術場域裡的隱性父權體制。不論中西古今，「學校」向來是集合教學、知識傳播、研究論述生產、聘僱關係與性別權力資源分配等等面向的實踐場域，往往是強化父權制約並與之合謀的社會空間。在台灣，女性主義自八〇年代中期開始針對層層疊疊、盤根錯節的文化權力結構提出檢討與批判，再加上九〇年代中期沸沸揚揚的後殖民論述，對本地學術場域裡蓄勢萌發的台灣文學典律化、學科建制的呼聲，有著推波助瀾的效用。女性主義與台灣文學最初同樣是立居在邊緣戰鬥的位置，為各自的主體訴求發聲，「女性主義批判」（feminist critique）為台灣文學研究開啟多重反思的視野，提供各種批判性、另類性的思考刺激。再者，台灣文學的學術建制過程無疑又提供女性主義一個更加多元且活潑的論述實踐空間。最具體鮮明的例子莫過於，女性主義文學批評挹注台灣女性文學質量俱佳的研究成果，台灣女性文學讓抽象的、外來的女性主義論述有了在地生根、本土運用的舞台。許多具有開創性的、思辨力的台灣女性文學閱讀，還有文學典律、文學史撰述隱含的權力資源檢討等等，都與女性主義及其背後所屬的後結構思潮甚

---

[3] 　經過「女學會」的強力推動，教育部在 2004 年通過「性別平等教育法」：其中明文鼓勵各級學校開設性別相關課程，這更有助於性別研究在台灣學院內的發展。

至後殖民論述絲縷相牽。總之，從文本內緣分析走向批評論述的社會文化實踐，賦予理論抽象思維的在地運動與落地生根的旺盛活力，女性主義思潮與台灣文學研究彼此可以說是相輔相成。

（三）九〇年代末「台灣文學系所」相繼成立，這個新開闢並且迅速落實學術建制的研究領域，不僅在一定程度上重劃了過去的學科疆界（最明顯的當然是中國文學系與台灣文學系的並立），更在研究人力資源上大力吸納來自社會學相關領域的各種專業人才。台灣文學系所自爭取設置之初，除了是中文系、歷史系的學者以及民間知識分子的大力推動，並且在系所成立之後轉換到台灣文學研究的跑道，與此同時還橫向吸收不少外文學門還有社會學門的相關師資。此中更不乏在九〇年代初即投注大量研究能量在台灣（女性）文學研究的中文系與外文系學者。這樣充滿學術與文化熱情以及獨特的學科能量組合，讓自八〇年代中期漸露頭角、九〇年代中期以後大放異彩的台灣女性文學研究，在2000 年初期繼續由一批「饒富意義」的研究團隊接力。這裡所謂「饒富意義」的研究團隊，意指由上述這批自八〇中期以後在女性主義文化論述上各有所長的資深學者們領軍，再加上 2000年以後陸續出現的年輕研究世代（例如台灣文學博士）的共同努力，持續以有形（授課、撰述）和無形（學術影響力）的方式在「台灣女性文學」這個領域繼續深耕。

如果按照黃淑玲與謝小芩針對台灣性別研究的發展所做的觀察分析，她們認為 2000 年以後文學領域（意指西洋文學與文化研究）的女性主義批評熱潮已比九〇年代的盛況消退許多，相對地在社會學門卻有持續性的推展（黃淑玲、謝小芩 2011：187）。那麼一個值得我們注意的現象是，台灣文學科系的成立

卻是承續了自八〇年代中期以降學院女性主義文化批判與知識論
檢討的熱潮，繼續在台灣（女性）文學研究領域內延燒。從各種
學術期刊論文以及碩博士學位論文的數量來看，台灣女性文學研
究自九〇年代末以迄當下的蓬勃，已是無可否認的事實。

二、貢獻與侷限

　　在西方第二波女性主義文學批評的推波助瀾下，台灣女性文
學的研究成果尤其豐碩。一個核心的貢獻在於，女性主義文學理
論有效剔除過去中文批評傳統裡印象式賞析的缺點，啟動批判性
的性別反思訓練來打破過去父權評價對女性文學的偏見。繼之，
「女性中心批評」（gynocriticism）不僅有助於學者大量挖掘湮
沒已久的台灣女作家作品，並且積極建構女性文類、女性主義美
學和女性文學史。此外，在關照性別文本的創作題材、藝術技巧
的同時，女性主義更致力於文本的意符網絡中找尋性別認同與意
識形態、各種權力關係之間的再現。越來越多的研究者以及批評
家都把性別的藝術創作活動視為錯綜複雜的文化生產體系中的一
環。文學文本與文化體系中的其他環節諸如意識形態、政治結構
以及生產關係等等，有著動態的、千絲萬縷的糾葛牽連。因此，
台灣女性主義文學批評亦積極介入與國族、政治、情欲還有族群
等等身分認同的多方對話，時而平行對應，時而相互衝突辨證。
這些都可以在台灣女性文學這個研究範疇裡看到驚人的學術能量
與成就。

　　總而言之，位據女性主義批評立場對台灣女性文學進行一系
列有規模的研究，大概要算自 1995 年到 2005 年之間的成果最為

顯著。這個階段最早以專書或是部分專書形式呈現的，除了有
《解讀瓊瑤愛情王國》（林芳玫　1994）另外就是《仲介台灣‧
女人》（邱貴芬　1997）[4]。收錄在《仲介台灣‧女人》這本書裡
的九篇文章分別完成於 1992 年至 1996 年間，全書相當清楚地以
後殖民女性主義的觀點來探討台灣當代文學及文化現象。尤其是
第一部的「台灣女性文學篇」，論者除了處理幾位代表性的台灣
當代女性小說家的創作特色，並採取後殖民的觀點將台灣女性文
學的創作活動放在台灣歷史上的被殖民位置，梳爬這些女性創作
的歷史脈絡。一種結合台灣本土論述與女性主義論述的意圖和努
力，是這本書最關注的核心。換言之對研究者而言，在性別批判
的同時如何兼顧國家、族群、政治、殖民歷史等等面向，甚至讓
國族、歷史等大議題再度與性別議題對話交鋒，是這本書的目
的。到了《後殖民及其外》（2003），邱貴芬更積極探討女性文
學史觀的建構方法，這本書雖然不是專冶台灣女性文學的研究著
述，但其中收錄的相關篇章卻是繼《仲介台灣‧女人》之後的持
續深入思考[5]。女性文學史觀牽涉的，不僅僅是將女性文學從存

4　林芳玫的《解讀瓊瑤愛情王國》（1994）要算是此波台灣女性文學文
　　化研究隊伍裡最早以專書出版的代表。由於《解讀瓊瑤愛情王國》是
　　本研究需要在特定脈絡裡做討論的重要文獻，因此我將這部著作留待
　　本書第一章（〈布迪厄場域理論對女性文學研究的挹注〉）再進行細
　　部的處理。

5　1998 年邱貴芬出版《（不）同國女人聒噪》，是一本針對台灣當代幾
　　位具有象徵性的女作家的訪談記錄。出乎意料的是，我在撰寫《布迪
　　厄與台灣當代女性小說》的過程裡竟然需要大量採用這部訪談的記
　　錄，這個經驗彰顯出不論女性主義理論發展到什麼樣複雜深奧的程
　　度，基礎的資料梳爬工作猶然是根本、無可或缺的。

而不論或邊緣末端的典律策略或詮釋地位中解放出來，以邊緣對抗經典的方式存在，更積極的意義乃在於質疑、批判、修改原有的文學史觀，政治化其美學品鑑標準中隱含的性別意識形態。因此，相應於過去男性史家建構的選擇性文學傳統，邱貴芬認為應該提倡斷裂性的女性文學史觀。

與邱貴芬同是出身外文學門訓練的劉亮雅，要算是繼邱貴芬之後長期關注台灣（女性）文學的另一位代表性學者。劉亮雅對台灣解嚴以後的文學情有獨鍾，此間當然包括研究者的專長與興趣等因素使然。從英美現代主義跨足九〇年代的台灣情色小說，劉亮雅在女性主義、性別論述以及同志理論中，讓中／西、十九世紀末／二十世紀末之間找到一個接合與參照對話的框架。《慾望更衣室》（1998）收錄的文章主要寫於 1995 至 1997 年間，在討論情欲、酷兒等議題便已兼及九〇年代幾位新生代女性小說家的創作[6]。幾年後再發表的《情色世紀末》（2001），愈加可見研究者對台灣當代女性小說的研究熱情。時至今日，論及台灣同志文學與情慾議題的作品不能不參考劉亮雅這兩部重要著作。

總結邱貴芬、劉亮雅兩位學者對於台灣當代（女性）文學及其相關性別論述的關注，再再凸顯外文學門學者對方法學以及議題趨勢發展的即時掌握，並且可以在最有效率的時間內與台灣本地素材接軌的優勢和貢獻。相較之下，同是位據女性主義文學批

---

[6] 《慾望更衣室》有三分之二的篇幅是探討台灣九〇年代的情色小說，另有三分之一的篇幅是處理歐美的現代主義情色文學，嚴格算來不是專治台灣女性文學的學術著作。有鑑於此書是相當早的一部論及台灣情慾文學的研究，是探討此類議題時不可或缺的重要文獻，所以本文將之列入部分專書的範圍。

評立場的《女性詩學——台灣現代女詩人集體研究 1951-2000》
（李元貞 2000）以及《眾裡尋她——台灣女性小說縱論》（范
銘如 2002）這兩部專著，就顯露出更全面而細膩地呈現台灣女
性文學全景的企圖，以及充分掌握文學批評與詮釋脈絡流變的優
點。平心而論，來自外文系與中文系的女性主義學者各有擅場，
她們對於台灣女性文學的批評論述不僅是各自回應所屬學科的知
識體系特性，亦是彰顯學科發展在不同歷史階段的情境需求。
《女性詩學》的撰述總共涉獵了一百三十多本的女性詩作，李元
貞以台灣 1951 年以迄 2000 年間的女詩人為研究對象，全書分成
十章的篇幅來討論女性詩作裡呈現的性別意識。女詩人們的性別
意識可以在她們詩作中表現出來的例如自我的觀念、女性的身
分、身體與情欲的想像、語言實踐、國家論述以及社會正義等等
面向，獲得開展。此外，《女性詩學》的積極面更在於透過性別
觀點的介入來修訂或者拓展過去男性主導的文學典律，展望女性
創作的前景。李元貞在專書撰述的同時亦保持高度自覺，她強調
女性的身分認同以及主體建構並非只是性別面向可以全部概括，
另外還應包括她們的各種關係網絡甚至享有的文化資本多寡以及
文化資本形態的影響。因此，女作家的性別身分與其他社會位置
（族群、宗教、性傾向、家庭、職場、社會位階）的複雜交織，
這是女性文學研究在未來值得繼續深入探討的地方。

　　台灣文學研究向來以小說文類為最大宗，對於女性文學的探
討也是以女性小說最受學者們的注意與學子們的青睞[7]。《眾裡

---

[7]　如果以文類的分類來看，張瑞芬的《台灣當代女性散文史論》
　　（2007）要算是台灣女性散文研究的代表。只是這部專著基於多種原
　　因，例如散文研究方法學的困難，在目前還無法以女性主義文學批評

尋她》（范銘如　2002）檢視台灣五〇年代以迄二十世紀末各個
世代的女性創作活動所帶來的藝術與性別意識變革，為台灣女性
小說研究注入許多富有開創性的另類思考，其後繼的學術影響力
不在話下。《眾裡尋她》全書篇章大致寫於 1997 至 2002 年間；
一如書名所示，論者為台灣現當代女性小說拼湊創作群像、世代
發展系譜以及勾勒文本書寫脈絡的立意鮮明。在批評立場上採取
以女性創作為中心的策略性閱讀作為台灣女性文學研究的階段性
任務，其目的在與現行的台灣文學史論述傳統進行參照性和對話
性的比較。整體而言，不論是《女性詩學》或者《眾裡尋她》，
這兩部專著最主要在於凸顯女性觀點的閱讀和詮釋，是西方第二
波女性主義文學批評理論與台灣文學及其文化脈絡密切接軌的代
表。

　　台灣女性文學研究的熱潮除了是上述專書的相繼出版，還有
在各種批評選集的編纂以及期刊論文與學位論文的撰述累積之
下，臻至高峰[8]。作為一種新的分析方法、一個新的思考範疇，
女性主義文學理論與台灣女性文學研究在本地當代學術領域裡的
發展狀況已有不少學者提出重要的觀察，當然也包括必要的檢
討。張小虹在〈性別的美學／政治：當代台灣女性主義文學研
究〉這篇文章裡，曾經針對 1986 年到 1995 年間的台灣女性主義

　　來妥善處理其對象和材料。本文為了避免討論焦距過度擴散，在此只
　　好先行略去。

[8]　台灣女性文學研究的熱潮與成果絕非上述幾部專書可以涵括。事實上
　　性別論述對台灣女性文學研究的貢獻不在話下，本文為免掛一漏萬，
　　在此謹註提醒，不另做詳細列舉。

文學批評發展狀況做過詳細的追蹤，並直指當時的研究困境[9]。
張小虹認為台灣女性主義文學研究「一開始便具強烈文化轉介之
學術體質，主要經由八〇年代赴美研習比較文學、英美文學的學
者啟動」（張小虹 1996：124）。相較之下，西方國家的女性主
義則是自各種社會運動啟蒙、由學院外到學院內的漸進發展模
式。因此台灣在轉介西方以英、美、法為主的女性主義理論過程
中：

> 無可避免地造成了一知半解（尤其是理論高難度的後結構
> 女性主義部分）、照單全收、缺乏批判力之現象甚至出現
> 採用女性主義修辭策略與分析模式，卻拒絕女性主義意識
> 形態批判的政治立場等「去政治化」之閱讀。（張小虹
> 1996：125）

論者更舉 1988 年的《風起雲湧的女性主義批評》和 1993 年的
《當代台灣女性文學論》這兩本論文選集為例，除了在方法學選
擇上的雜亂，甚至在批評立場上抱持女性主義、反女性主義與非
女性主義兼容有之，就可見一斑。

　　上述針對女性主義理論在台灣學院傳播運用的第一個十年所
做的觀察，雖然在現階段已有大幅改善，不過新的考驗又迫在眉
睫。直接地說，如果女性主義批評成為人人得而為之的修辭策
略，則很容易淪為眾多文學文化批評流派之一，卻失去原有的政

9　張小虹討論的對象比較廣，包括中國現當代女性文學、古典婦女文
　　學、華美女性文學等等，而在此列名單裡針對台灣女性文學的研究與
　　批評亦包含在內。

治戰鬥性。范銘如在 2008 年再版《眾裡尋她》的序言裡，不無
語重心長地提醒：「女性主義者批判別人更要勇於自我批判」
（II），實是有鑑於台灣女性文學研究在二十一世紀的第一個十
年末尾已然普遍存在的論述現象：

> 建制帶來了複製。重複的作家重複的文本重複的議題重複
> 的觀點，一再地在我們這個亟需大量論文生產的學院生態
> 中被覆誦複製。明明已是近年間過度討論的作品與觀念，
> 書寫者還一逕因襲既有的女性論述立場和架構，稱之為不
> 為俗世所容的邊緣弱勢異議小眾，或者用力吹捧女作家或
> 特定主題具有拒絕被男性主流收編的顛覆性云云。……
> 我必須再一次提醒年輕一輩的讀者們，所謂策略即是因時
> 制宜的方式，書寫的動機與意義始終必須在其歷史脈絡下
> 來解讀。當學術生態改變，批評立場亦該保持動態、隨之
> 微調。尤其是女性主義在我們強力的鼓吹宣揚之後已經成
> 為普遍卻浮面的文學題材，甚至成為吸引文學獎評審或迫
> 切找尋研究對象的批評者興趣的先行概念，循環性地唱和
> 拉抬。新世代的女性主義研究者不再需要一昧的迴避女性
> 文學與主流論述勾連的部分。（范銘如 2008：II-III）

> 台灣女性文學研究已經面臨另一個境界的開展，需要新一
> 代的研究者真心誠意認真嚴謹的思辨質問，包括對父權傳
> 統以及對前行的女性主義／文學批評傳統。（V）

范銘如在《眾裡尋她》的提醒，無非是對台灣女性文學研究的生

力軍懷抱繼往開來的期望。當一套批評概念發展到過度成熟，卻缺乏其他擴充延展思辨的彈性空間，很容易出現空洞浮泛的論述成規。1996 年張小虹擔心本地學術圈對西方女性主義囫圇吞棗的「理論斷層」與「去政治化」的問題；十年後范銘如忡憂的是不假思索的女性主義政治正確口號，易言之是「文本歷史斷層」的問題。現階段女性主義文學批評在台灣文學學科中猶然存在上述兩種矛盾的學術現象，如何避免「去歷史化」、「去脈絡化」以及「概念複製」的思考困頓，實是找回女性主義文學批評與女性文學研究的活力根源。

　　是類狀況不單只是發生在女性文學領域，整個當代的台灣文學研究都面臨此一困境，西方學院在更早就開始出現各種檢討的聲音。例如美國一位資深文學理論家海若・亞當斯（Hazard Adams）曾經在回顧以及展望西方文學批評發展的專文中指出：

> 現在人們常掛嘴邊的時髦用語「政治正確性」（politically correct）──不要霸權、不要典律、不要菁英主義、不要主流敘述、不要利益階級論述。很多批評者已經指出這裡的弔詭之處：一群強調「差異」的運動，如結構主義和解構，還有強調多元文化的意識形態運動，竟都凝結在主張一致性的道路上。不過，事情又要比這個複雜的多。這些運動的努力方向，是在打破階級的垂直結構之同時，卻又接受並稱頌平等的人與人，語言跟語言，種族和種族間的差異。（Adams，2000：153）

　　如果亞當斯的意見代表的是文學批評光譜裡傾向內緣分析的

此端,那麼梅根・莫理斯(Meaghan Morris)可以說是代表文學批評的彼端——外緣研究的看法。莫里斯在〈文化研究裡的平庸〉("Banality in Cultural Studies")文中曾經表示,種種「文化研究」發展到現在已內化了某種傾向或是默契,這樣的結果是使得文化研究的批判性快速終結:

> 有時候當我煩悶地閱讀過去幾年來《今日馬克思主義》
> (*Marxism Today*)之類的雜誌,或是草草翻閱《文化研究》(*Cultural Studies*),亦或是快速瀏覽那些充斥在書店裡的熱門理論,我就會有一種感覺,那就是,在某些英國出版社的儲藏室中,確實有一個母片(master disk)存在,而數以萬計有關愉悅、抵抗以及消費政治的雷同文章,就是從這個母片中,以極少變化的內容卻以不同的名稱複印出來而已。(Morris,1990:21)

甚至連英國漢學家何依霏(Margaret Hillenbrand)在〈社群主義,或者,如何建立東亞理論〉("Communitarianism, or, how to build East Asian theory")這篇文章裡也不客氣地指出,在過去的幾十年裡,西方理論儼然是空氣中的一部分,知識分子呼吸其中。因此,許多人的基本當代東亞研究文化經常掩蓋他們的「歐美原稿」,繼續描述透過西方理論視野所看到的盛大知識景觀(Hillenbrand,2010:321)。這些學術研究工作者們使用的是相同的管道(西方理論),好比是一遍又一遍地複誦著相同的佛經,真正的知識獲益卻是一再遞減(325)。回到台灣本地的學院狀況來看,當代文學研究是最明顯、最強烈受到西方各式批評

論述影響的一環，因此我們在此中也最能掌握學術史的脈動，勘查此間的優點和缺點。上述幾位英美學者的批評，實有借鑑之處。

三、為什麼需要布迪厄

重點式回顧過去二十年的台灣女性文學批評專著，學術前輩們的貢獻在前、叮囑在耳，這讓對於台灣女性文學有著濃厚興趣的我不斷思考突圍的方法。回到自身的學養脈絡並且再三檢視個人的學習經驗，於是我有了「再脈絡」的思考。

我的學術養成首先要感謝幾位曾經出入「現代文學訓練前線」（以美國學院為主）的中文系教授們所給予的知識養分與學術震撼，是她們讓我在傳統中文系的學科累積之餘，還可以吸取另一種不同思考方式的優點[10]。爾後當我有機會再到比較文學研究所修業，來自外文學門的各種方法學論述訓練，讓我又更加深刻體驗到此中的優勢與侷限[11]。這種複合了中文學門與外文學門訓練的知識體系，給了我相當難得的學術衝擊。簡單來說，我這

---

[10]　就學科的進步速度來說，九〇年代初期中文系的「現代文學」大部分還停留在新批評的階段，僅有少數學者是有機會站在學術前端發揮「破浪」的前導功能。往後二十年間，中文學門在歷經整個學科生態的不斷刺激與發展，其進步明顯可見。

[11]　西方當代文學、文化批評理論在實際的分析操作上有一個普遍的缺失，就是當我們在採用這些方法學或者論述的現成觀點時，注重的是它的結論而非達到這個結論的推論過程或者基本邏輯。也就是所謂「概念先行」的問題。這使得研究者經常對研究對象的歷史特殊性無法做準確的辨識和定位。

個世代的專業知識培育剛好座落在九〇年代充滿活力的台灣學院生態,而中文學科的學生對於台灣當代文學的發展相對有著最直接的密切接觸。同樣地,關於當代西方各家各派的思想論述雖然不及外文學門來得深厚,但也不至於是吳下阿蒙。特別是對於本地文本脈絡性的掌握與理論論述搭配度之間的合宜性,優點與缺點,不無敏感。(當然我也深知介在兩種學科訓練之間又必須同時回應來自兩種學科的完備要求,其不足之感更不在話下。)從上述個人的知識背景來看台灣女性文學研究,假如這個領域已在前行學者們的努力耕耘之後臻至高峰,那麼後繼年輕一輩的研究者下一步應該怎麼辦?又假如現階段的女性主義文學批評,已被許多高相似度、高重複性的期刊和學位論文擴張到儼然有小型學術工業生產之虞,那該怎麼辦?一旦不再滿足於現有的女性主義文學批評論述,還可以怎麼辦?

　　緣此,如何超越已成既定的女性主義文學批評的思考框架,開創一個更富有含納性的分析方法,實為台灣女性文學研究的下一個重要挑戰。例如,怎麼樣處理女性創作者在社會文化建構以及自我形塑的相互交織過程,包括她們的自我定位、美學取向以及各別女作家之間細緻卻重要的差異等等,因而填補以往各種女性主義文學批評常常隱含的本質論偏失,使得台灣女性文學研究可以更加細膩且深入?又例如,怎麼樣充分釐清政治、經濟甚至是文化思想領域裡的歷史動力作用於女性創作者以及特殊性別文類的生產活動上?如何正面、有系統地處理發生在歷史脈絡裡極端複雜的各種女性文學現象,比方過去幾個歷史階段裡曾經發生過的婦女寫作潮?如果我們都同意女性文學被排除於正統男性文學史觀之外,是父權意識形態與權力體制運作下的結果;如果我

們從來都不否定／排除女性文學本來就是置身在整個社會網絡以及文化生產的組織之中；那麼女性創作活動從「生產」、「分配」到「收受」這一連串緊密相連的環節，才是真正體現女性創作活動的全面與整體。這些一直是女性主義文學研究者、批評家們一再強調的研究態度以及具體實踐的方向。在過去，這些面向或許還來不及獲得充分的梳理，未來的台灣女性文學研究對此不應該忽略或者簡化。

　　循此立意，《布迪厄與台灣當代女性小說》不在於反駁或者推翻前行的台灣女性文學批評成果，反而是期待在上述已然累積的豐富學術資源裡，再找出一個既不失女性主義文學批評的基本精神又能更加適切且深入的分析框架。因此，這個研究也可以說是一個填補與調整當前的台灣女性文學批評焦距的企圖。其中，我將借助社會學家布迪厄（Pierre Bourdieu）的文化生產概念以及適用於解釋整體文學活動的分析框架，一方面幫助我細膩考察個別女作家不同的形塑過程（例如她們的「文學習性」與「美學位置」），另一方面又可以強化我來觀察一連串環節鑲嵌的女性文學生產活動。布迪厄用來解釋整體文學活動的架構尤其是「文學場域」（literary field）與「習性」（habitus）的觀念，適足以藉用來闡明文學主體（創作者及其文本）、客體（外在環境）之間相互滲透、彼此作用的「關係性思考」（relations thinking）。也就是說，布迪厄把文學放在「場域」而非歷史背景中來考察，把關注的焦點從作家的抽象創作意圖還有美學成就，轉向強調寫作行為主體（agent）的歷史結構性以及個人特殊性所共同作用的「習性」。順此概念，布迪厄的「文學場域」適度提醒我們文學研究者突破由來已久的作家作品論、側重主題式的內緣分析，

或者將文本與外在的政治社會關係做過於簡化的連結（亦即籠統地看待文學生態的變化）。場域與習性等概念可以輔助文學研究者盡量建立一套連結內緣與外沿的研究方法，找出文本、創作者與整體文學生產結構的互動性條件研究。

　　援引布迪厄的文學生產場域分析框架，有助於研究者開展「鉅視層面的台灣文學場域結構」、「微觀層面的台灣個體女作家創作特徵」，以及「動態的台灣文學生態變化」這三個面向的整體瞭解，讓過去台灣女性文學研究裡尚未充分討論的問題可以獲得應有的關照。這本書可謂是結合布迪厄場域理論與女性主義文學研究的一個初步嘗試。站在上述學術前輩們的肩膀上，這個研究旨在探索台灣女性文學批評可能再向前推進或者延展的空間，但我深刻明白並且不斷警醒自己，推進永遠只是一種階段性的挑戰與任務，並不意味著真理或者最終目的的到來。

第一章　布迪厄場域理論對女性文學研究的挹注

一、當女性主義遇到布迪厄

　　誠如導論已稍事說明，本書試圖探討台灣女性文學研究的另一套方法或者分析框架，而這個企圖將取徑於社會學家布迪厄的理論啟發。易言之，布迪厄的文學生產、場域、習性、資本以及位置等等概念，如何對現階段的台灣女性文學研究發揮正面的理論思考與分析輔助？這個嘗試必然涉及兩套看似截然不同甚至彼此衝突的理論論述。第一套衝突來自內緣批評與外沿研究的緊張，第二套則是布迪厄的「雄性統治」（Masculine Domination）與女性主義的性別戰鬥矛盾。就第一套衝突而言，將內緣與外沿視為意義建構的對立面，甚至對外沿研究的意義抱持抗拒，這是來自文學學門過去傳統訓練側重的內緣批評所造成的普遍現象。本文首先強調，文本的詮釋分析與外部組織體制的研究取向是兩種不同的文學關照，前者側重的是作品內容的闡釋，後者著眼的是社會文化結構的作用力。因此身為文學研究者，我們不應把兩種處理文學的方法混為一談，甚至進行孰是孰非的判斷，應該是更自覺於每一套研究方法都是建構意義的來

源。至於布迪厄在社會與文化權力再製的論述下導出的男性優勢結論，不僅是本章試圖翻轉的重點，並且結合場域理論以挹注女性主義的性別社會建構觀。

　　本章第一小節，我將優先處理布迪厄場域論的幾個必要概念，諸如「文學場域」、「資本」、「習性」、「位置」等等。繼之闡明場域、習性等概念是如何可以與女性主義文學批評之間產生相當程度的互通性，賦予本研究得以落實的理論依據。最後，我將針對布迪厄文學場域論、習性觀對台灣女性主義文學研究的可能挹注，說明我的初步觀察。

（一）場域理論與女性主義的相通性以及互補性

1. 文學場域、資本、習性、位置

　　在布迪厄的「文學場域」理論中，他認為一般文學研究裡會關注到的「時代環境」不應該是一個籠統的歷史背景，研究者簡單地將作品與時代進行一種化約式的連結而已，而是落實為由各種力量共構的「場域」（field）與「習性」（habitus）的考察過程。所以，布迪厄所謂的文學場域（literary field）是一個具有自主性和獨特性運作規則的象徵性空間；是由文學行為與活動裡的各種可能「位置」（positions）所形成的一種「客觀關係結構」（the structure of objective relations）（Bourdieu，1993：30）。或者換個方式來說，藉由許多不同的位置相互對應，一個文學場域得以被建構。布迪厄在文學場域裡所謂的位置，相對而言是一個比較複雜並且含括性很大的概念。舉例來說，位置可以是指各種「文類」（例如小說、詩、散文、戲劇）或者「次文類」（如通俗文學、同志文學、原住民文學）。也可以指涉抽象的「美學

位置」（artistic positions）：例如主導的（dominate）美學位置、另類的（alternative）美學位置以及反對的（oppositional）美學位置。另外，作家、出版社、文學批評家、文學刊物、各類閱讀群體等等，不論是具體可見的形態或者是抽象感知，它們在文學場域裡都佔有某種位置，彼此因對方的存在而存在。正因如此，布迪厄的文學場域是一個抽象的空間，我們在使用時不宜將文學場域簡化為實體的文學社群或者幾個時代性的代表刊物而已。這樣容易忽略場域裡抽象複雜關係的互動：例如各種文類和美學位階的高低競逐以及象徵權力的爭奪活動。

　　在界定了文學場域的特性以及構建場域的基本原則之後，接著要說明的是，文學場域的主要運作動力來自各種位置之間的競爭關係，這些競爭關係具有帶動場域內的結構翻轉甚至重組的力量（1996：234）。因為，場域裡的每個位置都具有某些特殊的「資本」（capitals），而資本的多寡正是場域中決定位置（中心／邊緣、主流／另類）與位階（高／低）的關鍵。根據布迪厄的觀點，資本是指在不同的社會等級制度中決定社會主體在該社會中的地位，以及他們在社會關係中相應的分配形式的各種力量。他用一個意象鮮明的撲克牌遊戲來做比喻，各式各樣的資本就像是撲克牌遊戲中的王牌一樣，是某個特定領域的盈利機會的決定力量。資本也是構建場域的原則之一，不同領域裡有不同的資本在發揮作用。所以，將資本的概念置放到文學場域裡，我們可以說各式各樣的作家形象、作品取材特色、美學風格等等，都是場域內「位置攫取」（position-taking）的策略和爭奪象徵資本的手段。

　　文學場域也具有如同市場般的競爭特性，是各種位置以及各

種特殊資本競爭的抽象空間。但是,布迪厄所謂的位置攫取不是
單憑作家可以自主選擇,位置攫取也不可能憑空而生,必須要與
場域內已有的其他位置進行「區隔」（distinction）,才可能擁
有「一席之地」（1993：198-99）。就競爭邏輯而言,場域內佔
據主導核心位置的一方,總是盡力壓制其他相對邊緣弱勢的位
置,以及在未來可能出現的任何位置。而位居邊緣或者新進的文
學活動參與者,便需要透過角逐文學意義的正當性,在場域中開
創新的空間甚至是佔據主導位置。因此整個競爭過程,參與者的
文學習性（literary habitus）及其文化資本（cultural capitals）,
是影響他們佔據位置的一個潛在（potential）並且根本的因素
（1993：30：1996：237）。換言之,某種新位置的攫取乃至奠
定,必須通過區隔來破除之前的既定秩序。新位置的建立,有賴
於將那些可以與之較量的生產者、產品及其美學原則等等,通通
打發成為歷史（1996：157）。總而言之,文學場域裡每種位置
都有相對的上下、優劣之分;文學場域的結構就是由這些持有特
定資本所構成的位置的分配結構。一旦位置與位置之間出現變化
（例如新的位置攫取活動所帶來新的位置的出現）,場域的結構
也跟著變動。

　　在布迪厄的場域框架裡,文學場域的生成與結構不但是透過
許許多多位置的組合,場域的運作邏輯、結構的穩定性或者變
動,更牽涉到場域內各類行動者（agents）的「習性」
（habitus）作用。「習性」是導引行動者在日常生活中如何動作
與反應的感覺,也就是布迪厄所稱的日常生活「實踐感」
（sense of pratique）。雖然習性並非嚴格決定行動者的行為,卻
是具有導向的作用（1990：8-10）。以布迪厄自己的話來說,

「習性是一種社會化的主觀性」（Bourdieu & Wacquant，1992：126）。就構成的觀點來看，習性的形塑和改變跟「社會化機構」（如家庭、學校、教會）、「客觀環境」（如物質條件與社會條件）以及「個體的歷史經驗」（行動者自幼及長的各個階段生活經驗）有關。習性強調的是客觀環境的機遇與限制，以及行為者的傾向與選擇之間的相互作用，因此，習性是歷史的承合與結構再製的關鍵：

> 習性的作用並非如有些人理解的那樣。作為歷史的產物，開放性的習性總是受個人經歷所支配的，因此，在某種程度上也總是受到這些經歷的影響。個人經歷可以是強化它的作用，要不就是修改它的結構。習性具有持久性而不具有永恆性！除了特定的社會軌跡的作用，習性可以通過社會分析的方法改變其自身……（Bourdieu & Waquant，1992：133）

明顯可見，布迪厄反對一昧強調行動者的絕對自主性，同時也反對只是用外部結構來解釋行動者的活動實踐。他對習性特性的闡釋，一方面強調習性是歷史的產物，另一方面也凸顯習性再製歷史的重要性——社會運行的軌跡必須通過個體來體現。

2. 場域理論與女性主義的相通性

圍繞著場域、資本、位置、習性等等概念，布迪厄在《雄性統治》（*Masculine Domination*）一書中認為女性是社會結構中的弱勢群體，所以很難具備足夠與主流社會價值、意識形態抵抗的能力。布迪厄就人類社會的性別支配邏輯以及婦女的社會習性

指出，父權是一種軟性暴力，婦女認同這套由男性統治者生產的象徵暴力強加在她們身上，變成她們現在的樣子（2001：33-42）。象徵暴力不僅規範正當意義並且得到大眾普遍認同（權力的隱匿性），即便是被統治者，例如婦女自身，也在無意識中成為鞏固統治行為的共謀。女性總是傾向於貶低自己，並在日常生活中貫徹此一女性化的軟弱邏輯，導致大多數女性處於被剝奪的狀態。

令人感到矛盾弔詭的是，布迪厄自己不斷提出「反思社會學」（An Invitation to Reflexive Sociology，1992）的理念並且親力實踐，他卻對自己根深蒂固的父權意識形態不夠自覺和反省。「雄性統治」的論點陸續受到來自社會學陣營的女性主義學者們批評。收錄在《布迪厄之後的女性主義》（*Feminism after Bourdieu*）這本書裡的許多討論，便是針對這些衝突、盲點而發。其中弗勒（Bridget Fowler）便指出，布迪厄仍然繼承他在理論上反對的男性中心主義的無意識結構，無視至少是簡化女性主義者透過莫大努力在性別平等上獲得的進步（Adkins & Skeggs，2004）。對本研究而言，布迪厄在第一層次上將雄性統治的事實客觀揭露出來，至於如何截長去短，進而藉此修正布迪厄的缺失，應是女性主義更積極且正面的做法。

麥柯爾（Leslie McCall）在〈性別合適嗎？布迪厄、女性主義和社會秩序概念〉（"Does Gender Fit? Bourdieu, Feminism, and Conceptions of Social Order"）這篇文章，即試圖將性別差異整合到布迪厄的文化資本以及與之相應的習性概念，讓性別成為社會場域和習性形塑演變之間的一個必要且根本的向度，藉此調整布迪厄的男性中心偏見。麥柯爾指出，在布迪厄的社會與階級結構

中為什麼不是用女性和男性做為場域變動的參數，而是以資本形態來評估？因為布迪厄認為性別不過是起著次要作用的因素，是某種隱蔽、非正式的存在。麥柯爾強調正是透過布迪厄的這種觀念，我們可以看到：

> 真正的選擇以及排斥的原則，是怎麼樣隱藏在看似客觀中性的名義建構過程的背後，例如職業和教育。雖然資本形態（例如文學資本、科學資本）是與工作領域相對應，但是它們具有性別意義，因為它們的形態正是通過社會文化制約後的性別特質所賦予的。按照這樣，我們就可以更清楚地理解資本、習性和性別之間的相互關係。（McCall，1992：842）

顯然麥柯爾認為，如果我們肯定社會場域裡的階級關係和性別之間存在緊密的聯繫，如果我們承認性別是由特定的歷史條件所塑造，那麼沒有任何理由不承認性別是構建社會場域的基本原則。麥柯爾強調，如果性別是指個體在社會化過程中隨著時間推移而不斷取得的生理與心理傾向，那麼性別建構與文化資本的物質形態勢必有密切的關聯，性別就應該是社會場域以及階級結構裡必要的一環。

　　當我們肯定「性別」是為一個重要的參數，進而整合到文化資本的概念還有與之相應的習性概念中，我們可以發現一個有趣的現象，那就是布迪厄的行為主體社會構建三原則（社會象徵、資本、習性），與女性主義關於性別主體建構的觀察分析有著相似性。蘇珊・拉柏格（Suzanne Laberge）的〈將性別整合到布迪

厄的文化資本概念中〉（"Toward an Integration of Gender into Bourdieu's Concept of Cultural Capital"）這篇研究，不僅支持將「性別」整合到布迪厄的文化資本概念中，並且特別指出英美哲學界的女性主義學者珊卓‧哈汀（Sandra Harding）在《女性主義中的科學問題》（*The Science Question in Feminism*）書中提出的性別建構三層次，與布迪厄社會空間（場域）建構的三原則頗為相近[1]。哈汀的性別建構三層次意指：性別象徵主義（例如人類社會建立的性別圖騰）、性別結構（例如由性別來劃分的各種勞務分工）以及與前面兩個原則密切的個體性別。在這樣的性別結構下，「性別社會生活是通過這三個過程形成的，它要求按照

---

[1]　出身自英美哲學界的珊卓‧哈汀，其研究與批評集中在以女性主義的觀點審視科學與技術，又特別提出女性主義「立場論」（standpoint theory）的觀點和其重要性來進行知識論的辯證。簡單地說，哈汀強調女性主義的科學研究應該要從過去的「科學中的女性問題」（例如為什麼進入科學殿堂的女性少之又少？）轉變成關注「女性主義中的科學問題」（例如為什麼女性主義對現今的科學不滿？女性主義希望的科學又是什麼？）。就前者而言，科學不是問題，問題在於女性。但是思慮一轉到後者，女性不是問題，問題反而是在科學本身。因此，立場論作為一種女性主義批判理論，探討關於知識生產與權力實踐之間的關係。對女性主義研究而言，立場論不只是一個詮釋性的理論，也是一種方法或是方法的理論）。它是為了達到「賦權」（empower）於女性的目的，使女性能夠認知到她們自身的經驗，在知識論的場域當中，也能夠具有正當性，可以說是力圖不掉入相對論陷阱的一種更好的知識論。其他相關介紹還可見：傅大為，〈從「女性主義中的科學問題」到多元文化中的科學〉，《當代》第一四一期，1999 年 5 月；珊卓‧哈汀著、江珍賢譯，〈女性主義、科學與反啟蒙批評〉，《島嶼邊緣》第二期，1992 年，以及吳秀瑾，〈什麼是女性主義科學觀〉，《南華哲學通訊》，第三期，2000 年 3 月。

性別二元論來組織社會活動，要求在人類不同的群體間劃分必要的社會活動，它是社會建構個性的方式。」（Harding，1986：17）拉柏格認為，哈汀雖然指出性別建構的三層次並且三層次彼此間看似具有某種關聯，但是實際上缺乏一個可以解釋相互關係的運作系統（Laberge，1995：139）。最重要的是，布迪厄結合「場域、資本、習性、日常生活實踐感」的分析框架是一種系統性的理論，從而界定各個要素之間的相互關係，而這一點剛好可以彌補哈汀理論之不足。易言之，場域與習性可以提供女性主義進行更系統化地考察性別主體的形塑，並且更有效力地解釋行動者置身各種場域內的順應或抗拒。

　　透過麥柯爾的批評以及拉柏格的分析，我們大致可以歸納出當代女性主義理論與布迪厄的場域、習性觀之間的兩大共通特性。第一，當代女性主義和布迪厄的習性論都在不同程度上接受社會文化論批評的影響，強調人／女人是社會的存有。因此，他們在剖析社會關係與個人行為表現的互為條件性以及互為因果性這方面，都有試圖超越僵化的二元決定論的特點。換句話說，這兩派觀點既不認為主體的能力全然由社會條件所支配，亦相信主體具有相當的能動性以及改變既有的關係或狀態。第二，當代女性主義與布迪厄的習性論都帶有「後實證主義」的思維，強調主體形塑的社會建構過程，主張個人經驗表層下的深層社會機制。女性主義關注的是婦女經驗在社會裡的各種關係的呈現，在此意義下，婦女經驗及其行為表現，在更大程度上是來自日常生活積累所養成的潛意識實踐結果。同樣地，布迪厄習性論對社會行動者的分析，更側重於潛意識的不假思索的日常生活中所累積的某種熟悉、熟練的「實踐感」（sense of pratique）。

　　當代女性主義與布迪厄的理論之間存在上述共通性，在為兩派看似矛盾衝突的理論搭建溝通橋梁之後，我們應該思考的是如何截長補短，不僅強化當代女性主義的論述向度，並且反轉「雄性統治」的性別偏見。在美國學院以《性別／文本政治》（*Sexual / Textual Politics: Feminist Literary Theory*）鬖名一時的佟妮・莫依（Toril Moi），有鑒於女性主義理論的發展長期背負著強大政治性訴求，因而論述者常常困在性別差異的牢籠裡，她在晚近的研究中不斷提出性別「情境化」的重要性。出版於1999 年的《什麼是女人？》（*What is a Woman? And Other Essays*）重新審視 1960 年代以降女性主義者對生理性別與社會性別的區分，還有晚近以巴特勒（Judith Butler）為代表的後結構女性主義主張（生理性別也是社會文化建構的產物），莫依認為本質論與建構論皆無法妥善回應「女人是什麼？」這個問題。為了衝破本質論與建構論的糾結，莫依嘗試由情境化的身體來考察女性的存在樣態，包括意識的生成和變化歷程。莫依主張將女性置放回她與世界的關係中，讓身體在各種情境中不僅成為具有主體性的存在，同時也能觀察到身體與客觀現實的互動關係。

　　以歷來對西蒙波娃的兩極化批評為例，莫依大量運用波娃的自傳、書信、日記、小說等第一手材料，追蹤波娃生命經驗的歷史與政治情境，考察波娃對抗社會壓力過程中的思想變化，以此來解釋波娃如何在各種話語的交織下，形塑出二十世紀重要的女性主義思想家。莫依的做法，是有鑒於對波娃的女性主義研究存在許多誤解，除了來自英法語言翻譯的誤差，更因為波娃被介紹到英美知識圈，是在六〇年代生理／社會性別的理論脈絡下來解讀她在四九年以前的作品。莫依指出，波娃膾炙人口的名句——

「女人不是生成的，而是變成的」，被當時的女性主義者誤解
了。這些女性主義者她們沒能意識到，波娃著作體現的，正是當
代女性主義者汲汲尋求──對身體的非本質主義、具體的、社會
性的、歷史的瞭解（Moi，1999：5）。經過莫依掌握大量材料
以重建話語歷史情境的結果，她從具身的（embodied）角度，為
情境化的身體與做為女性知識分子之間存在的各種關係，進行全
面性的解釋：

> 「身體是一種處境」，西蒙·德·波娃在《第二性》中寫
> 道。……有些評論家將此理解為「兩性身體機能僅在文化
> 和歷史語境中才擁有意義。」但這種理解沒能領會關鍵所
> 在，因為它將波娃的意思簡化成「身體總在一種處境中」
> 這類普通常見的觀點。對波娃而言，身體被視為處境與女
> 性（或男性）個體的主體性密切相關。（59-60）

> 她的意思是，我們的身體是與世界的、具身的
> （embodied）有意識的連繫。就處境本身而言，身體將我
> 們置於眾多處境中。我們的主體性總被具身化，我們的身
> 體不僅僅標有性別的印記。（67）

> 身體被當作一種處境，它就包括了體驗的客觀和主觀面
> 向。……身體是我們看待世界的角度，同時身體也介入其
> 與環境的辯證互動。……身體是我們存在於世間的方式，
> 以及世界與我們同在方式的歷史澱積。……如果我只能以
> 癱瘓的身體面對世界，那麼我對世界和自身的體驗將會與

　　　　我擁有健康身體的體驗，截然不同。世界也會以不同的方

　　　　式反饋我。否認這點就是犯了唯心主義的錯。（68）

易言之，莫依讓波娃的一生及其所有著作，成為各種社會力量與
主體共同作用的結果，波娃是言說的主體，而非後結構主義的抽
象話語遊戲。莫依此舉讓女性主義論述由政治性轉向具身性的主
體情境關懷，使後現代論述中爭論不休的性別問題，在情境化的
身體觀裡迎刃而解。此中，布迪厄致力消解傳統本質主義與非本
質主義的二分法，正是莫依情境化身體論述的啟發。布迪厄關注
日常生活中的細節（例如習性通過我們的身體動作、臉部表情以
及回應世界的方式被生產也被表達），這有助女性主義者不需再
圍限於男性氣質／女性氣質這種流於粗糙的分類。情境化身體的
概念不僅涵納了政治性身體並且更具彈性與流動性，可以照顧不
同主體的多重特殊條件，讓女性作為主體的存在可以提供不同的
觀察與思考徑路。

3. 場域理論對台灣女性文學研究的挹注

　　將布迪厄的場域、習性、位置、實踐感等等概念置放到台灣
當代女性文學的研究，那麼我們可以發現，它將有助於研究者開
展「鉅視層面的文學場域結構」、「微觀層面的個體女作家創作
特徵」以及「動態的文學生態演化過程」這三個面向的整體理
解。這樣的做法不僅讓過去台灣女性文學研究裡尚未充分討論的
問題獲得更細緻的關照，更可以落實女性主義文學批評的基本精
神。因為，力主儘量呈現女性創作活動與社會文化脈絡、權力體
制之間的複雜深沉關係，一直都是大多數女性主義批評強調的重
點。

　　如果承繼上述幾位學者的討論，我認為布迪厄文學場域論、習性觀對台灣女性主義文學批評和女性文學研究的可能挹注應該有：

　　一、從與習性相關的概念例如場域、資本、實踐感以及象徵權力的爭奪，來切入女性主義文學研究，有利於研究者將研究對象置於文學與文化場域之內，剖析女性創作者的習性養成、文學藝術技能、性向形塑，還有她們處於社會權力空間中的各種回應（抗拒、順從或者各種條件下的協商等等）。

　　二、不同的行動主體、不同的習性、不同的身分（例如族群身分、性別身分以及階級等等）還有不同的資本，就會有相對不同的喜好、傾向和社會位置攫取以及群體區分。因此，習性與資本實是可以提供有利的分析工具，有益研究者深入且整體地掌握場域內立居在每個差異位置的女性創作。從而理解文學場域裡不同女作家會有哪些不同的氣質（dispositions）？哪些文化習性（habitus）導引她們的美學傾向（inclinations）？她們處於哪些特定位置？會採取什麼樣的立場（taking position）、佔據哪些位置（position-taking）、與哪些位置進行區隔（distinction）等等。以上種種，都是每一位女性創作者的自我作家形象建構與定位過程，它強化的是個體經驗與背後所依存的社會整體關係，這個部分是值得目前的台灣女性文學研究再致力深刻之處。

　　三、藉助場域論和習性觀來輔助女性文學研究，可將觀察與分析重點從傳統強調的心靈與意識層面，轉向女作家創作的社會條件與實踐，這個作法更能掌握處處隱藏卻是深層運作的性別權力機制。更積極一點來看，這個觀察有助於我們解析女性透過各種創作努力實踐的政治抵抗策略，而非全然被動的受限在社會決

定論。與此同時，研究者也不會隱含一套樂觀的預定假設，認為所有的女性創作都天生必然地具備父權抵抗性。

總括而言，透過對兩套理論的疏通，場域論與習性觀得以周延女性主義文學批評的論述向度。讓場域理論可以更有效地幫助研究者解釋台灣當代女性文學發展的方方面面——不論是從「鉅視層面的文學場域結構」，到「微觀層面的個體女作家創作特徵」，以及「動態的文學生態變化過程」的整體理解。

（二）目前可見的相關研究文獻

遍覽目前可見的女性主義與布迪厄理論的交會討論，幾乎都發生在社會學領域的各種面向上。本書是企圖在文學範疇裡特別是台灣女性文學研究、女性主義文學批評以及布迪厄文學場域概念彼此間的媒合，因此國內外相關研究情況以及重要參考文獻可謂少之又少。此中一個比較令人雀躍的事實是，目前有兩位學者的相關學術著作，她們各自在不同的對象與面向上與本書有所交集，而她們的經驗與成果更為本研究起著重要的示範作用。這兩部學術專著分別是林芳玫的《解讀瓊瑤愛情王國》（1994）以及張誦聖的《台灣文學生態》（*Literary Culture in Taiwan: Martial Law to Market Law*，2004）。另外，集結在張誦聖《文學場域的變遷》這本書中收錄的幾篇論文，例如〈袁瓊瓊與八〇年代台灣女作家的「張愛玲熱」〉（2001a）、〈朱天文與台灣文化及文學的新動向〉（2001b）、〈台灣女作家與當代主導文化〉（2001c）也是與書相關的重要參考。

《解讀瓊瑤愛情王國》在九〇年代中期台灣學院女性主義研究方興未艾之際推出，可謂是台灣女性主義文化研究的重要代表

之一。此書標示出結合社會生產脈絡與文本分析的研究方向，對擅長內緣分析的文學研究者而言，具有開啟另一扇視窗的啟發作用。整本專書以兩個主要的論述主軸交互推衍，一是瓊瑤文本與言情小說的類型分析，另一則是瓊瑤文本所處的文化場域的生產組織結構探討。在這兩個論述主軸之下，林芳玫再將她的觀察細分為四個層次來呈現，分別為文本／形式、組織制度分析、社會／歷史分析以及批判／二度詮釋，由是發展一個結合內緣分析與外沿考察的整體性思考。

　　《解讀瓊瑤愛情王國》的第一個論述主軸是文本的內緣分析，作者首先說明「浪漫愛」這個觀念在西方、中國以及台灣的發展歷程，繼之指出瓊瑤的言情小說是如何將「浪漫愛」觀念予以私人化和女性化。因此瓊瑤筆下的浪漫愛是「去政治化的女性幻想」。第二個論述軸線則是文本的外沿討論，林芳玫試圖描繪瓊瑤所處台灣文化生產場域中生產組織結構的轉變歷程。例如，六〇年代的作家類型與文學聲響如何在省籍、性別、三大區位組織歸屬（官方、以兩大報為核心的民間企業組織、激進異議組織）上做排列組合。再者，七〇年代文學生產組織如何階層化以及如何與出版業的生產結構還有酬賞結構互動。及至八〇年代，文化產銷模式的轉變（大型連鎖書店、暢銷書排行榜等機制）又如何促使市場機制漸次取代評論體系，使文學商品由原先直向階層的高低雅俗之分轉變成橫向平行的產品區隔。這本書在上述兩個論述軸線的相互架構之下，為台灣文學／文化研究帶來不同的討論層次。首先，林芳玫跳脫傳統嚴肅／通俗文學二分的方式來談論瓊瑤的作品，反倒是更深入指出，在表面上看似合理的嚴肅與通俗文學區隔的背後，真正隱含並且積極作用的是知識分子的

象徵性權力鬥爭。換言之,女性言情小說家是男性知識分子在爭奪文化主導權的過程中的犧牲品。此外,研究者明確立居的觀察位置之一,女性主義文化批評,更為此書帶來富有思辨性的貢獻。林芳玫精闢地指出,瓊瑤文本是如何「部分轉化」父權制度的安排,創造出愛情大於親情大於社會秩序的幻想空間,事實上這個作法是一種對父權制度的協商與妥協,而非批判和挑戰。

相較於前述《解讀瓊瑤愛情王國》著眼於台灣當代文化生產環境與言情小說的交錯分析,張誦聖的《台灣文學生態》(*Literary Culture in Taiwan*)關注的是學院所謂的「純文學」或稱「嚴肅文學」的範疇,同樣具有結合文學內外沿研究的企圖。這本書分成三個部分,第一部分主要交代研究者如何受到布迪厄「文學場域」概念的啟發,並且嘗試將他的分析框架應用到台灣戰後五〇年代以迄八〇年代的文學生態觀察。再者,又因為這本書所設定的主要讀者群是在歐美英語世界裡對台灣文學研究有興趣的研究者,所以第一部分無可避免地必需扼要勾勒整個二十世紀台灣文學發展的幾個重要歷史階段。專書第二部分,鎖定台灣戰後五〇年代到七〇年代這一段政治處於戒嚴、文學史相繼出現各種文學潮流的時期。第三部分則集中在一九七五年以後至整個八〇年代,台灣社會歷經劇烈變化,例如政治解嚴以及日益發達的商業化文化生產環境所帶來的繁榮文學生態景況。總觀來說,《台灣文學生態》最具開創性和啟發性的研究示範在於,論者跳脫過去傳統文學史研究慣見的線性式描述的文學史觀以及分析框架,改以文學場域以及美學位置的概念重新架構五〇年代到八〇年代的文學結構與變化。作者在戰後至解嚴後的台灣文學場域劃分出「主流」、「現代」、「鄉土」、「本土」四個美學位置,

並且受到雷蒙・威廉斯（Raymond Williams）的概念啟發，將文化區分為「主導」、「抗議」、「另類」三種特性來界定上述幾個美學位置的屬性。這個做法不僅幫助讀者對台灣文學生態的動態發展以及各種美學軌跡的歷時性變化，有一個系統性、宏觀性的了解，還能微觀捕捉、解釋個別作家在其創作歷程上的特質與變動。換句話說，《台灣文學生態》一方面可以具體地描述政治與經濟條件如何轉換為抽象、間接性的動力以影響台灣文學的生產，另一方面，在勾勒台灣文學潮流的歷史脈動的同時又能動態性地掌握各種位置移轉，呈現文學場域內外的多重互動以及表現在文學內部裡的各種折射現象。

　　在《台灣文學生態》專書出版之前，張誦聖已陸續以期刊論文的形式發表過幾篇與場域概念相關的研究，其中〈袁瓊瓊與八〇年代台灣女作家的「張愛玲熱」〉、〈朱天文與台灣文化及文學的新動向〉、〈台灣女作家與當代主導文化〉三篇，是與本書較為相關的台灣當代女作家研究，本文在此一併提出討論。整體而言，這三篇論文的最大特色就在於研究者將研究對象與整個時代環境做更緊密而且具有分析效益的鑲嵌，觀察作家個人的歷時演變與文學場域的互為關係性。採用場域論作為分析框架的優點已如上述，本文在此不復贅言。值得注意的是，張誦聖在這幾篇論及台灣當代女性創作者及其創作活動時，明顯跳開時下批評家多少會採取的女性主義批判立場與詮釋策略。舉例來說，她認為台灣七、八〇年代的文學發展與當時的政治環境、經濟環境有著千絲萬縷的複雜關係，由此形塑出來的文化意識形態值得研究者們注意。此中一個明顯的文學現象是，自七〇年代後期開始陸續出現一批引人注目的年輕女作家，她們的發展便是深深嵌合在七

○年代中期到八○年代中期由政治所主導的文化活動形構之中。張誦聖以袁瓊瓊的作品為例,分析當時的主導文化是如何作用在這些女作家們的作品上,再進而指出八○年代的主流文學是如何地轉向某種符合中產階級閱眾的品味。因此,八○年代女作家的作品在溫馨幽默中同時帶點輕微諷刺,即使是略帶聳動性的故事題材也不會嚴重挑戰現存秩序。以此凸顯八○年代女性小說家的中產性格——這個階段的女性小說往往隱含著妥協和保守,並且容易與國家意識形態以及主導文化配合。

如果把林芳玫與張誦聖兩人的作法相比,我們可以發現不僅是兩人處理的材料以及對象不同,更重要的是兩人立居的研究立場迥異。所以,接下來我將總合上述兩份重要研究文獻對於本書的裨益性。首先,《解讀瓊瑤愛情王國》是一部文學社會學的文學研究,以突顯文學作為社會文化產品之一的內、外相互建構的過程。這本書對本研究的最大啟發是在於林芳玫同時使用並且靈活出入在文化生產機制與女性主義批判這兩套研究方法之間,特別是可以將外沿研究的優點轉化成女性主義文化批評的正面力量。唯《解讀瓊瑤愛情王國》處理的對象主要是通俗文學範疇,因此書中某些部分的討論與許多優點便不適用於嚴肅文學的分析(兩者相去較遠)。至於《台灣文學生態》則相對地更集中聚焦在台灣(嚴肅)文學場域的整體架構與變化過程。這本專書可以說是布迪厄場域論、習性觀的充分運用。然而對本書作者而言,「性別」完全不是張誦聖在思考與分析上的必要參數,因此不論是單一女作家或者女性創作群體都只是作為一個研究討論的對象而存在,這與討論一位男作家或者男性創作群體並無殊異。例如,在前述所列舉的一篇討論朱天文的研究裡,張誦聖處理了朱

天文的族群身分與政治和文化意識形態認同，卻未曾稍有論及朱天文的性別身分這一個面向。但是對熟悉朱天文（甚至朱天心）的女性文學讀者而言，「性別」之於朱天文恐怕還是具有相當程度的關注和討論空間。這對希望再擴充或者再精進台灣當代女性文學的研究者而言，是某種缺憾。整體而言，上述兩位學者的研究成果是這類文學社會學研究的重要文獻。

二、台灣當代文學場域勾勒

藉助布迪厄的場域理論來思考台灣當代文化形構及其文學生態，我們不難發現，八〇年代的台灣文學場域是變動最為激烈的階段。相對於戰後以迄七〇年代之間，文學場域較大程度受到政治他律性原則的規範，我們普遍可以同意的是九〇年代以後的文學場域已然進入自主性大幅提升的另一種新秩序。此間，七〇年代末期以至整個八〇年代，是台灣文學場域內各種新興位置相繼浮現、彼此競爭，促使場域秩序快速翻轉重組的關鍵階段[2]。整體考察，造成此時場域內部秩序變化甚至結構翻轉，與下列幾個重要因素密切相關。例如（一）國民黨威權體制及其主導力的漸次削弱，社會文化場域裡反對性力量不斷增強、（二）文學生產機制的商業市場轉向、（三）來自西方各種後結構衝擊性思潮對本地文化的刺激、（四）文學美學典範的更替、（五）以戰後嬰

---

[2]　在此之前，六〇年代的現代派文學運動以及七〇年代的鄉土文學運動，分別作為戒嚴時期主導文化的另類性文化（alternative culture）與抗拒性文化（oppositional culture）而生，程度不一地挑戰了文學場域內的主導力量（Chang，1993：2，24，43-44）。

兒潮世代為主的年輕創作群的出現……等。本文在這一節裡正是
針對上述台灣當代文學場域的新變化，進行一個比較系統性的描
述。這樣做，更是有助於以下我在本書各章裡針對台灣當代女性
文學的討論，先行建立一個必要的場域輪廓。

　　首先，八〇年代來自政治社會場域的民主化運動以及經濟自
由化的過程，是刺激文學場域內的權力與資源分配重組的外在重
要因素[3]。繼七〇年代發生的法統危機後，國民黨政權急迫面對
的是八〇年代發生在國內的政治與經濟層面上的統治能力的瓦
解。來自島內各種社會反對運動前仆後繼地湧現，並且最後往往
走向政治性的抗爭，國民黨政府迫於內外各種現實局勢不得不放
鬆箝制力，有限度地允許不同的聲音和立場存在。由此回顧整個
七〇年代以迄八〇年代的台灣社會場域，此中最特殊的變化即是
「民間社會」的日漸強大，以及有組織的社會力的不斷躍升[4]。

3　和其他外部場域（例如政治場域、社會場域或者經濟場域）一樣，文
　　學場域的獨立性是相對的，它和其他場域同樣位處於權力場域的關係
　　以及運作之中。又特別是當我們討論的對象是從布迪厄所賴以觀察的
　　十九世紀法國文學生產場域，轉而面對二十世紀末這個處於剛脫離國
　　民黨軟性威權主導文化、但是無法完全擺脫新殖民主義影響的台灣社
　　會來看，二十世紀末的台灣文學場域變動與外部的政治社會有著更加
　　密切的互動關係。再者，布迪厄所分析的現代社會主要是十九世紀法
　　國的資本主義社會裡，文化生產場域的自主性如何逐步增強的過程與
　　條件，然而，即使在二十世紀末進入後解嚴時代的台灣，文化活動在
　　表面上已不像過去戒嚴時代那般明顯受到外在政治力量的干涉，政治
　　性的他律原則仍然複雜迂迴並且持續潛在文學場域裡發揮作用，這是
　　研究台灣當代文學無法輕忽的重點。

4　根據蕭新煌在〈1980 年代以來台灣社會文化轉型：背景、內涵與影
　　響〉一文中的定義，所謂的「民間社會」指的是「在個人、家庭和國

民間社會的發展還有各種新興社會運動的蓬勃，不僅是找尋社會
新秩序的一種有意識的動力，並且彰顯了社會與文化場域裡「求
變」、「重塑」、「選擇」的新價值。

　　八○年代台灣政治反對運動與社會運動的活絡，除了主要是
因為民主、民權意識提升的結果，此一意識的激長更與島上的經
濟富裕程度以及工業化條件的提高緊密鑲嵌。持續的金融危機、
市場運作與國家機器之間因為不同邏輯所產生的緊張，使得台灣
資本主義的發展對既有的政治統治形式以及制度產生挑戰。或者
從另一個角度來說，台灣社會在八○年代邁向資本主義經濟的發
展還有因此帶動的社會結構轉變，不斷造成國家機器與民間各種
組織的衝突和緊張。與此同時，經濟發展所累積的富裕讓社會大
眾不再只限於追求基本生存層次的溫飽，有餘裕將其關注力放在
社會與政治的改革（朱雲漢 1989）；高等教育的發展有助社會
意識的強化，特別是其中有不少知識分子是在歐美國家接受西式
教育或相關訓練，這也是促使他們要求一個更民主而現代化的台
灣政治與社會型態（張茂桂 1989）。再加上大眾傳媒檢查制度
的漸次鬆綁、出國機會的增加，亦間接刺激了台灣人民有知識與
能力進行自我組織和表達各個層面的要求。以上種種都是刺激台
灣市民社會出現的因素。

家之間所存在的真正自由結社的各類中間社會組織」。這類組織比較
不受到政治力或經濟因素的支配，是更大程度地憑藉自由意志來建構
公共領域，以表達、交換大眾的利益和想法來向國家做合法的訴求。
「既欲制衡國家政治力的過分擴張和滲透，亦欲防止企業經濟力的過
度膨脹和支配，其終極目標則是規範社會與國家和企業三者之間應有
的正當及合宜的關係。」（蕭新煌 1999：149）

　　儘管造成文學場域結構翻轉的主要動力來自各種位置之間的
競爭關係，但是台灣當代文學場域內的位置攫取活動以及新位置
的出現，與外部場域的變動有著迂迴對應的密切關係。舊秩序瓦
解而新秩序尚未建立的混亂狀態、公共領域瀰漫各種不確定感和
興奮與焦躁的氣氛，再加上資本主義自由經濟的推波助瀾，這些
都對文學場域裡新位置的出現產生相當顯著而有意義的作用。所
以從上述台灣政治社會場域的新變化，我們可以在文學場域裡看
出某些折射關係。例如七〇年代末鄉土文學風潮引發的論爭雖然
慢慢減退，後續餘波盪漾的文化效應卻不容低估。文學場域內抗
拒性或者另類異議性的力量不僅增強，並且日漸被視為是打破過
去威權體制主導文化的新立居點。「台灣現實」以及「本土意
識」在八〇年代的台灣文化場域裡以加快的速度累積其文化正當
性以及象徵資本。如果以布迪厄的場域理論來看，「鄉土」這個
美學位置包括日後更清楚地分化出來的「本土」美學位置，成了
台灣當代文學場域裡新開發出來的鮮明空間。一個明顯的例子
是，觀察葉石濤、陳映真等人從七〇到八〇年代的文學活動歷程
（包括他們在各階段所主張的文學觀），我們不難看出他們立據
在場域裡的各種新位置上的競爭，還有文化資本與象徵資本在此
中的交換過程。

　　七〇年代末以降的台灣文學生態邁入另一階段，商業經濟因
素在這個時候逐漸加強它對場域的作用力，成為台灣當代文學生
產的決定性力量。關於台灣當代文學生產機制的商業化轉向，歷
來已有一些重要的研究論文分別從不同的切入點探討。例如呂正
惠在一篇觀察八〇年代後期的台灣文學創作的文章裡指出，台灣
文學的商業化轉向最早可以溯自七〇年代兩大報的副刊，八〇年

代隨著金石堂等企業化書店經營的出現以及暢銷書排行榜制度的
建立，遂告正式完成（呂正惠 1992：140）[5]。林芳玫在《解讀
瓊瑤愛情王國》裡從一個更宏觀且整體的視角說明了八〇年代台
灣文化生產在組織面和制度面的大改變及其影響。八〇年代文化
工業的崛起，現代化、商業化、組織化的文化產銷機制不但將嚴
肅文學與通俗文學的分野打破，連帶「文學」與「非文學」的界
線也被消解（1994a：191-193，199）。更重要的是，在這種構
造越來越複雜的文化建築裡，「藝術分類系統的四個面向——分
化、階層化、普遍同一性、儀式效力都受到影響，其中又以不同
階層的模糊與混雜最受影響。」（1994b：68）此外，張誦聖針
對戰後以降的台灣文學場域變化亦提出類似的觀察。她認為七〇
年代中期無疑是當代台灣文化社會發展的重要分水嶺，一個明顯
的例子是，六、七〇年代以菁英雜誌為基地的主流文學生產在七
〇年代中期以後慢慢轉為副刊以及與副刊緊密掛勾的文學出版工
業所主導（Chang，2004：142）。張誦聖立論的基礎來自於七
〇年代中期以前的台灣文學場域裡，不論是受自由主義影響的現
代派或是走向社會主義理想的現實主義倡導者，都是以菁英知識
分子的文學同仁雜誌為基地。這一類立居在「另類的美學位置」
或者「反對的美學位置」上的文學活動，帶有較大的自發與自主

5　鄭明娳也曾經針對通俗文學與純文學在內容與意義界定上的劃分，做
　　一概論式的討論。因為這篇論文屬於總論性的說明，不涉及文化生產
　　面的討論或者更嚴肅文學領域的細部分析，與本研究在此想要突顯的
　　外部機制問題相去較遠，所以本文在此略過。詳細內容可見〈通俗文
　　學與純文學〉，收錄於林燿德、孟樊主編《流行天下》，台北：時
　　報，1992 年。

性（相對於當時國民黨軟性威權體制主導的主流美學位置）。然而七〇年代中期以後，台灣文學生產體制還受到另一個來自整體經濟轉型的影響，文學生產在此時出現根本性的變化[6]。八〇年代活絡的副刊文化和新興的現代都會文化傳媒密切相關的出版業，便是最佳例證。

總合上述研究，不論是林芳玫就組織及制度層面來看文化分類的變化，或者呂正惠針對文學內部的觀察（作品本身的內容或寫作方式）以及張誦聖從文學場域變動進行更整體的分析，莫不是一致同意八〇年代以降台灣文學生產機制已然調整到另一種新的條件和特性。嚴肅文學創作從過去的「作者導向」轉到「讀者導向」，文學出版品不但力求在最大範圍內能滿足各式各樣讀者的閱讀口味，甚至有所謂的「流行文學」來取代「嚴肅文學」、「純文學」這樣的說法，用以強調本地的文學創作環境無可避免地受到種種商業市場環節的影響。儘管嚴肅文學與流行文學兩者並不容易劃分，不過相較而言，「流行文學」一詞除了比較強調消費、流通、接收、包裝等等文化工業的意味，作品本身的內容刻劃、情節鋪陳、主題設計甚至表現技巧等等也都明顯帶有吸引讀者閱讀興趣的意圖[7]。

---

6 例如七〇年代末的鄉土文學論戰，使得「副刊」作為大眾傳播媒介的功能和特性彰顯無疑。鄉土論戰之所以能夠快速擴張其影響力，其中一個很重要的原因是仰賴當時新崛起的傳播媒體。詳細研究可參閱：李祖琛，《七十年大台灣鄉土文學運動析論——傳播結構的觀察》，政治大學新聞研究所碩士論文，1986 年；林淇瀁，《文學傳播與社會變遷之關聯性——以七〇年代台灣報紙副刊的媒介運作為例》，文化大學新聞研究所碩士論文，1992 年。

7 關於這一點，林芳玫在相關研究脈絡裡也曾提及相近的看法。她指

　　當代文學生產的市場化傾向，在過去的批評典範裡比較容易被置放在「文化工業批評」VS.「通俗文化研究」兩極評價中爭論，但是本文在此要強調的反而是「市場」與「美學」在當代文學生產機制裡已是一體兩面的事實。當市場因素取代過去舊式評賞標準，成為新的文學生產、傳播和品鑑的文化機制之一，這不僅大規模地改變當代文學的產銷型態，連帶創作者的美學認知原則也受到相當大的衝擊甚至必須做調整。我們需要對這樣的文學生產條件有一定認知，以便在處理台灣當代文學生態時有一個適切的歷史對應。以下，我將討論重點由此繼續延伸到台灣當代文學場域的其他新變化，而這些新變化都直接或間接地對美學觀產生影響。

　　八○年代自西方社會引進的激進思潮在台灣發揮作用，是關注台灣當代文學發展的研究者無以漠視的文化現象之一。自八○年代初期開始，各種激進思潮例如新馬克思、批判理論、女性主義、後現代主義以及稍晚的後殖民論述……等，陸陸續續被引進台灣；各種跟社會實踐有關的思想學說逐漸蔚為顯學，從而也使八○年代成為一個社會哲學的年代。這些大量翻譯轉介的西方思潮，不僅為台灣當代文化場域提供了反叛舊秩序的理論基礎，挹注本地社會改革運動的推進，同時也打開一個追求高層知識的文化空間，更是啟發前衛藝術創作觀的源頭之一。當代文化藝術觀

出，文化工業的運作方式攪亂了原來不同層級的文化界線，例如暢銷書排行榜的出現：「入榜的作家其實不乏高學歷而具有文學聲譽者（如李昂），這其實是一種中上層文化，但由於逼近上層文化，因此容易被精英分子斥之為披著嚴肅文學外衣的通俗文學。……」（1994a：200）

念的更迭創新,可以說是同時受到經濟自由化的刺激,還有伴隨島上政治民主化的社會脈動而生。後結構理論中的各種詮釋框架,在某種程度上為當時正在萌發的台灣民族主義正當性,提供了一個更全面而完善的解釋。這兩種文化驅動力同時被援用來處理同一個歷史情境,此中涉及的正是八○年代以降台灣所經歷的種種變動、面臨的種種衝突。是以後現代和民族主義表面上看似對立的兩端,其實彼此間有著更多的互動與協商(廖咸浩1999:110-125)。

台灣社會在這些前衛思潮的衝擊下,很快就瀰漫一股欲求高層文化的風氣。對當時處於知識飢渴症狀態的台灣社會而言,新思潮、新觀念無疑具有莫大的新鮮感和吸引力,更重要的是,它們能夠激發本地社會的創造潛力。我曾在〈九○年代台灣小說與「類菁英」文化趨向〉一文中指出,自西方文化引介而來的前衛思潮除了是為台灣奠定一個深具反省與批判力量的文化場域基礎,也為當代社會開創某種求新、求知、求變的智性氛圍。不難發現,越來越多的台灣民眾願意在日常生活中投入更多的時間從事各式文化活動,對精緻藝術的欣賞素養逐漸增強、對智識性讀物的需求量以及接受度也逐年提升。再加上日益加劇的資本主義與全球化趨勢衝擊,讓過去那些原本屬於少數菁英階層專有的前衛文化,在極短的時間內透過一套有系統的生產編製模式,快速流通到大眾流行文化體系裡。各種新潮觀念在很短的時間內便可以成為人們耳熟能詳的流行語彙。這幾個重要的因素快速地將解嚴後的台灣當代文化生活調整到一個新鮮活絡的狀態,結果之一便是某種欲求高層文化素養的風氣逐漸成形。

如果說,商業市場取向的組織制度和日新月異的現代傳播媒

體強化了當代文學創作活動的「讀者導向」，那麼後現代文化趨向（postmodern culture trends）強調的新藝術觀（後現代美學）更為文學藝術創作提供源源不絕的靈感觸媒和現實動能，甚至取代前此（寫實主義和現代主義）的美學典範，對台灣本地文化文學生產的影響逐日加劇。仔細觀察，八〇年代初的小說主要還是以結構明朗、敘事精簡的形式取勝；及至八〇年代中期以後，擷取時下流行議題並且搭配各種小說形式實驗的寫作蔚為主流。自後設美學觀破除傳統寫實主義文學規範開始，當代小說日益邁向各種變異的藝術表現方式；不但在文類體裁、形式、風格甚至連整個審美標準也隨之位移。許多作家不但敏銳捕捉一個有別於過往經驗和秩序規範的現代性震撼，更是勇於探索各種禁區——從歷史與政治還有身體乃至於是對整個認知體系的懷疑，莫不是表現出更加前衛進步的藝術創作企圖。這些前衛藝術觀對八〇年代以後的台灣文學創作具有高度壟斷性，它們左右了創作素材的選擇並且影響創作者在文學場域裡的聲譽、地位（林淇瀁 2003，廖炳惠 2003）。

　　有意思的是，當文學的生產、傳播還有消費漸次被納入一個完整的現代化市場機制時，折衝在高層文化與市場法則之間的矛盾和弔詭，成了這一批新世代創作者們自覺／不自覺的挑戰。如果我們將黃凡與陳映真的作品進行比較，便能發現此中的差異。以黃凡為代表的八〇年代政治小說，深刻地反映出在主導文化與都會傳播媒體的合作之下，原本屬於抗拒性的題材也可能被主流吸納與消解。這樣的文學現象並非單一，八〇年代出現一批浪漫的鄉土文學作品也是一個明顯的例證。尤有甚者，我們在業已耳熟的九〇年代作家作品裡，不難發現它們與當下社會的熱門話題

有著高度的契合，同時也是新潮理論的最佳分析示例。此中，同志文學、女性文學、旅行文學、情慾題材等等，以快速擴充的方式佔有文學市場空前的比例。後現代書寫技巧成了創作者勝出的基本配備[8]。在被喻為創作風向球的「兩大報文學獎」裡，我們可以看到最明顯的書寫趨勢：「參賽作品往往產生相當高比例的同質性，大部分是後設小說、偵探、法律、情色、魔幻和鬼魂等意象與情節交錯的作品，利用這個方式來向張大春、楊照、朱天文、駱以軍等人的作品學習，提高獲獎的可能性。」（廖炳惠 2003：56）廖炳惠的觀察，恰好可以用來輔助解釋布迪厄的文學場域變化邏輯：

> 在一個既定時刻裡，在市場上推出一個新生產者、一種新產品和一個新品味系統，便是意味著把一整套處於合法狀態且分成等級的生產者、產品以及趣味系統打發到過去。……場域結構的任何變動都會引發趣味結構的變動。
> （Bourdieu，1996：160）

8　林燿德認為在五〇到六〇年代初期出生的小說家在八〇年代促成另一種新的典範更替，而這個文學現象又與整個世界文學、哲學的發展趨勢密切相關。包括與魔幻寫實、後設書寫、解構、後現代等當代文學潮流的隱隱呼應：「誰在這個醜惡的時代書寫出嶄新的價值體系，不論是善是惡，誰就能在後世的文學視野取得一席之地。」見林燿德，〈「另類」的領空──序陳裕盛《慾望號捷運》〉，台北：書品文化，1995 年。另外還可參閱陳明柔，《典範的更替／消解與台灣八〇年代小說的感覺結構》，東海大學中國文學研究所博士論文，1998年。

對台灣當代小說創作者來說，整體文化場域的變動再再導引他們善用新的、世界性知識潮流裡的象徵符碼，向高層文化汲取創作靈感或素材，創造「秀異」（distinction）文本[9]。這種對於高層文化頗為自覺性的運作，頗能為創作者帶來區隔異己的象徵性資本。再加上文學評論者也頗愛援引最新的舶來理論為文學作品的象徵價值加碼，更使得文學生產活動與時下熱門的社會文化論述常相應合。因此，台灣當代文學生產場域裡，新興的思潮與議題大量滲入文本，小說創作從題材選擇到形式設計都有「朝向高層文化邁進」的架勢（張誦聖 2001：203-210）。

　　總而言之，外來激進思潮的刺激不但為台灣社會開啟高層文化、另類文化的視野，更快速推翻了長期主導台灣文學創作還有閱讀的保守、軟性、抒情品味，為新的文學典範奠定基礎。不可忽略的是，八〇年代文學場域的結構重組還與這個時期新世代作家的出現密切關連。在七〇、八〇年代之交甫出文壇的新生代作家群，主要是出生在戰後的嬰兒潮世代。他們大多來自中產階級小康家庭，生長環境以及教育條件要比上一個世代的創作者來得充裕，在文學的教養過程裡也程度深淺不一地受到西方現代文化

9　本文所使用的「秀異」與「區隔」這兩個詞彙，同樣是對應布迪厄提出的 distinction 概念。布迪厄的 distinction（區隔）——藉著賦予個人較優越的文化價值感以區別自己和他人的品味、地位，有助於我們進一步理解當代文學美學的文化心理機制。就布迪厄的理論來說，對於文化商品的品味也是一種位階判斷的指標（Bourdieu，1984）。本文在中文譯詞上會出現「秀異」與「區隔」二詞的替用，主要是因為布迪厄的「區隔」事實上帶有「優秀與差異」的意思，在本文文意傳達效果的考量下，有時採用「秀異」會比採用「區隔」更清楚。

的影響，此中不少人並以此做為藝術追求的目標[10]。就連作家身分也較以前來得更加多元。早期的文學創作者同質性較高，有志於創作的作家通常會有一份固定的工作來維持生活。在維生的工作之餘，創作活動以及作家身分才是他最大的認同。而當前我們的創作者身分相當多元，他們可能同時扮演多重角色——教學、研究、寫作、圖書出版商、主持各種媒體節目等等都是同等重要的活動。即使是「專業作家」，也就是以「寫作」做為兼具興趣與謀生功能的正職，也可能同時觸及好幾個藝術面向。他／她也許可以同時跨足詩、小說、散文各式文類，甚至還具備繪畫、攝影、編劇等等專長與身分。

　　新世代作家的出現與文學場域內幾個新興開闊的美學位置彼此合縱連結，一起構築台灣當代文學場域的新空間以及新秩序。多變繁複的新潮藝術、全球性流行文化的湧進，不僅大幅度地改變著台灣閱讀人口的文學視野、品味，更是不斷刺激新舊美學成規的快速汰換與變化。我們不難發現，活躍在八〇年代及其後的台灣小說家對於時興議題或者最新流行的概念不但有著相當的敏銳度，並且能快速轉化為藝術創作的靈感和養分。因此，不論是在八〇年代初出文壇及至九〇年代儼然已是文學導師的「戰後嬰兒潮世代」，或者在九〇年代剛被稱為「新世代」寫手的五年級作家群，他們在向廣大觀眾傳播高層文化理念的過程中扮演著文化媒介人（culture intermediaries）的角色。對於台灣當代創作者來說，高層文化（各種前衛的藝術觀）是他們力圖最大化地擴大

---

[10]　我們可以從許多戰後嬰兒潮世代的作家訪談內容裡發現，他／她們大多曾表示過自己的文學啟蒙受到西洋現代文學的影響很大，學齡期間的閱讀也有好一部分是西方文學大師們的經典之作。

可以獲得的感覺範圍並加以體驗的重要媒介和對象。又特別是在當代文化產銷模式的邏輯裡，高層文化使得每一個人似乎都能擁有與眾不同的位置，都會玩出別具一格的遊戲，並都可以標出其他具有內在涵養的符號。而這些在以前都僅止限於是少數知識分子所獨有的東西（Bourdieu，1984：371）。甚至，九○年代以後小說家所處的文學生態，不僅只是本地創作者之間的競爭，更要面對來自全球文化市場裡各種五花八門、爭奇鬥豔的產品壓力。因此，如何在不斷更新的市場法則以及高層菁英文化的追求之間找出一個平衡點，便成了當代文學創作者的挑戰。在這樣的過程中，有不少創作者藉此得以突破自己的文學成績、甚至挑戰當下的創作格局。也有人樂於在理論、符號與形式構築的文學叢林裡，做著買空賣空的遊戲。此中發揮到的效果以及達到的成就，還是有待研究者的仔細評估。

　　總括上述，同時受到「政治」、「市場」以及「美學」左右的台灣當代文學場域，此中最值得我們關注的正是空間內各種美學位置的力量是如何的此消彼長，以及新位置由浮現到確立的過程。不論是政治社會場域內生發的抗拒性力量或者市場經濟取向的文化生產、前衛美學的異議性價值觀、創作者的世代更替等等，這些都是八○年代的台灣文學場域內慢慢形成的新空間。新的美學位置，不論是挾持著文化意義的正當性或者政治意義的正當性，莫不是試圖在這個原有秩序鬆動的場域裡爭取一席之地[11]。甚至努力累積豐沛的資本，試圖主導場域的秩序。

11　按場域理論而言，若要爭取位置、建立正當性，必須推翻當時的主導
　　核心及其資本。場域結構的重組可能會讓過去立居主導地位的美學漸
　　次式微，但也可能換個方式吸納其他的文化特性，而根本上還是保有

三、台灣當代女性文學的場域論實踐

　　自一九七〇年代末期開始，台灣文壇陸續崛起一批批出色的
女性創作者。她們汲取現代都會的文化形式，捕捉當下社會激烈
轉型期間的各種女性處境與問題，不僅大幅開拓台灣女性創作者
的文學版圖，更為台灣的女性主義文學批評提供一個可以充分描
述、說明以及辯證的分析範疇。因此所謂的「女性文學」（在不
同程度上統合著作家的生理性別、創作內容以及性別意識）一
詞，就在八〇年代初的台灣文化界不脛而走。及至九〇年代，隨
著島上政治結構的劇烈變動、社會瀰漫的危機意識、來自中國的
威勢恐嚇、國際身分的邊緣曖昧，無不刺激台灣內部社會萌生一
股極為強烈的自我定位的欲求。一時間，「女性／性別」成為九
〇年代小說書寫的重要文化符碼之一，它不僅承載女性主體的闡
釋空間，更能夠發揮最大的聚合能量，與國家、族群、歷史、情
慾、記憶、第三世界邊緣論述等等，產生時而聯盟戰鬥時而分庭
抗頡的複雜關係。

　　這個明顯被標舉或者自我標舉的創作者性別身分以及她們的
書寫風格，可以說是台灣當代文學場域內一個新興明確的位置。
甚至到了九〇年代以後，「女性文學」的位置愈形擴大而且複
雜。這些女作家們的文學活動及其書寫軌跡，一直與台灣當代社
會文化網絡有著密切的聯繫互動。從創作本身到文本的傳播以及

　　換湯不換藥的內部邏輯在運作。例如，張誦聖在其研究中便指出，一
九四九年以後由國民黨威權體制所形塑出來的主導文化，在八〇年代
巧妙地結合文化生產機制的種種包裝來偷渡主流意識形態的影響力
（Chang，2004：149-153）。

收受、品鑑的過程，我們可以從中探勘女性創作者的文化主體形塑，與整個複雜的文學生產機制以及台灣當代政治社會變遷的關係。換個角度來說，台灣當代女性文學創作的豐富性、女性創作者們與時代的密切互動性，正是一個可以提供文學社會學以及女性主義批評的思考衝擊／匯融空間。誠如本章〈布迪厄場域理論對女性文學研究的挹注〉，我不僅在理論層次上試圖弭平布迪厄理論所隱含的性別文化偏見，更要闡明場域概念與女性主義之間的相通性，甚至對女性文學批評可能提供的正面貢獻。接續第一章之後的其它章節，便是在前述理論疏通的基礎上所進行的材料撰述與分析。

　　本書設定的研究對象，絕大部分都是活躍在 1980 年代以降台灣文學場域裡的女性小說家們。她們在場域內各自有其具體辨識的美學位置，每個章節的重點都圍繞在這些女性創作者的文學習性形塑、文化資本型態與數量、美學變化軌跡、各個階段的文化生產條件與整個文學生態，來進行動態性以及關係性的思考。選擇朱天心（〈性別與文學實踐感〉）和李昂（〈新興位置的開闊與奠定〉）作為場域分析的起點，不僅是因為這兩位女性小說家自身豐富的創作量與文學成就，她們的文學習性與寫作軌跡，更是各自代表著背後一群與之相似的女作家群像還有文化和美學系譜。與此同時，朱天心和李昂之間的差異性，例如各自選擇立居的美學位置的不同、介入各種文化活動的方式以及日後的發展狀況等等，又能夠讓她們彼此間產生鮮明而且具有特殊意義的區隔、相互參照性。李昂（1952-）與朱天心（1958-）年紀相差不遠，基本上她們的習性形塑都是植基在台灣戰後嬰兒潮世代的教育環境與文化養成系統裡。她們在知識培育的階段能汲取的文化

養分差不多，也同樣地都在高中階段就有作品發表。有趣的是，
李昂對西方進步文化抱持著開放接受的態度，朱天心則對中國文
化情調情有獨鍾。因此，朱天心與李昂在初期的文化品味及其對
應的美學位置便有了極大的差異。在我的初步觀察中，她們兩位
在創作之初分別代表了「另類異議文化」再現與「軟性威權主導
文化」再現之間的對照。然而，伴隨作家寫作生命的時間推移與
文學場域的漸次變化，原本屬於浪漫保守主義的朱天心慢慢拉出
批判的視野，甚至展現突破既有格局的企圖。至於李昂最初立居
現代前衛的書寫位置，卻慢慢地與當代主流文化成規愈走愈緊
密。因此，觀察這兩位女作家她們藝術養成的歷史結構性與個人
特殊性，自有其重要意義。放大來看，「主導」與「另類」這兩
股文化力量在八〇年代文學場域裡的發展，如何持續影響作者在
九〇年代的書寫迴應，猶是耐人尋味。

　　繼朱天心和李昂之後，第四章〈通俗保守文化的再生產〉則
是藉助布迪厄對文化的時間結構的釐析，並輔以雷蒙・威廉斯
（Raymond Williams）對於文化生成過程中的三種基本成分區
分，來檢討當前台灣文學品鑑的標準。我個人認為受到「政
治」、「市場」以及「美學」三種文化生產力量所彼此牽引、相
互作用的台灣當代文學產品，很容易因為表面性的形式設計或者
內容觸及的議題符合社會場域所需，便受到學術市場的青睞。所
以這篇論文選擇蔡素芬和鍾文音這兩位女作家作為抽樣討論對
象，我以此來說明保守以及通俗流行文化換湯不換藥的生產過
程。這個研究背後最大目的，是針對當前大量走向文化研究範式
的文學批評策略，再提出美學品鑑的要求。畢竟，解析一部文學
作品跟討論一則電視廣告，終究不一樣。正因為台灣當代文學的

內部構造愈加繁複與混雜，所以美學品鑑對文本詮釋活動來說，愈加不可或缺。至於本書的第五章〈「婦女寫作潮」的文學體制研究〉則是在一個更寬廣的女性文學創作地景上，透過「文學體制」（literary institution）作為一種分析框架，來開啟女性文學研究的其他思考空間。文學體制屬於文學場域運作的一環，與習性、資本、位置等等概念一樣是建立在一種普遍可行的前提上，企圖對定義範圍內的所有存在現象加以解釋。關於這個研究框架的設定與合理性，我會在本書的第五章有清楚的交代。整體而言，這個研究是由文學的歷史嬗變來審視婦女寫作文化的生發規律，並且試圖闡釋這種規律的生發條件。這一章在時間範圍與研究對象的選擇上，有三分之二的篇幅是超出本書的「當代」與「台灣」這兩個界域的設定。明知此舉一開始便可能招致許多質疑之聲，但是女性文學如果都只是打著保守牌、安全牌的研究策略，眼見就要淪為昨日黃花。思及至此，我仍然選擇這個費時、吃力又不討好的大膽嘗試。

　　運用布迪厄的場域框架來審視台灣女性創作活動，對於解讀朱天心作品裡糾纏複雜的女性意識有何幫助或者突破？對於分析李昂的女性主義小說有何除魅的作用？對某些在書寫上還不是那麼明確清晰的女作家及其作品，又有哪些判斷的依據與定位的功用？再者，場域理論對女性文學研究還有沒有其他可能開展的思考空間？是否可以再延展出其他值得觀察的面向？最後，如果布迪厄的文學場域理論對於台灣女性文學研究可以有所助益的話，那麼這個分析框架及其成果不也是挑戰了布迪厄所鞏固的男性優勢／女性弱勢論？因為女性創作者唯有自覺於場域的結構運作與權力資源分配的邏輯，對於象徵資本與象徵意義的爭奪甚至權力

結構的翻轉，才有可能具備更大的戰鬥力，而非只是被動地服從場域主導規則。以下數個篇章，是這個嘗試的開始。

第二章　性別與文學實踐感

　　過去已有大量的研究指出，朱天心的創作歷程在八〇年代末期呈現所謂的「裂變」或者「轉型」。無論是從「本質」到「現象」（詹宏志 1989）、從「青春兒女」到「老靈魂」（張大春 1992）、從「終極信仰」到「認同游移」（楊照 1995）、從「有情」到「怨毒」（王德威 1997）、從「大觀園」到「咖啡館」（黃錦樹 2003）還有從「感官細節」到「易位敘述」（周英雄 2000），這些圍繞著朱天心的寫作態度、文本內容、美學特性以及世界觀所作的解釋，莫不是勾勒出作家書寫歷程的前後期差異。現有的分析詮釋不僅可以看出朱天心在文學藝術上的成就、意識形態的變化與思考格局的突破，更可以觀察到不少台灣當代批評潮流在此中的起伏更迭。朱天心的創作與台灣政治文化脈動緊密相關，她的寫作姿態要比其他小說家更加入世地將自我投射在文本中，藉由書寫積極與當代社會對話論辯。這也難怪當代學界多數論者對朱天心的討論實在難以避開她的族群身分與政治光譜（吳忻怡 2008），與國家、族群以及性別多重身分認同的交纏，是討論朱天心文本不可或缺的議題（何春蕤 1994，邱貴芬 1997a）。

　　無庸置疑，朱天心的寫作生涯與台灣文學發展過程之間有著密切而且錯綜複雜的關係，她在台灣當代文學場域裡的重要性並

不是只討論其藝術創造性的問題就能解決。朱天心的文學養成還有她三十多年來的書寫活動，不但凸顯複雜的文學與歷史脈絡，更因為她的創作亦較其他作家帶有清楚鮮明的現實指涉性（直接且大量的台灣當代生活素材），尤其能夠凸顯自微觀層面的個人創作特徵乃至宏觀層面的動態文學場域的變化關係。換句話說，如果將朱天心置於台灣當代文學與文化場域之內來觀察，我們可以更加清楚且深入地看到她的文學習性養成、藝術美學特質、性向形塑、各階段的社會網絡再現，還有作家處於社會權力空間裡的各種回應。用布迪厄的概念來說就是，我們可以比較充分地探討朱天心的文學習性還有她具備的文化資本，是怎麼樣在每個有意義的歷史階段裡與文學場域相互發生作用，進而體現在她的創作實踐感（文本再現）之中。

跳脫以實體為本位，代之以「關係」為優位的思考模式，是布迪厄認識論的特色。這樣的思考模式推導出布迪厄著名的關於日常生活言行的理論——「實踐感」（sense of pratique）[1]。布迪厄的「實踐感」概念首先強調認識的對象是構成的而不是被動紀錄的；再者，「實踐感」的構成原則是由結構（場域）和促成結構化的傾向系統（習性和資本）所交互作用而成。所以我們對行為主體（agent）的日常生活言行表現，不能只是單純分析主

---

[1]　布迪厄採用 pratique 一詞來指涉他的「實踐」概念，意指人們一般性的實際活動，也就是我們所謂的日常生活言行。布迪厄認為，以往「實踐」（praxis）這個概念常被用來讚賞馬克思主義或者法蘭克福學派，而他自己所謂的「實踐」（pratique）是指人類的一般性活動，其中包括生產勞動、經濟交換和大量的日常生活活動（Bourdieu，1984，1990）。

觀內在的心智結構（即行動者的習性），而必須探討其與客觀外在的社會結構（即社會場域）之間的關係。因為文學場域與其他的社會場域、文化場域或者政治場域一樣，具備各式各樣結構與功能同構（homologies），所以當布迪厄在處理「文化生產場域」的概念時，也以文學活動者（例如福樓拜與波特萊爾）的藝術實踐感來解釋具備什麼樣習性與資本的創作者，在什麼樣的場域條件下可能會有什麼樣的藝術實踐／策略（Bourdieu，1996）。

　　布迪厄的實踐感概念可以幫助我們在討論朱天心的文學時，一則避免將現實層面裡的各種政治社會條件與藝術創作活動進行過度等同化約的處理，再則也可以填補過度強調創作者個人內在心靈層次的展現而忽略寫作的複雜物質性條件影響。朱天心由成長背景與文化教養環境所共同孕育的「文學習性」（literary habitus）以及表現在創作活動的「文學實踐感」（sense of literary pratique），特別明顯地是隨著主體生命經驗的變化而變化，還有那些未曾隨著時間推移而遺留下來的積澱。誠如王德威所言：

> 不管怎麼看朱天心的前世今生，多數評者的立論皆止於單線史觀，……朱天心的創作歷程因此成為一則墮落與成長的故事，一則失樂園式的神話。我同意多數評者的看法，認為朱天心在八〇年代末期經歷了題材與風格的斷裂，但卻以為這一裂痕的前因和後果，不見得如此清楚明白。
>
> （1997a：15）

我個人則進一步想要強調的是，朱天心的文學習性以及文學實踐感既是體現了一個特定時代的主導文化的銘刻烙印，也還含括著屬於創作者個人生命歷程的推演、各種身分的變換與附加，彼此絲縷相牽而無法截然清楚地劃分。在過去，我們可能專注在朱天心寫作的某些「新變化」，如今我們還應該留意那些不曾甚至不肯與時變遷的「舊殘餘」。又特別是當我們將那些舊殘餘與新變化同時並置、相較參照，新的變化可能還帶有舊的影響痕跡，舊的殘餘更是同時呈現了過去、現在與未來的時間性，愈加彰顯主體形塑過程中的動態性和有機性。

這種新生與舊有、當下與過去的習性以及文學實踐感的複雜作用，可以從朱天心創作裡的性別意識變化作為切入和探勘的重點。透過夾雜在朱天心眾多小說中最不被注意、較少獲得討論、卻是饒富意義的女性題材小說來觀察作家性別意識的變化，尤其可以體現創作者的主體意識形塑與社會文化建構的複雜關係。本文試圖追問的是朱天心的文學習性養成、性別認知構建，是在什麼樣條件的社會、文化場域裡產生什麼樣的內容還有互動？透過她的創作實踐我們可以看到哪些性別特質？這樣的思考有別於過去在討論朱天心的性別意識時，要不是採取單獨突出此類女性議題因此淡化／簡化作品社會脈絡的方式，要不就是將文本的性別面向過度依附在創作者的國族認同與政治意識形態之下，等同齊觀。這兩種作法既無法真正彰顯朱天心的性別意識內涵，亦不能掌握其轉變的軌跡以及意義特殊性。本研究認為，朱天心的女性意識與她的政治意識形態、世界觀既有著相輔相成，亦有彼此拉鋸甚至脫鉤的複雜過程。藉助布迪厄的概念和分析框架來檢視朱天心的文學實踐感與女性意識的互動關係，不僅可以填補是類研

究視角的缺憾，對女性主義批評理論在探討、解釋女性創作者的性別意識生發或者壓抑遏止的緣由，更是一個極佳的分析範例。

一、主導文化對性別意識的形塑

在七〇年代末陸續搶占本地文學閱讀市場的年輕女作家名單裡，以朱天文和朱天心姐妹所屬年紀最輕、文學背景最特殊，格外引人注目。相較於同時期的年輕女作家們大概都在二十幾歲以後發行她們的第一部文學作品，年僅十九歲便有《方舟上的日子》（1977）與《擊壤歌》（1977）兩部創作問世的朱天心，實在很難不讓人注意她的文學習性養成[2]。朱天心的文學養分有來自父親朱西甯在其中的潛移默化、「中國文化」導師胡蘭成的啟發，再加上學生時代和一群熱愛文藝的「三三」青年們彼此交流切磋，這些都是形塑朱天心早期文學觀的重要因素。本文在這一節裡仍然需要花費部分篇幅來處理眾所熟悉的文學史公案，以便說明朱天心少年時期的性別意識內涵，這並且有助於形成某種參照來對應作家在八〇年代末以後性別與其他意識形態的變化、折衝。

以閨秀文風出道的朱家姐妹之所以受到當時文壇的矚目還有肯定，首先要與她們父親朱西甯為中心所建立起來的美學感知結構還有文學網絡存在深厚的關係。朱西甯（1927-1998）出生在

---

[2] 朱家姐妹除了是因為年紀最輕、在學生時代便享有文名，另外還因為她們的文章內容多以少男少女們的校園生活為故事題材、文章風格浪漫綺旎，吸引當時不少大專院校的學生讀者群，所以姐妹倆又被稱做校園作家或者學生作家。當然因此被識為「閨秀文學」、「閨秀作家」，亦不在話下。

中國大陸北方一個信仰基督教的仕紳家庭，祖父原是讀書人，後來做了基督教傳教士，朱家的宗教信仰由此而來。朱西甯在抗日戰爭期間加入國民黨軍隊，1949 年又隨國民政府來台，在五〇年代中期已經成為台灣最知名的軍中作家之一。他的作品，特別是早期的創作瀰漫濃厚的鄉土情懷與鄉愁的小說如〈騾車上〉（1957）、〈小翠與大黑牛〉（1960）、〈鐵漿〉（1961）、〈破曉時分〉（1963），頗受到當時與他有著相同歷史經驗的台灣主流閱讀市場的喜愛。朱西甯的寫實主義或者鄉土題材的創作，主要是出自一個年輕軍人對失去的故鄉的懷念，通常不具備是類作品原有的意識形態印記，例如階級意識、城鄉對立等等。對朱西甯來說，書寫鄉土題材是情感動機大於藝術動機，「鄉土」是浪漫的召喚而非社會的批判。因此，是類作品也對五〇年代以後國民黨政權急於奠定的「中華文化傳統」起著推波助瀾的效果。如果扣除掉四九年前後追隨國民政府遷台的兩百多萬外省新移民，在國民黨長期主導的教育體制與文化資源掌控、再生產的過程中，出生在台灣 1950 到 1960 這整整二十年間的世代，大概是此中受到主導文化影響最深的一群。一直到八〇年代，朱西甯都還是許多文學青年喜愛、摹倣與追隨的文學導師（田新彬1986）。最具體的例子莫過於七〇年代末，在朱西甯與胡蘭成的共同支持下，一群年輕的文學追隨者組成「三三」文學社團，他們頗愛以感性的中國文化中心意識來頌揚古今華夏事物。作為文學精神導師、主流文學資源分配者，朱西甯在台灣文學場域裡始終都是發揮著「溫和而長遠」的文化作用。

　　以「溫和長遠」來形容朱西甯在文學場域裡的作用，除了是強調他對國民黨文化意識形態的有效傳播，另一個重要的因素還

在於凸顯朱西甯的西方基督教宗教信仰。關於基督教信仰對朱西甯文學的影響，我們最早可以追溯到《狼》（【1960】2006）這部作品中充滿著善／惡對立的象徵，以及故事最後訴諸的諒解與救贖價值，這不僅是來自主導文化對文藝作品「光明面」的期待，恐怕還與作者的宗教信仰有關。另一個明顯的例證就是「三三」文學社團的第一個「三」代表的是「三位一體」，第二個「三」則是孫中山的「三民主義」，恰恰彰顯朱西甯鮮明的意識形態標誌及其影響。也是因為宗教信仰這一點，使得朱西甯的意識形態內涵與同是國民黨保守主導文化的推手例如林海音、琦君、司馬中原或是彭歌等人，有著細緻的差異[3]。誠如張誦聖的

3　這幾位文化人不論是身為創作者、編輯、發行人或者文藝官員，他們擁有非常相近的文化資本形態，在文化場域裡也立居在主流權力核心的生產位置上。他們在文藝體制內的功能便是有效地維繫主流文學的特質與傳統。這樣的文化權力結構和資源分布不僅止是作用在五、六○年代的官方文藝網絡，即便是自七○年代後期開始那些偏向都會新興傳播媒體所設置的文學獎，都可以看到這些主流作家的影響力。以朱西甯為例，他曾擔任兩次時報文學獎以及六次聯合報文學獎決審委員，這樣的身分正是一個可以發揮他個人意識形態與審美趣味來提拔作家、引導文風趨勢的權力位置。上述判斷有一個最明顯的例子可以佐證。根據吳忻怡的考察，〈未了〉（1982）獲得聯合報文學獎中篇小說獎，其勝出關鍵在於時任評審委員、與朱家常有過從的司馬中原的力薦。司馬中原還表示「文章不需具名就知道是誰寫的，就像如來佛看孫悟空。」（朱天心 1982：31）當時的其他三位評審委員，姚一葦看不出這篇小說的優點、張系國稱此部作品有沈從文的邊城味道，至於鍾肇政則是因為小說濃厚的省籍文化成見，讓他在閱讀時產生抗拒感，當然不可能推選這部作品。這個例子也可以看出朱天心出道文壇的過程，無可否認地在某種程度確實是倚賴著與家世背景相關的社會網絡所加持的文化認可（吳忻怡 2008：16）。

觀察，朱西甯是一位頗為自覺的保守主義者，從他的作品我們可以發覺他試圖發展一套揉合了文化層次上的中國中心主義並且兼融西方基督教的道德規勸教義，還有一個以未分裂的中國作為前提的浪漫鄉土主義（張誦聖，2015：57）。

　　有了朱西甯的文化意識形態系譜，我們再回頭來看朱天心的成長環境、文學習性養成就顯得分外清晰。朱天心來自軍人家庭、從小生長在眷村有十四年之久（董鈞萍 1986），誠如她自己對當時生活環境的描述：

> 眷村是一個獨立於台灣社會的、自成一格的封閉系統，裡面有學校、食堂、菜市場、醫務所，所以基本上我們小時候是可以不和外界發生關連的。眷村人都是跟隨國民黨來台灣的，家族史、生命史，此前的命運與此後的前景都與國民黨無法分割，所以大家共用同樣的歷史記憶、黨派信念，我們甚至不太知道眷村外面的台灣人、台灣社會是什麼樣子。（李琳 2013：92）

眷村大家庭式的生活形態與人際關係，再加上高中三年的女校生活，讓朱天心活在一個封閉、單純、充滿個人浪漫想像的世界。一直要到日後有機會與本省籍的同學熟識了，才知道她們日常的農家生活與自己生長的眷村差距：「不愛點燈、採光甚差連白日也幽暗的堂屋、與豬圈隔牆的茅坑、有自來水卻不用都得到井邊打水。她們且就在曬穀場上以條凳為桌做功課，她暗自吃驚原來平日和她搶前三名的同學每天是這樣做功課、準備考試的。」（【1992】2009：67）《擊壤歌》就是因為朱天心置身在一個

「閒夢遠，南國正芳春」的高中校園裡，讓她直到畢業仍戀戀不忘，於是用筆「記下當時的風日當時的親愛友人當時的每一絲情牽，見證曾有那麼一群人是這樣活過的。」（【1977】2010：V）以自傳散文形式寫成的《擊壤歌》不僅凸顯少年朱天心的生活樣態，便連她的政治與宗教信仰也都天真、隨興地散佈在作品的字裡行間：

> 我會隨時回去，或許當第一個烈士，淒麗我的秋海棠，……我愛南國豔紅的鳳凰花，更愛浩浩蕩蕩的革命軍。（28）

> 好久沒有看過晨曦中的總統府，好久沒有在它面前立秋海棠的誓。面對它的時候，我總有一種面對天父的感覺。（45）

> 我更想找一個我心愛的男孩，對他說：「反攻大陸之後，我再嫁給你好嗎？」亂世歲月後，我再脫去一身戎裝，穿件很漂亮很漂亮的女孩兒衣服，中國啊中國。（101）

> 爸爸媽媽給我的聖誕禮物是一本很漂亮的《聖經》，爸爸在扉頁上寫道，信、望、愛，其中最大的是愛。（174）

> 風起的時候，我就要做那隻大鵬鳥，凌空一飛，飛到那九萬里的高空裡，與天父守著我的海棠葉，其翼，若垂天之雲。（226）

　　《擊壤歌》滿溢著堅定的心志、理想信念以及對世界美好的
期望。特別是那股衝動又莫名所以的愛國情操除了是繼承自朱天
心的家庭環境以及教育背景，七○年代後期再經過胡蘭成的提點
調教，讓她的作品更是瀰漫一股捍衛王觀正道卻是虛無縹緲的情
懷。朱西甯將胡蘭成奉為家中上賓，並邀他在自家宅院開課講
學，朱西甯對胡蘭成的禮遇之舉對當時這群追隨朱西甯的文藝青
年們而言，無疑有著莫大的指示性和吸引力。朱天心日後回憶此
事時表示，在她遇見胡蘭成的那幾年間很是密集地讀了不少中國
經典：「他會帶我們看四書、五經，若說他是我們的啟蒙老師並
不為過。胡老師不止傳授我們文學或國學的知識而已，他使終對
政治有高度的使命感和興趣，這也影響我們。……大家喜歡讀
的，都是中國文化的東西……」（邱貴芬　1998a：136）另外，
朱天文在〈花憶前身〉裡提及當年聽胡蘭成講學時說道：「往
往，談話的內容因為不懂而全部忘光了，可那談話的氣氛跟召
喚，銘記在心。」（1996：62）這句話更精準生動地點出胡蘭成
那一套結合中國古典文人與禪學的審美感知方式對當時三三文學
青年們的渲染效用，而這些我們都可以在他們早期的作品中略窺
一二[4]。張瑞芬在一篇長文裡就指出，「三三」文學青年們大多
帶有聰穎早熟的特性，「這是一種『假老』又『裝小』的氣質。
就老成這一點來說，與張愛玲頗為相似。裝小則是承自胡蘭成文
字特重的婉媚多姿、青春美質，還有程度不一的天真與潔癖。」
（2003：154）總之，胡蘭成的認真不羈、永遠意識著自我的存

---

[4]　關於胡蘭成的世界觀、宗教、哲學思想以及美學倫理學等等內容，可
　　以參閱黃錦樹精闢的分析（2003：85-86）。

在，這些對三三文學青年而言充滿了正向積極卻又神祕迷魅的吸引力，對他們稚嫩浮泛的革命情懷更有煽動助長的作用。

　　因此，由朱天文為首的三三文學社群在七〇年代後期成立，秉持著「爺爺」胡蘭成的諄諄告誡：「中國有三千個士，日後的復國建國大業就沒問題了。」（朱天心 2001：171）他們更堅信文學可以感動眾生，成為愛國救國復國之大業。在「三三」最為活躍的幾年間，他們在各大專院校舉辦了不下一百場的演講、座談會，鼓吹校園文藝創作風氣並且為青年學子推薦他們認為的優秀作家。朱天文對這段日子所下的註腳是：「三三的朋友們好像活在一個沒有時間、沒有空間的風景裡。父母亦不是父母，姐妹亦不是姐妹，夫妻更不是夫妻。」（【1979】1989：174）三三社群凝聚的確實是一種信、望、愛的氛圍。生活在這個不論是稱之為大觀園或者伊甸園的封閉世界裡，這些少男少女們衣食無慮，生命有的是澎湃的青春熱血、日子充滿各種浪漫的懷想、日記裡叨絮的盡是平凡細瑣的人事。對他們來說，最重要的莫過於抽象的反共復國大業。王德威曾以一種不無揶揄的玩笑口吻稱道：

　　　　這個文學雅聚號召了一群蓄勢待發的才子才女，……春花秋月固然是他（她）們的本色當行，但值得注意的是，他們有本事把炎黃歷史、神州血淚也一古腦的貫串起來。大時代與小兒女相互雜揉，所形成的文字嫵媚鄭重，並兼有之，不得不令人刮目——或是側目——相看。（1996：10）

朱天心參與三三社群,沉浸在詩書天下、禮樂江山的熱情裡,再加上出身軍人與眷村家庭背景讓她內化了主流的政治文化觀,在高中時期便已形塑一種浪漫的生活態度以及信念。如此習性再現在文學創作裡,朱天心早期的作品帶有濃厚的理想保守主義基調,一直到發表中篇小說《未了》(1982)仍可見其「禮樂教化之功」(朱西甯序,10)。《未了》這部作品看得出作者盡力為那些發生在生命中的真實事件做想像性的重構,卻因為瑣碎的敘述以及藝術性不足,反而在閒散的結構裡明顯看到五、六〇年代主導文化鼓勵的軟性抒情文風的影響,故事內容亦是傳達保守的中國文化道德意識形態。

透過上述梳爬,再來看黃錦樹為朱家姐妹早期的文學信仰所做的分析,就顯得更加清楚。黃錦樹指出朱天心因為特殊的家庭背景和早年的啟蒙教育,在她早期的創作裡可以梳理出幾個並存不相衝突的「三父」信仰形塑。第一是「天父」,這是朱天心從朱西甯的父系家族那邊承繼而來的宗教信仰,另一則是「國父」以及教育她中國禮樂文明的「蘭師」,後兩者同樣也是受到父親的影響:

> (天父)讓她的花園同時也是伊甸園,為她的花園提供倫理道德的形上依據,無所不在的善的守護。……這「天父」毋寧是抽象而不落言詮的,在缺乏「惡」的參照之下毋須爭辯,而成為純然的祈禱對象。(2003:84)

> 「國父」是那個年代國民黨拱出來供眷村人膜拜的共同的神,……這個信仰提供她一個想像的未來……,供她立

志……，於是在紛紜瑣碎的敘事中，時而喚天父，時而喚
國父。（84-85）

還有第三個父——她的啟蒙之父——胡蘭成。……胡蘭成
的作用是多重的，舉其大者而言之，一是「禮樂文明」的
教化；二是革命情懷的滋補；三是創作的價值肯定。
（85）

　　黃錦樹在他的論文明白指出了朱天心的意識形態淵源與文化
資本繼承。對於理解朱天心早期的文學習性甚至觀察她日後的創
作變化，都是一個不可或缺的基礎。然而此中有一個需要商榷的
觀點是，黃錦樹在討論朱天心中期以後的發展基本上援引法國女
性主義的概念，認為「離開了大觀園，在男性的時間裡，朱天心
的小說敘事人也男性化了，以男性的話語，述說他們對於女性的
記憶。」（2003：90）我認為這樣的詮釋有釐清與討論的必要。
因為按照黃錦樹的論述邏輯，他將「大觀園」視為是法國女性主
義理論家克里斯蒂娃（Julia Kristeva）筆下所謂的「女性時
間」，亦即「符號態」（semiotic）的所在。真正矛盾與諷刺的
是，朱天心的「大觀園」才是集合所有父權意識形態——天父、
國父以及蘭師的象徵之境，這與克里斯蒂娃所謂抵禦父權象徵秩
序的「符號態」，有著根本的衝突。舉諸《擊壤歌》裡四處可見
的例證：

　　我總篤信爺爺的話，「詩歌文章是民族的花苞在節氣中開
　　拆的聲音」，一個大時代的興起，必是在文事一片蓬勃之

時……（16）

歌聲響遍整條街，路上行人都回過頭來向我們笑，我們真
是一群力挽狂瀾的救世軍。（25）

從陰陽到男女，現在的女權運動高張，我想到呂秀蓮的新
書《為何我空手而回》，那是一本糟糕的書，看完後，叫
人替呂秀蓮著急，你到底要做什麼？……只有爺爺的話最
打得準……「現在爭著要擴張女權，青年變得男女中性
化，這乃是生物進化史的倒退。……雄的任務是變異力
大，能促進子孫的優良化與創造性，所以各民族的祖先都
尊男卑女，……本來是男女有別才好，男人是光，女人是
顏色。」
呂秀蓮跟我一樣，也要好好好好的用功一番。（134-
135）

從上述文字處處可見朱天心的父權價值結構，因此黃錦樹將朱天
心的大觀園比喻為克里斯蒂娃的「符號態」這個說法是矛盾的。
我的看法是，唯有先走出「大觀園」這個「三父」父權象徵之
地，朱天心才有可能在另一個同樣是象徵體系卻是充滿異質性、
挑釁性的台灣社會空間裡，意外觸及「符號態」（女性的時間）
的剎那。這個可能性，我會留置本文的第二節裡再做更詳細的討
論。

　　家庭和學校是文化資本傳承的起點與關鍵，個體對文化資本
的繼承與內化，成了習性的內涵的一部分。由此觀察，朱天心的

性別意識在少年階段是一種去性別化的以及概念化的女性。習性在其中的構造形塑是起著隱蔽卻長遠的作用。從早期的創作我們可以看到朱天心對於人世間的情愛認知與界定，是停留在大觀園式的美好嚮往。《擊壤歌》的「小蝦」在和姊妹們終日廝混、親親愛愛的浪漫時光裡，她不時要發下豪語「立誓」或者心下牽掛著對方的一言一行：

> 每當看到漂亮女孩時，我就想當個男孩，我可以像欣賞一朵花兒一樣欣賞她，我的花兒們啊！小靜就是這樣的女孩，每次看到她，就希望自己是個男孩子，娶她回家，給她一個小花園。（39-40）

> 喬卻把我弄得迷迷離離，讓我在日記上寫她的名字，躺在床上想她的每一句話，趴在窗前看月亮，想她的一顰一笑。我的感情要我做個柔柔順順的乖女孩，仰望她，一如她是個強者，永遠繞著她走，一如她是顆守護星。（59）

另外在短篇小說〈浪淘沙〉裡朱天心亦不惜置換歷史典故，將原來的場景搬到純淨無事的高中校園，千古風流人物的豐功偉業也變身成校園裡天真少女們的浪漫囈語。文本透過一位女高中生敘述她與同窗姊妹那份無以名狀卻是純真濃厚的情誼，她甚至誓言將來絕不婚嫁，一生都要忠守著這份年輕時代的友情：

> 「在我生命中有兩個人，張雁和龍雲。」她喜歡隨手寫下這句話，用各色的筆，各樣的字體，在各種紙上，然後為

　　自己這種有殉情式的純情激動得想哭。（100）

　　沒人懂的！沒人懂的！只有張雁了，……一看到正圓的月
　　亮她就會想起張雁，那年夏天她每天放學後都留下來看張
　　雁練球，她最喜歡看張雁在球場上的丰采，……張雁總送
　　她回家，有天練晚了，就帶她走捷徑，牽著她的手走彎彎
　　曲曲的田埂。……她一時只覺得慌，想到地老天荒之類
　　的，就向前抓緊了張雁的手，「我們一輩子在一起好不
　　好！」（101）

女主角對同性姐妹的濃厚情誼，亦不妨礙她與異性之間的情感互
動。「小蝦」眼裡的男孩們個個瀟灑、才氣，她對他們每個人都
有著絲絲絆絆的情愫，卻也都有無以回應對方情感的模糊心緒：

　　我常常想念五月裡的下雨天，把世界刷得涼涼綠綠的。小
　　童走進我乾乾淨淨的世界，也乾乾淨淨的走出我的世界。
　　我常常想念小童，一個那麼愛跳舞披長髮的漂亮男孩，一
　　個講起抓麻雀騎單車時會更漂亮的男孩。
　　大後，每每看到男孩子，我都不自覺得要拿他們跟小三比
　　一比。小三是我童年時候最愛的一個男孩。我們一起瘋過
　　好多個夏天，可是我仍然記不清他的模樣，因為我總不敢
　　看他，看他一眼就要驚心動魄。（55）

《擊壤歌》裡的少女情懷總是詩，是不需要發生什麼具體事件就
能不斷滋衍蔓生的浪漫懷想。如果置換成另一個性別身分與視

角,少年朱天心筆下的性別形象和內涵似乎也沒有任何改變。短篇小說〈方舟上的日子〉模擬一位自詡為少女殺手的高中男學生何安的口吻,講述他追求女孩卻落空的經過。在這個年輕男孩連哄帶騙甚至伴隨一連串詛咒和無奈的敘述裡,小說家心目中純淨理想的少女形象於焉浮現。小說女主角梁小琪是個純潔天真的好女孩,「她的眼睛那麼坦白,讓我覺得她只是像一個小女娃,騎在爸爸的肩上玩他的鬍鬚渣渣一樣。」(【1977】2001:36)梁小琪對眾多的追求者一視同仁,她時常提起那些追求她的男孩子們並且是那麼理所當然的態度,使盡所有追求的花招,何安發現他就只能像是「對娃娃一樣待她」(27),只能「一直像愛一隻蜻蜓一樣的在愛她」(27)。梁小琪是「翅膀透明的,小小的,飛飛就會消失在太陽裡的小精靈。」(28)眼前這個女孩根本是完美理想的化身,世間男女情愛這類俗事完全無法撼動她的內心,「……他媽的她就像是每一個人的天使,頭上頂著光圈的小把戲……她根本沒想到過忌妒、男女的事。」(36)

顯而易見,不論是同性之情或者異性之愛,在年少的朱天心筆下都是一種去差異性的愛,此間還摻雜某種程度的手足與同袍情誼。一如黃錦樹所說,這是懸置了性欲的初戀並且由此延伸的浪漫幻想,姐妹情誼與少男少女間的情愫「這兩種情感在本質上並無分際,因為二者都強調絕對的真誠與純潔」(2003:83)。因此,文本裡的女性人物特別是諸多天真無邪的青春少女們,在這個階段頂多是做為一種概念化、客體化以及去性別化的形象出現,實質上缺乏具體的血肉和個性的肌理。這種去性化的女性意識與少年朱天心的信仰、宗教與政治意識形態事實上是表裡相連,不論從故事內容、語言、人物形象塑造或者文體風格等等,

我們都可以在其中看到浪漫主義與保守主義對作者文學習性的作用力。

　　朱天心筆下的青春少女們除了有姐妹情誼的同性之愛與去性慾化的異性之戀，花木蘭代父從軍的愛家衛國情結更不可缺。根本不需要等到如謝材俊在《昨日當我年輕時》這本書的序言裡所說，多情的「小蝦」將「走到民國歷史的風霜雨露之處，感知這一代文明再生的節氣」（【1980】2001：5），朱天心早在《方舟上的日子》已經藉由「梁小琪」這位女高中生來吐訴她堅定的愛國心志。〈方舟上的日子裡〉梁小琪選擇拒絕何安的愛，她告訴男主角她怕自己會喜歡上任何人；到了〈梁小琪的一天〉我們方得以推測，原來梁小琪是希望將自己的青春奉獻給她的民族，「我要為我的國家畢生努力」（42）。所以〈梁小琪的一天〉故事內容就設定在中華民國的一個「無比莊嚴」的日子，這個日子（總統府前二十五萬人的慶祝大會）是讓她積累多年的心願、夢想可以獲得實現與滿足的重要時刻。過去，她年年守在電視機前看實況轉播，「一直希望有一天自己也能成為那一群中的一個」（41）。當梁小琪總算如願以償地可以參加這樣的場合，她早起、無畏冷風、無比興奮地站在人群裡，同時還因為周圍其他學生「不是還陷於那種早起卻仍在半昏狀態中的情形，就是一副無聊到了極點的樣子」（40）而感到氣憤不已。「紅藍白的旗海在她眼前模糊的晃動著」，梁小琪的心裡充塞著一股無以壓抑的激昂情緒脹得胸口滿滿的，對比其他人的無動於衷，「梁小琪覺得，她的臍帶和祖國的胎盤是連繫得那麼緊。」（46）自此邁向中華民國歷史與民族命運的梁小琪／朱天心，在《昨日當我年輕時》陸續寫出〈江山入夢〉這類飽漲國家民族情懷的文章：

> ……第一次，第一次想到一個一統的國家所能有的氣象，
> 是這樣的，這樣的。（202）

> 只見爺爺的長袍給風撩得高高的，人又走得疾，在嘩嘩湧
> 動的松群裡，是幅歷史的畫。……爺爺是杖策謁天子去，
> 而我們卻又是三朵開得滿滿的花兒，在大地上，而我們終
> 將被繡進歷史的織錦裡。（209）

這是一種充滿唯情主義（sentimentalism）的風格，透過對中國的文化鄉愁將這種耽溺旖旎的主觀感性投注其中。作者對歷史的描述與感知是相當個人化的，同樣也是包裝在濃厚的唯情主義裡。總而言之，從《方舟上的日子》、《擊壤歌》、《昨日當我年輕時》一直到《未了》，這些作品充分展現年輕時期的朱天心「自然而然」的、「當下毋須理性思考判斷」的文學實踐感。這種集合浪漫、理想與保守主義文化習性的形塑，主要是密切伴隨著她個人成長階段的各種經驗累積，還有「社會化機構」（如家庭、學校、宗教、文學社群）以及「客觀環境」（如物質條件與社會條件）而來。因此，少年朱天心筆下的女性形象及其性別感知，主要是依附在父權中心的各種意識形態框架裡，做為她個人信仰的投射和理想的象徵。

二、女性意識的推進與理想保守主義的拉扯

有意思的是，自 1989 年的《時移事往》、《我記得…》到1992 年的《想我眷村的兄弟們》這段期間，也就是過去許多評

論家一再指出朱天心思想裂變的階段,她筆下的女性人物也慢慢浮現出某些可供辨識的性別化身影。透過文本再現以及作家個人生命經驗互為參照與檢視,朱天心的女性主體意識在這個時期要顯得清晰許多。要言之,文本裡的性別與國族、政治各種關係,有時是此消彼長、有時是相互牽扯拉鋸,這個現象更是彰顯朱天心文學習性形塑中的「可變性」與「固著性」。

　　朱天心所處的八〇年代是台灣在政治社會文化各方面都歷經民主化、本土化劇烈衝擊的時刻;尤其是統獨議題持續延燒、解嚴後台灣國族打造運動的熱潮,這些給了朱天心許多觀察、思索甚至重新梳理世界觀的機會。最早的震撼經驗是三三文學社群成立之初,他們在各大校園積極宣揚「文學理念」,而此時正逢七〇年代末鄉土文學論戰在文化場域和知識界引起的認同震盪。抱持台灣中心本土意識的知識分子與擁護中國中心文化主義的三三成員,在演講場合爆發激烈的意見辯論[5]。朱天心自陳這些論戰對她早前的世界觀有很大的衝擊,包括由此慢慢激發她對中國文化中心主義的反思:

　　　比如說,我開始看黨外雜誌,這些都是非常異於我過往,

---

[5]　這個事件應該放到整個七〇年代的文學場域結構來檢視,它們是鄉土文學的抗議性力量與國民黨主導文化保守派力量的彼此對伺的具體縮影。即使是鄉土文學這種抗議性文化在七〇年代是為場域內的新興力量、引人注意,但是認同於國民黨政權的主導文化仍然是場域內真正的中間主力。立居「鄉土」抗議性位置的台灣本土意識推動者強烈主張棄絕中國文化,而立居「主流」位置的文化人士則是透過文化情感上的中國中心主義,間接宣示其擁護國民黨政府的政治信念。

從小到大我所知道、所認識的世界，這時期是我充滿了問
號的時期。（邱貴芬 1998a：132）

到底是怎麼回事？是這樣的一種衝擊，讓我在後來十年會
不斷地，不管在閱讀上或是在人的接觸上去尋找答案。
（134）

小說家對當下真實社會的重新認識，世界觀、價值觀不斷受到衝
擊，這讓她往後四、五年間沒有發表任何新的作品。可以說，在
出版《未了》之後的朱天心已不再做著年少浪漫的反共復國大
夢，反而是積極關注眼前台灣社會文化場域裡的各種混亂、異質
現象。1989 年的《時移事往》和《我記得》可以說是這個裂變
期的開始。再出發的朱天心，對於種種讓她驚愕、憤怒、感歎的
所見所聞一開始是選擇諷刺的方式來呈現：「我初以極陷刻少恩
的諷刺筆法寫過數篇小說，……但是我漸漸覺得這種搧風點火的
效果並非我的初衷，我更願意不帶硝煙氣的把它當作一個紀錄，
讓讀的人自己去下判斷，這也才公平。」（《擊壤歌》1989，頁
17）然而小說家希望她的書寫是可以「讓讀的人自己去下判
斷」，這樣的立意顯然並沒有太大的奏效。以具體事證（文本）
來檢驗，朱天心在這個階段的作品似乎沒有降低多少「陷刻少
恩」之虞。收錄在《我記得》與《想我眷村的兄弟們》裡的不少
作品，雖然都具備了作家所謂的「呈現」或者「紀錄」的形式，
然而敘述語氣以及整個內容卻都是飽蘸著尖銳、敏感甚至嚴苛的
風格。換句話說，朱天心並未達到「讓讀的人自己去下判斷」這
樣客觀化的藝術效果，字裡行間的「陷刻少恩」仍然透露著她急

於「言志」的目的。

上述這一點觀察其實非常重要。因為「陷刻少恩」事實上是凸顯了八〇年代末以後的朱天心,在她的文化意識形態裡仍然保有濃厚的理想主義色彩,其中還摻雜著過去政治保守主義的特質。這種複合了政治保守主義與浪漫理想主義的習性和氣質,不僅在朱天心的青少年時代就顯露無遺,它們並且繼續延續到這一個階段。走出大觀園、觸碰到真正的世界,不忍亦不能接受現實的醜陋面,所以朱天心時而披荊斬棘,時而感傷內縮,焦急著揭露政治、社會生活中的各種現實虛妄性,抑鬱著過去純真美好世界恐怕是真的時移事往。因此我們可以說,朱天心在九〇年代的尖銳嚴苛實則是源於她始終堅持不肯妥協、無以打折的理想信念:

> 朱天心從胡蘭成那兒承接而來的「信仰」,在經過外在現實及歷史系訓練的連番刷洗之後,早已形容難變,經過她多年的自我調整以及實踐之後,她如今的「信仰」毋寧可以說是一種頗具普遍性的價值守則,並不屬於哪個人的「過去」,硬加上的「過去的時間性」,反倒可以是為一種別有用心的政治運作。(黃錦樹,111)

我贊成黃錦樹所言,對朱天心「裂變」後的書寫應該剔除那些泛政治化、過度簡化的評論。不過,與其說朱天心早期的信仰在後來已是「形容難變」,我更傾向以作家在八〇年代末以迄整個九〇年代的文學實踐感,來觀察她文學習性的歷時性變化。我個人認為,朱天心在鍛練個人的文學過程裡由「三父」漸次形構的理

想保守主義本來就是一個階段性的啟蒙,即便到了後來神話解體、伊甸不再,過去的痕跡只會更動改變但不可能完全褪除,同樣地,未來也不會是過去的絕對複製[6]。重點在於這個轉變的過程中哪些面向發生變異?哪些特性又似曾相識?這對理解朱天心的文學才是必須的。在台灣當代小說家裡,朱天心的書寫始終存在一個與現實世界密切溝通的鐘擺,她的文本比許多創作者都要貼緊現實。再者,貫穿整個九〇年代起迄,我們仍然可以看到朱天心身上同時複合著諸如浪漫天真與敏感犀利、聰慧柔軟與剛烈固執兩種極端的個性氣質;而這樣的氣質也不時展露在她的創作特性上,使得她的創作既有溫情同理亦飽含尖銳批判的風格[7]。

---

[6] 這樣的判斷有一個最明顯而直接的證據,那便是朱天心在〈古都〉裡充分表露的二元對立文化觀(不變的京都 VS. 善變的台北)。關於這一點,我會在這一小節的最後再做說明。

[7] 以現有的證據來看,朱天心可以同時發表《想我眷村的兄弟們》與《下午茶話題》,也可以同時出版《小說家的政治週記》與《學飛的盟盟》。這其中也許不無巧合,但是作者必須具備在差不多同一時間裡處理兩種以上截然不同的議題、掌握迥異的書寫基調的能力,這也是事實。另外,《下午茶話題》以朱家三姐妹各自針對圍繞著女性切身的議題所做的意見抒發,是一本由報刊婦女版專欄所結集的小品文。我們可以看到暫時拋開政治、歷史以及資本主義罪惡等等大議題的朱天心,當她侃侃而談關於結婚、懷孕、育兒、家務分工、婆媳相處甚至化妝、髮型、消費娛樂的各種看法,一個置身柴米油鹽的日常生活肌理的女性／女作家形象油然而生。朱天文甚至在書中語帶犬儒地表示,關於嚴肅的議題她們另有小說的創作形式以及發表的園地,所以在這個婦女版專欄裡「我們會大言不慚的,在譬如波灣戰爭最緊張時談丈夫外遇,在台獨案時談喝咖啡,並且差點在老國代修憲台大學生絕食抗議時,談減肥」(1994:8)。小說家如此「說明一下」,多少強化了她們多角度、多樣態的書寫與形象經營。

所以，討論朱天心，除了指出她在每個創作階段的新樣貌、與各
種生活現實議題的互動對話之外，恐怕也不能一刀兩斷式地將她
與過去的重要歷史環節切割。換言之，個體習性與時間的關係既
非決定論亦非全然的自主行動。在特定的場域裡，行動者當下的
實踐感往往與過去的經驗相連繫，同時也具有一種指引未來的傾
向。無論怎麼樣掩飾，都無法徹底抹去個體最初的社會文化身
分，無法褪除這個身分的社會位置所潛移默化地給予他／她的一
切（Bourdieu，1984：101）。從朱天心在八○年代末以後的習
性變化、變化的軌跡以及變化後的樣貌如何帶動作家性別意識的
變化，這是本文極力說明的重點。

　　必須是朱天心離開大觀園走進真實的台灣社會，再加上她個
體生命經驗的歷練，換句話說，當行動者主體獲得更多刺激與衝
撞的機會，具性別化的女性意識才有滋長的可能。八○年代的朱
天心不僅是面臨國族、政治信仰與世界觀的劇烈衝擊，她個人的
生活、身分變化對她的寫作更是轉變的關鍵：「……我想我寫作
只是很誠實地反映自己的生活和感覺。到了二十幾歲、三十幾
歲，生活圈更大了，有了工作、結婚、生兒育女這些經驗以後，
我關注的東西也一定會不同。」（邱貴芬 1998a：129）朱天心
在八○年代中期為人妻、母的身分，其實是一個非常具體現實的
條件，這使得作家在這個階段開始有一些女性書寫特質的作品出
現。而這個具備性別差異的女性意識，被表徵在文本裡則是我們
可以看到的日常生活婦女形象。出走大觀園，朱天心踏進都市叢
林，開始她的都市人類學考察。甚至對女兒謝海盟的成長過程也
帶著田野調查般的客觀記錄心態：

> 我竟想撇開做母親的情感、和一個台北長大、35 歲的小
> 說作者的身分，來觀察記錄她，忘掉她是我的女兒，妄想
> 像一個人類學者面對一個異質的部落族群所做的工作，摒
> 除自己所來自社會的價值、傳統、道德、信仰……，只忠
> 實的有聞必錄，不可大驚小怪或見怪很怪。（朱天心
> 1994：214）

這樣的態度以及做法，事實上讓朱天心的性別觸角有了比較多
重、豐富的開展機會。又加上「忠實的有聞必錄」，使得在她筆
下捕捉的女性存在樣態不但不被「文學意念」這類藝術企圖所壓
縮或者片面萃取，反而是得到不論優劣、鉅細靡遺地編納所有事
件現象的可能。我認為這種「有聞必錄」的創作態度與文學形
式，是朱天心具性別化的「女性」得以慢慢浮現的重要契機。這
樣的判斷並非結構主義式的因果論，反而是要強調習性形塑與認
知建構本來就受到外在環境與各種條件的影響。正如布迪厄一再
強調的，習性是具有持久性但不具有永恆性。開放性的習性總是
受個人經歷所支配，個人經歷可以是強化既有習性，也可能是修
改既有習性的結構。

　　朱天心在九〇年代出的創作，大多被定位在國族身分認同與
政治立場的研究範疇，至於夾雜在此間的幾篇女性議題小說如
〈鶴妻〉、〈新黨十九日〉、〈袋鼠族物語〉、〈春風蝴蝶之
事〉，相對沒有獲得太多注意。邱貴芬在〈想我（自我）放逐的
（兄弟）姐妹們：閱讀第二代「外省」（女）作家朱天心〉特別
加入上述幾篇小說的討論，適時填補以往批評視角的某些漏缺。
邱貴芬認為朱天心雖然在內容題材上處理的是女性議題，但是她

的寫作姿態卻「拒絕她的女性定位」（1998a：117）。箇中原因，論者透過幾個評估與判斷的依據例如作家的眷村生活經驗，小說人物的封閉無知等等，認為朱天心隱含著「閉鎖焦慮」。所以小說敘述觀點的男性化或中性化、文體（自傳或創作）之間的模糊界線還有內容呈現氾濫的資訊符號，這些都是小說家為了擺脫閉鎖恐懼而做的擺盪游移或者彌補。當國族認同與族群身分在更大程度上主導了朱天心的性別意識，這使得朱天心「一方面承繼了眷村文化對本土認同的遲疑矛盾，一方面亦接受父權文化對女性定位的排斥。」（116）所以「為了逃避（女性、台灣人）定為可能帶來的封閉空間，朱天心選擇自我放逐的策略。」（131）我認為邱貴芬在針對朱天心的文本分析以及推論過程中，不免過度受到女性主義文學批評的現有概念影響，因此上述詮釋一則無法照顧朱天心性別意識自萌生、發展還有變化的整體脈絡，二則將作家的性別意識與政治意識形態又做了過度緊密的連結，所以邱貴芬的推論與結論似乎又非常可以預期的是一個「政治反映論」。除了指出朱天心在九〇年代的性別與政治意識形態的矛盾，還應該將這樣的觀察放到一個更完整的文學創作版圖來觀察。甚至以後見之明，朱天心的身分認同與寫作立場恐怕也不是用「自我放逐」的概念可以解釋得深刻和周延。

　　所以再回到收錄在《我記得…》、《想我眷村的兄弟們》收錄的幾篇女性議題小說，它們基本上是成色十足地展現了朱天心對於「家庭主婦」的觀察和記錄。也正是在這種幾乎掃描式的、人類學田野調查過程與報告中，一股女性的聲音汩汩而生。如果不論發表先後次序而是從婦女的生命週期來重新安排這些文本，那麼它們可以是〈袋鼠族物語〉、〈鶴妻〉、〈春風蝴蝶之

事〉、〈新黨十九日〉。後面兩篇，或許是〈袋鼠族物語〉裡那些沒有用盡各種方法結束生命的母袋鼠，她們繼續存活下來之後的可能樣貌。這一次我們不妨先將研究者或者評論家的「解人」任務擱在一旁，再次靜心耐性仔細閱讀這些「記錄」，或者其中不憚厭煩的瑣碎細節會有我們意想不到的發現。換句話說，如果放棄提煉文章「主旨」此類微言大義，端看整個的敘述過程，那麼那些貌似無用的細節材料說不定它們正是原理的縮影。順著這樣的思路，〈袋鼠族物語〉記錄初為人母的年輕少婦如何在新的身分責任與新的生活樣態裡，慢慢形塑出那穿梭在車水馬龍中卻缺乏辨識度的模糊面容、身形。〈新黨十九日〉裡那個中年婦女，無知懵懂地意外成了股票菜籃族、街頭抗議快閃族的一員，似乎都可以有另一個不同面向的理解[8]。

如果說早期的作品有明顯的意識形態左右，並且在經驗匱乏的狀態下顯得單調薄弱，那麼朱天心在八〇年代末開始一連串地有如山洪爆發的資訊收集，大概要算是對過去的匱乏經驗所做的

---

[8]　需要自我反省與檢討的一個「批評假定」是，身為讀者與研究者，我們是否在早就設定了好的女性小說「標準」？我們是否期待這位袋鼠族媽媽將小袋鼠撫育成人後，在她遠離職場已然十多年之後，還有莫大勇氣以及能力突破生命疆界，追求女性自我更高理想價值的實現？或者期待那位四、五十歲的中年婦女，在意外買股票獲利的同時也能像股票那般投機性地意外獲得良好的政治素養？如果女性個體形塑就真像是朱天心眼裡所觀察、筆下所描述的那般，在父權文化制約下的女性壓抑、柔弱的習性是如此根深蒂固，那麼我們是否願意多花一點時間和耐心來感受、咀嚼這種制約的過程？對形塑過程的了解不正是對文化權力制約結構的了解？所謂好的女性文本並非都得是走向一個單一、完美、如願的「破繭羽化」結局。

彌補。那些連朱天心自己都不免藉敘述者之口稱之為「垃圾資訊」的各式材料，也許過猶不及地損傷不少作品的藝術性與整體感，但是如果作為拼貼補綴「家庭主婦」這類女性存在的生命樣態，效果卻讓人有了意外的驚喜。易言之，當敘述的「過程」即是「全部」這樣的美學被運用在朱天心筆下這群形容模糊的年輕／中年家庭主婦身上，意義在敘述的過程中已經獲得充分飽滿的傳遞，形式與內容可以說達到完美的結合。〈袋鼠族物語〉是這類女性族群的最好觀察切片之一。那些年近二十七八歲、已婚、育有約三歲稚齡小兒的家庭主婦（作者姑且給她們一個頗為傳神貼切的形容謂之「母袋鼠」），她們瑣碎庸碌的生活樣態、蒼白了無生氣的心境，朱天心不惜耗盡心力探掘她們「之所以如此」的所有蛛絲馬跡。一開始這些安靜頻繁出沒在大城市街道巷弄裡的母袋鼠們，往往是「因為通過種種不可思議的愛情故事」，在完成學校課業、累積無甚緊要的兩年工作經驗之後，嫁給目前的丈夫。婚後一兩年內她升格為母親，一家三口的小家庭生活正式展開，她謹守分際地扮演好母親的角色，並且善體人意地不去煩累丈夫。因為後者要以月薪四萬元的收入扛下一家生計重擔，再加上他們又適值事業起步的階段，所有的精力與時間都投注在工作上。

如是這般生活三、四年後，袋鼠夫妻相敬如賓，沉默而客氣。男袋鼠在婚後「體重比婚前重十公斤，……他如尋常的每一個日子一樣，花兩三小時看體育頻道的各種運動節目，而不願花一分鐘做二十個伏地挺身。」（【1992】2009：148）母袋鼠則在撫育幼兒時期不太想到自己，她疏於打扮（「冬天忍耐寒冷的穿秋天的衣服，夏天老要中暑的也穿秋天的衣服」153）、她言

語貧乏（「她的詞彙早已退化到『ㄅㄨㄅㄨ』『果果』『汪汪』『天空藍藍』」149）甚至用來度量計價的貨幣單位也跟我們不一樣：

> 她們常以一瓶養樂多、一卷ㄨ姐姐說故事或兒童英語ABC 或古典音樂入門的錄音帶、一箱 Pampers 尿布、一盒樂高玩具、一套麗嬰房打六五折後的上季兒童外出服、一打嬰兒配方奶粉，代表我們所使用的五塊錢、一百元、五百元、一千元……一張國家劇院的門票、一張國壽股票、一杯咖啡、一份晚報作為貨幣單位。（146）

> 其實在並不很久以前，她們亦曾經是一群以一雙美麗的進口鞋、東區服飾店買來當季流行服裝、一次有設計費的燙髮、一家新開咖啡店的午茶、一本《ELLE》雜誌為貨幣計算單位的族群。（147）

這些曾經也是熱衷於享受生活的白領上班族年輕女性，在成了母袋鼠以後才猛然發現她沒有生活、沒有朋友。好難得才有的一次逛街機會，她卻很自然地捨棄亮麗的衣飾專櫃轉身走向超市，等她雙手拎著家常所需之重物行經一處咖啡館，「那透光都甚好的大玻璃門窗中的座上人們令她如此面生，衣著、打扮、聽不見卻滔滔不絕的神態，均與她殊異。」（154-155）在感到生疏的同時隨即想起幼小的孩子是否獲得妥善的看顧，那種無緣由的想念與擔憂「很快就會發展到神經質的地步。……歸心似箭的路上，忽然憤憤不解的認為小獸的脫離她是多麼得不合理不科學。」

（155）又或者好不容易與昔日的同性死黨相聚，仍是單身貴族的女性友人驚訝於眼前的袋鼠族「怎麼出落得如此落拓不修邊幅」（157），而當單身女友向袋鼠族吐露情事煩惱，「袋鼠族女子好同情眼前熱病中幼稚可憐的女友，以為世上事事艱難，唯情字是最簡單可解的。」（157）袋鼠族女子們漸漸發現她們沒有相互談心的對象，沒有共同分享生活的對象，也沒有彼此牽掛的對象，於是她們日愈變得沉默和孤寂。在一個無以忍抑的衝動下，她們可能一度或數度攜著幼子徘徊江邊、橋上，臉上閃著異於往常的神色，當然，這些袋鼠族女子最後還是會選擇回家，如常的做飯、操持家務，如常的繼續活下去。唯有少數，是我們偶爾不經意在報紙新聞上看到的母親攜年幼子女一起自殺的事件，而曾經與她們相約白首的丈夫們都不知道這些傻女人為什麼要尋短。

〈袋鼠族物語〉可以拿來跟朱天心早期的〈念奴嬌〉（1980）做個互文對比，那麼我們更不難發現〈袋鼠族物語〉所蘊含飽滿的現實召喚力和感動。〈念奴嬌〉講述一位時年二十九歲年輕少婦，她擁有一個單純幸福的家庭生活，溫柔的丈夫、可愛的兒子，卻仍然心懸一死。整個故事讀罷，隱約可以感受作者意欲傳達的失落感：「心中淒涼起來，那個念頭突的又隱隱浮上來，浮上來，她彷彿看到自己一個淒艷的身姿，沒入水中，她來來去去世上二十九年，原不過就是哄哄人家一場罷了。」（【1980】2001：115）這種對於婚姻家庭生活的患得患失偶爾閃爍在文本的字裡行間，然而無法說服讀者文本裡的女主角何以怔忡茫然、流淚並且時時想死。換句話說，故事在一個模糊籠統的情節裡缺乏角色行為、意圖的說服力與感染力，我們只能將這

個作品視作小說家藉此烘托一個傷逝哀美的意念、一種淒豔孤絕的氛圍，猶如「櫻花精神」的仿作。兩相比較，〈袋鼠族物語〉時的朱天心早已褪盡小兒女的唯情造作姿態，她筆下所欲捕捉的女性生命處境已是栩栩躍生紙上。

　　朱天心似乎非常希望確定讀者們對於她筆下這類家庭主婦的辨識能力，因此她盡可能地網羅所有可供辨識的現象來觀察、記錄並且描述。〈鶴妻〉大概是此類作品裡發揮得最為淋漓盡致的一篇。小說描述一位剛辦完妻子葬禮而必須學習獨立生活的丈夫，在「那個熟得不能再熟的我唯一的家」（【1989】2001：120）展開一連串的搜索、追憶、記錄甚至揣想推測的過程，為的是想知道在他平日上班後妻子的日常行徑。何以他的妻子像發了瘋似地在家裡囤積堆藏各式各樣、大大小小的物品？最後的結論竟然是「完全想不透……」、「愈發不了解……」，「只確定自己於她是全無助益的，因此疲倦的掉下了絕望的眼淚。」（132）對於鎮日周旋於平凡瑣碎的家務生活裡的年輕家庭主婦，小說家不藉由強烈的、戲劇性的事件來凸顯她的封閉與困頓，反倒是透過一件又一件日常生活裡根本毋須多費心思打理的瑣碎物品，慢慢搭建一位家庭主婦的天地。換言之，朱天心選擇用現象、物質來捕捉甚至還原小薰的存在樣貌。諸如衛生紙、洗衣粉、罐頭泡麵、毛巾內衣褲，這些盡是人類日常生活裡不需要理性思考和認真應對的吃喝拉撒等下意識活動，「小薰」與這些物件、物質在很大程度上劃上了等號。可以說，她毋寧是那群朝九晚五、光鮮亮麗的白領上班族寧可遺忘的庸俗細節所堆砌起來的。作為丈夫的被眼前堆積如山的物件景像不斷震嚇，內心不斷翻攪著喟嘆與疑問：「傻女人，燒飯洗衣之外在想些什麼想這麼

多」（121），

> 那麼一個與我同床共枕生兒育子、照顧我、服侍我、熟悉
> 到我已很長一段時間全無興趣探究她、的女人，是不是她
> 也覺得我已無物可供她探究，以致於她其實深感興趣的遨
> 遊在各個購物場所裡，加減乘除的比較著一袋六包的衛生
> 紙和單包買的哪樣較划算……（123）

> 如此，過去五年甚至婚前四年的生活也變得虛幻不實，我
> 發現對她的了解、甚至相處的時間，都比不上公司裡隨便
> 一個我喜歡或討厭的同事或我根本叫不出名字的小弟小
> 妹，以致每天正眼看她的時間絕對比不上對辦公室裡那幾
> 名天天換新裝換髮型的未婚女同事。（126）

小說家讓她筆下的女性人物落空了男性向來慣常使用的觀看和描
述權力，做丈夫的甚至無從確認他的妻子是否真實存在過。倘若
九〇年代的朱天心下筆仍然予人「陷刻少恩」之感，那麼她對
〈袋鼠族物語〉〈鶴妻〉這類家庭主婦的女性人物其實有著深刻
的觀察與掩抑不住的同情。朱天心選擇以旁觀敘述者的距離來拉
開作者的同情，用冷筆寫熱情，讓現象自身傳達意涵，甚至有意
翻轉視角讓男性敘述者來凸顯男性對女性認識的空洞與貧乏。
　　對於九〇年代的創作裡普遍採用的第一人稱男性敘述觀點，
朱天心曾做過這樣的解釋：「我想，在很多作品裡我會採用第一
人稱男性的觀點，只是寫作技術上的問題，採用男性觀點，就像
看萬花筒一樣，那裡面的碎片不變，可是因為轉了一下，觀察角

度改變，圖像就會有所不同，對我而言有這樣的效果。」（邱貴芬 1998a：144）這個說法不無參考價值，因為這些作品採用男性或中性視角與敘述口吻，實際上更有助於小說強化其「觀察者」的功能，用以捕捉更多現象，而不是用來直接指陳事實。過去，英美女性主義文學批評頗為留意文本敘述者的性別身分，而批評家似乎已經接受了具備女性意識的創作應該採用女性作為敘述主體這樣一套不成文的評斷標準。需要警覺的是，女性意識仍然要以整個文本的效果來做全盤的思考與判斷，敘述者的性別身分在朱天心的文學裡不太是一個具有影響效力的參數。

　　更有意思的是，〈袋鼠族物語〉、〈鶴妻〉以及接下來要討論的〈新黨十九日〉幾乎要成了布迪厄的女性性別習性養成理論的最佳文學註解[9]。因為朱天心格外逼近、毫無保留地把為人妻母的中產階級家庭主婦存在樣態全都給記錄下來，不放過一絲一

---

[9]　〈春風蝴蝶之事〉透過讓兩種截然對比的話語：哲學雄辯 VS. 私人書信，讓女女同性之間自然單純的愛戀情誼，對比於那些雄辯滔滔的男性理論。相較於自柏拉圖、尼采到傅柯，或者從「日神的後裔」到「酒神的子女」種種論述，那絲絲流轉在女性同性之間的不帶佔有、嫉妒、憤怒的「一種至難描述的感情」，「一種純純粹粹的感情，因此不涉及肉體、不涉及肉體所帶來的種種歡愉，及其衍生的各種痛苦煎熬」（178）是什麼大道理都說派不上，卻始終不曾改變的。一如小說敘述者發現他的妻子在闃靜的聖誕夜半裡回給女性友人的信中這麼寫著：「十幾年來，我經過戀愛、為人妻、為人母，人生裡什麼樣形態的感情我都經歷過了，唯覺當初一段與你的感情，是無與倫比的。」（184）無意中成為窺伺者的敘述者在見著這些文字的當下，只能頹然地承認自己的失敗，「再沒有任何話可說……」（184）如果真要算起來，小說裡妻子夜半回信的當下才是 Julia Kristeva 所說的「女性的時間」，是置身父權象徵態裡得以暫時返回「符號態」的剎那。

毫探究「她們之所以如此」的線索。這幾篇小說展現在讀者眼前
的，可以說就是中產階級家庭主婦的形塑過程。我們不妨想像一
下，假若年輕的小薰如果沒有因為癌病而死，那麼在她養兒育女
直到孩子們都上了大學以後，小薰大概也就成了〈新黨十九日〉
裡那個年近五十、白天瞞著家人偷偷上證券交易所的「菜籃族」
中年婦女。〈新黨十九日〉敘述一位平凡庸常的家庭主婦，因為
意外投資股票的機緣將她從單調貧乏的家庭生活中解放出來，這
個意外又讓她連結上民進黨的股市投資人街頭遊行示威活動，結
果一連串的意外讓這個家庭主婦混亂不知所措。小說中這個隨著
友人四處遊走在街頭抗議隊伍中的女主角，「只要哪裡有人大聲
講話她們就趨前去」（152），「……不自覺的邊走邊吃逛起其
他攤子來，都覺得很像小時候過年的氣氛，而且垃圾竟可隨手亂
丟，更像在廟前看野台戲時一模樣。」（154）過去，她在家裡
總是那個最沒有意見的一員，現在走在街上「搖著一面有別於國
旗的旗子在街頭人群中呼口號，是幾個月，甚至幾天前她想都想
不到的事，但那滋味似乎並不壞，……而且好像與經國大事有那
麼一點兒關係」（157）她聽著熟悉的朋友、陌生的路人侃侃談
論各種議題，「邊想邊接過一名民進黨市議員宣傳車所散發的豆
漿與麵包——決定明年年底的選舉（不知是選什麼，立委或市議
員縣市長？），她一定要認真投給民進黨，甚至想辦法拉來咪咪
的那一票。」（158）

　　就題目來看，〈新黨十九日〉帶有強烈的政治嘲諷意圖。故
事裡的「新黨」是一群烏合之眾，小說家用來諷刺一票專以買賣
各種股票投機獲利的狐群狗黨，他們因為政府即將開徵的證所稅
而傷及個人的利益打算上街抗議，甚至不明究理就加入民進黨的

政治抗議遊行隊伍，整個過程就像是一場鬧劇。就政治抗議運動
的層層複雜性而言，這個走出廚房站在街頭跟著揮旗抗議的女人
只是盲從的，她在來不及並且也無能力分辨事件是非之前，就受
到同伴友人的慫恿做了自己也不明究理的行為活動。所以形式與
內容的配合確實達到小說家對於政治運動裡的層層詭詐表示揶
揄、不滿還有不以為然的目的。

　　歷來批評只注意到文本裡這位平凡中年婦女的日常生活是如
何無端地受到政治抗議運動的波折，卻忽略這個描述過程裡的女
性主體變化。事實上，文本裡性別與政治這兩股相互交纏並且拉
扯的聲音，應該要被共同地對待。如果我們從性別習性變化的角
度來看，文本裡的家庭主婦已經有了些微改變，儘管她不能滿足
研究者與批評家們的期待。因為投資股票、開始閱讀股市報導而
無意間發現了一個新天地，這些把她從單調貧乏的家庭生活裡釋
放出來。不知道已有多少年，她的丈夫與兒女「根本就不知道他
們不在家的時間她都在做些什麼」（139），在過去她老是屬於
「這屋子這家裡最幽荒的一角」，而現在她卻感到「不耐煩不甘
願了」（144）。瞞著丈夫與兒女，她進出在廚房與證券交易所
之間，在這兩個空間不斷交替轉換的這位中年婦女，她的性別主
體已經產生變化：

> 黑夜過了她又可以去號子裡看盤，一個上午聽來的話題加
> 起來抵得過她有生以來知道的全部，有荒謬的有有道理
> 的，有她懂的有她不懂的，但那無關緊要，……只因為她
> 太喜歡那樣的生活，和那些個美麗充實的下午時光。
> （142）

> 其實她都看不懂哩，尤其那些圖表、數字、公式，可是她
> 很有興致的細細咀嚼著那些名詞：美國道瓊指數、日本日
> 經指數、香港恆生指數、野村證券、美林證券（好像胡立
> 陽就是當過這家公司的副總裁）、IBM……，燈下，她眼
> 睛暖暖的感動起來，原來世界如此之大、卻又與她是這樣
> 近，唸唸就都到眼前來……（142）

> 這一切，都讓她有了年輕、並且成長的感覺，好幾年來她
> 第一次覺得每天認真看副刊和影劇版的大學生女兒原來還
> 是比她幼稚，……她覺得才不過幾個月來，自己偷偷長得
> 好高好大，……她掩藏一個謎底似的仍然日日如常面對家
> 人，時時要忍住快漏出來的笑意，覺得自己好頑皮、好快
> 樂。（141-142）

所以就性別主體意識的滋長過程來說，這篇小說可能承載以及傳
遞的訊息恐怕遠遠超出朱天心所設定的意義界限。因為小說家選
擇近身的觀察以及細部描寫，我們可以藉由更多的材料來推想平
凡家庭主婦內心也有個翻翻滾滾的鬧熱世界。她們至少不像年輕
的母袋鼠們終日保持沉默與蒼白。朱天心也嘗試為她的小說女主
角那種內心模模糊糊、想要表達卻欲言又止、無法說清楚的衝突
心理狀態，做過某種程度的辯護：

> 這些日子來的種種片段卡嚓卡嚓隨那倒垃圾的速度一疊照
> 片似的擺在她眼前——覺得自己像發了一場高燒，好虛
> 弱，……但是她，跟他們，是不一樣的，她急切、但不知

道該去向誰的如此表白著。（171）

不過令人感到多所遺憾的是，故事最後作者仍然將它收束在一個對於政治反對運動的種種荒謬嘲諷的框架內，讓這位中年家庭主婦幾個月來的不同行徑、內心變化到結局又簡化成南柯一夢：

> 看完文字，她無法再次確認她今生從未看過的自己的背影，因為淚水早已漫過眼睛，好燙的滑滿一臉，她一點都不想去拭，只放下雜誌，對著眼前三名高高矮矮的陌生人嚎啕起來，垂著手，哭得好大聲好無助，像一個稚齡迷路的小孩兒。（172）

以這樣的結局收尾，我認為朱天心確實在這個文本裡讓她的政治諷刺意圖強行駕馭故事的整體發展。她的女主角最後還是沒有發出任何自我表述的聲音，哪怕是為自我辯護也好甚至否認數個月來的行徑也罷，這些反應似乎都要比站在原地嚎啕大哭來得有意義。

　　因此，〈新黨十九日〉尤其凸顯了九〇年代朱天心的女性主體意識與政治意識形態彼此正面交鋒的特性。認真算起來，朱天心對待這個文本裡的女主角確實相當「陷刻少恩」。她讓她的女主角好不容易慢慢滋長的性別主體認知很快地又淪為資本主義以及「拿著小綠旗的」政治活動下的祭品，文本並沒有展現小說家試圖處理資本主義與本土化運動之間複雜曖昧問題的意願。因為對朱天心而言，這兩者都是投機行為。個人的願望實現與激進政治活動之間的複雜性，應該要獲得一個整體且深入的觀照與處

理，不應只是抗議政治運動的層層人為詭詐並從根本上全然否定它的正面力量。關鍵在於，朱天心在九○年代的文化習性雖然剔除了大觀園的抽象浪漫，卻仍然帶有政治保守主義的因素在作用著，我們可以從文本敘述過程看到時隱時顯的效果。換個方式來說，我們從朱天心的文學實踐感可以看到她的習性有改變的地方，也有滯留殘餘之處。這一點連帶影響到她在八○年代末以降的女性意識消／長。

　　朱天心的理想主義與保守主義混雜、殘留的特性，在〈古都〉依舊鮮明。小說敘述者在憑欄撫弔的過程中逐次演繹現實的不仁，一個新的政黨如何讓九○年代的政治和經濟（大至國家社會小至個人身體）都由興盛走向敗亡的原因（邱彥彬 2005）。在敘述者眼裡，過去的美好與現下的枯槁，被時間絕對化而為一個對立的觀念。所以，台灣日治時期的歷史與國民黨政府時代的歷史意象重疊，對小說家與敘述者來說，它們是不需要被區分的，因為它們都是用來作為「過去」的完美整體象徵。然而，九○年代由民進黨主政者執意追求「繁榮進步」與「希望快樂」的作為，讓台北淪為一座資本主義廢墟。此間殊為可惜的是，〈古都〉裡的種種批判無法精準聚焦資本主義以及政權轉移的歷史做更深入核心、本質性的檢討，只是表象性地怪罪本土政權與資本主義的助長，不斷強化敘述者個人的主觀感傷與憤怒。最後不免又陷入一種表面化的對立思考模式。例如作家以為批判主角的人格，就等於是批判了反對運動，將道德性的缺點直接認為那就是反對運動的致命傷，事實上卻忽略其它社會現實可以反映的更多的結構性因素。這是小說家理想主義以及過去的政治保守立場的文化習性遺緒。因此〈古都〉裡的性別，例如不少研究者偏愛提

及文本裡的敘述者與女性友人年輕時的同性情誼，這一點在文本裡充其量只是用來象徵美好純淨的過往。在這部急欲悼念一個恆常穩定的都市空間的亡佚，強調自然美好的過去與摧枯拉朽的當下，總之是「今非昔比」的文本裡，性別其實不太具備影響意義詮釋的效力。

三、理想主義與女性意識的結盟

朱天心在九〇年代的文化習性以及性別意識，是同時呈現了過去、現在甚至暗示著未來的時間性。「過去」不光只是已逝去的記憶和經驗，它仍然會導引行動者在各種場域中的投注（interest），持續地表現在身體感知和行動實踐的熟悉度。相對的，「現在」會因為經驗的累積與影響，因此不可能是過去習性的完全複製（Bourdieu，2000：211-212）。誠如本文在上一節裡論證的，九〇年代朱天心的性別意識雖然已有滋長推進的空間，但猶時時可見與理想保守主義之間的拉扯張力。而如果我們再將朱天心的寫作時間繼續往前推進到 2000 年以後，不難發現這個階段的小說家漸漸不再對台灣的社會、政治現象抱持最優位的書寫介入，「女性意識」反而在此後的文本裡有了更充分發言的機會。出版在 2010 年的《初夏荷花時期的愛情》，可以作為上述判斷的檢驗指標。

將《初夏荷花時期的愛情》置於當代文學場域內的「女性文學」位置來看，這部作品未免也太過「晚熟」了些。當二十一世紀的第一個十年倏然過去，稍早以前文學場域內沸沸揚揚的性別論述也儼然是「開到荼蘼花事了」地暫告一個段落，朱天心才寫

出她的第一本「女性小說」——《初夏荷花時期的愛情》[10]。不
過從創作者的書寫歷程來觀察，那麼這部小說倒是象徵著朱天心
開始意識到過去十年間她的作品被詮釋、解讀以及定位的特性／
局限性，並且思考再次突破文學位置的可能。朱天心曾在印刻再
版《想我眷村的兄弟們》（2002）的〈新版說明〉裡表示：

> 有謂《想我眷村的兄弟們》、《古都》、《漫遊者》是我
> 個人有關台灣書寫的九〇年代三部曲（例如王德威）。若
> 把這些作品侷限聚焦至一定的範圍內（如論者所習於援引
> 的後殖民或離散等等），我想，或可做如此描述。（17）

> 十年來，我覺得我已經說得太多太大聲了，以致令人
> （我）起疑，作為不過十來個中、短篇小說，它們的獨立
> 性和完整性竟是否不俱足？（18）

---

[10]　目前普遍接受的看法是，活躍在台灣八〇年代的年輕女作家以敘寫愛
情為創作主力，及至九〇年代她們的書寫重心則把性別與國族、歷
史、政治連結起來，在小說這個可以被賦與最大想像力的文類空間裡
進行複雜而精彩的辯證。不過如果我們可以更加細緻的區分，便不難
發現朱天心自八〇年代末以迄整個九〇年代的創作軌跡，那種將各種
大議題進行性別化的思考或檢討的意圖其實並沒有同時期的其他女作
家們來得那麼鮮明強烈。此時的朱天心除了對各種社會議題保持高度
關照以外，她對台灣當代都會的生活樣態乃至生存的本質問題，亦多
作遐想。朱天心在 2010 年才寫出第一本成色十足的女性小說《初夏荷
花時期的愛情》。除非將朱天心三十多年來的創作歷程全面攤開來參
照其象徵意義，要不然這部作品恐怕是要讓過去偏愛社會、族群認同
議題的研究者們大失所望了。

回顧自《漫遊者》（2000）出版之後的整整十年間（2001-
2010），朱天心僅僅發表《獵人們》（2005）、〈南都一望〉
（2006）以及《初夏荷花時期的愛情》（2010）幾部作品。爾後
在各種作家訪談的場合裡被問及近十年的創作狀態，朱天心亦表
達這個階段她個人對於文學書寫的心境變化：

> 二〇〇〇年以前，於我三十幾歲時再認識台灣的這場重修
> 學分裡頭，他們某些人對我的意義都很大；可是二〇〇〇
> 年以後，原來他們跟其他人都一樣，以前百思不得其解的
> 族群階級問題，其實沒什麼好不解的，全可以看作是權力
> 和人性的問題與現形。過往覺得很多值得在文學上探索與
> 思考的事情，從這個結果再看回去的時候，曾經以為的英
> 雄豪傑和他們的主張，客觀來說真的經不起寫。……（朱
> 天心 2008：58-59）

因此，有意識地從激辯的情緒與紛雜的感傷中重新調整，朱天心
投注更大量的時間、精力在各種社會改革運動上（包括動物保
育）。再借用一句作家自己的話，如果朱天心是靠著照顧流浪動
物來將自己對這個國家、城市失望破碎的心再重新修補起來，那
麼我們也可以說，她對於社會與時代問題的關注更可以是折射到
個人情愛的感應上。從這個脈絡來思考，《初夏荷花時期的愛
情》是朱天心有意切開過去書寫往往圍繞公領域議題的部分，試
圖處理生命時間以及生理週期的「中年」狀態。就文本整體內容
來看，顯然朱天心認為的「中年」並非逐漸走向槁木死灰，反而
可能是慢慢要接近晚年了，對生命活力的欲望更強烈，而這種強

烈的生命欲望爆發力更是驚人的、超乎想像的。《初夏荷花時期的愛情》有小說家新開啟的女性視窗與性別焦點,也有她始終不變的理想堅持與浪漫熱情在裡面。

　　女性意識和性別論述在《初夏荷花時期的愛情》這部作品裡有相當大的發揮,它可以說是朱天心在積累了三十三年書寫成果和經驗後的第一次完整的性別回應。這一次,朱天心專注從性別視角來重新思考、細膩辯證有關生命、情愛、年紀以及死亡的問題。這些在過去同樣是朱天心關注的小說命題,只是早前的她更側重從歷史或社會的大角度來思考,而今換個面向,由女性的生命時間與主體性出發,這些命題於是開展了不同的內涵與重量。小說很明確地以一位屆臨後中年期的女性為敘述主體,重新審視「時間」所銷磨的一切事物,包括青春、愛情、理想、肉體、日常生活、人際關係等等。女主角和朱天心過去的小說人物具備同樣的典型,他／她們都擁有良好的記憶,也都擁有同樣的悲劇——喟嘆幸福美好的年少歲月一去不返,又特別是對比過去美好／現下欠缺的同時,仍然有股無以遏抑的身心欲力。小說家把造成故事人物的他／她們「之所以如此」、「之所以無法如此」的社會習性、性別習性以及生命時間週期所啟動的種種變化,都透過這位中年婦女的雙眼給予透澈的展示和分析。然而,朱天心筆下的中年婦女絕非只是困坐愁城、等待老死的一群。朱天心從女性的角度來看生命進程裡的中年階段,中年婦女儘管不再青春貌美,對生活、愛情以及生命中所有美好的一切卻是愈加地熱愛與珍惜。正因如此,她們對於美好事物的流逝也就分外敏感。我們或許可以這樣說,朱天心在這個階段的性別意識藉由理想主義找到了揮發的出口。此外,《初夏荷花時期的愛情》在形式設計上

刻意突出「編故事的想像之旅」如此自我指涉，這讓文本在具備
鮮明現實與情感共鳴的同時不致淪為徒有現象的捕捉與不停的喟
嘆，還可以保持藝術的創意張力、詩意和美感。總括而言，相較
於前述九〇年代的幾篇女性議題小說，女性往往做為被觀看和被
描述的客體，《初夏荷花時期的愛情》改以一位成熟穩定的女性
敘述者來掌控整個故事的內容。同樣地，對比於九〇年代雜議夾
敘的文體以及哀嘆流年的感傷，這一次朱天心的書寫有了想要超
越青春／衰老、生／死的時間美學與倫理企圖。

　　循此目的，小說家一開始就很清楚地從外觀到生理特徵提供
不少線索，以利讀者辨識女主角的年紀與心境狀態：

> 面色潮紅無法再上粉因此遮蓋不了長期失眠青黑浮腫的下
> 眼袋……剪著高中髮禁年代也未有的短髮還是太熱太
> 熱，……她們不分胖瘦一致失去腰線，瘦的人像蛙類，胖
> 的像米其林輪胎標籤的橡皮人。（12）

> 她們通常絕口不對圈外人提更年期三個字，害怕尤其公獅
> 們聞聲紛紛走避，包括自己的丈夫或伴侶。（13）

> 戴耳環，以免他人目光滯留在不遠處魚尾紋的眼睛和缺乏
> 水分、膠原蛋白的臚頰……戴戒指，愈閃愈好，才不致發
> 覺其下腫如小熱狗或瘦如枯葉脈的手爪。（16-17）

生命走到後中年期的婦女，已不再像「母袋鼠」或者「小薰」那
般站在超市置物櫃前一塊錢、兩塊錢地逐件比價，或者認真讀著

《如何教養內向的孩子》、《○歲教育》以及《中國成語故
事》……等各種教導她如何成為賢妻良母的教科書。更不比〈新
黨十九日〉裡的「菜籃族」，白天必須趁丈夫兒女上班上學後偷
偷跑到證券交易所，然後傍晚趕在他們返家前把廚房的抽油煙機
開得轟轟炸響。總算卸去養兒育女、料理家務的後中年期婦女，
她們大可以放心、理直氣壯地互邀三五好友出入人群歡鬧的場
所。然而，就算置身在歡樂愉快的公共場所裡，她們臉上卻不時
浮現一抹恍惚與失落的神情：

> ……是了是丈夫，如何閹了一樣的公獅，不再理人。
> ……是的，沒有一種寂寞，可比擬那種身邊有人（有子
> 女、家人、一起生兒育女的丈夫）、而明明比路人還不交
> 集目光的。（13）

> 恍神的女人們，不僅覺得丈夫們前所未有的陌生，連自己
> 也空前之陌生……（14）

少了照料一家老小的責任，多了閒暇的時光總算可以留心打量身
邊的一切，女主角赫然發現很多事物竟然都變得陌生不堪，不光
是丈夫、子女甚至還包括自己……。小說在表層敘述上依然是將
「過去」與「現在」做一時間差的對照。這個介於「青春美質」
與「天人五衰」之間，「不是老，不是怪，只是有別於年輕時」
（15）的後中年期婦女，她的內心該會是有哪些感受？因為曾經
經歷過，所以可以了解擁有一副青春肉體與純真心靈的感覺，我
們的女性敘述者不禁好奇等到肉體隨著時間走到盡頭，那將會是

什麼樣的感受？她直勾勾地盯著一部電影畫報，畫面上「一對優雅的老夫婦衣貌整齊的並肩立在平直的、古典風格的橋上凝望著」（11），畫報上的這對老夫婦究竟「在喟嘆什麼？」（15）女主角於是處心積慮、排除各種干擾，安排與丈夫的一場日本旅遊。希望與他「擇一黃昏，並肩站到那樣一座平直的橋上」，藉由此舉體悟那橋上老夫婦心裡的喟嘆。因為對她而言，「餘生沒有比得到這答案更重要的事。」（18）

　　就在出遊前夕，女主角意外收到一本將近四十年前丈夫手寫的日記，由此揭開過去一幕幕已被風湮塵埋的青春美麗往事。相較於兩人在年輕熱戀期的純真、浪漫、熱情，現下老夫老妻的生疏冷漠、疲懶倦怠不僅讓女主角失落怨懟，也讓她燃起重溫舊夢、重新來過的念頭。因此，這趟既是冀望獲得神啟（「他們在喟嘆什麼」）又是渴求重溫舊夢（讓年輕時那對熱戀的男女起死回生）的異國之旅，就顯得格外重要。朱天心畢竟是成熟老練的小說家，除去那些她將自我的期待或憤怒過度投射在內容裡的作品，其實她亦擅長偶爾捉弄一下她的讀者，嘲笑或者落空讀者的閱讀心理。按照一般說故事的高潮邏輯，小說中這對「沒打算離婚，只因彼此互為習慣（癮、惡習之類），感情淡薄如隔夜冷茶如冰塊化了的溫吞好酒如久洗不肯再回復原狀的白 T 恤的婚姻男女」（22）到了異國他鄉，應該要變得非常不一樣。沒想到小說裡的故事竟然朝向日常生活裡的真實版本發展，酷暑炎熱、人潮擁擠打壞了旅遊的好心情，即便是待在旅館房間裡夫妻二人竟無事可做、無話可談，不須等到踏上女主角一心期待的橋，她已知道那將會是「叫人想放聲大哭」的答案（50）。

　　眼見這趟旅行果真要如預期的那般敗興而返，小說家巧筆一

轉，讓這個故事探索另一種發展的可能。因此，隨著〈偷情〉、
〈神隱〉開啟的各個篇章，是對於不滿意〈日記〉情節的各種救
贖想像。〈偷情〉裡的夫妻，假想他們是一對相約在異國的城市
見面的曠男怨女，五天四夜共處下來，雙方似乎是彌補了過去曾
經錯失過的匱缺。一旦女方執意要男方說出願意為她拋家棄子、
承諾未來的誓詞，方才驚覺偷情的最後結果原來是「沒有下一刻
沒有明天沒有未來甚至潛藏的是死亡和暴力」（83）。女主角想
到萬一最後落得身首異處，那聞訊飛奔而來的家人該會是多麼難
堪、傷心與不解，隨即起了後悔之心。女主角的後悔讓小說家對
「偷情」的想像力鳴金收兵，只好再置換另一個故事情境〈神隱
I〉。這次女主角真的如願地與丈夫並肩站在河橋上，一如電影
畫報上的那對老公公老婆婆。站在橋上，她才驚覺原來企企盼盼
的答案竟是與「自由」相伴相生的「死亡」：「吃不動了，走不
動了，做不動了」（87）。當下，女主角就好像終生修行之人在
臨終前悟道那般的悲欣交集，熱淚盈眶。繼〈神隱 I〉之後，
〈男人與女人 I〉、〈別吵我〉、〈女人與男人 I〉、〈男人與
女人 II〉、〈男人與女人 III〉數個小節，都是在肉體衰敗與精
神消頹、甚至死亡將近的脈絡下，所觀察的性別差異甚至是嘲
諷：

> 女人對生老病死是複雜糾結的，不像男人好簡單，只有獵
> 捕殺戮成功與否的歡快和同伴死傷的失落，只有分配獵物
> 時零和的張力。（109）

> 所以男人好羨慕大多數的其他動物，不消行一夫一妻，不

須在育種年齡之外之後，還得回應母獸的感情，他真想能像一頭過了交配育種期的退休獅子，擇曠野一角落默默老去，嘿，別吵我。（110）

在過去性別議題總排不上關心名單前三名的朱天心，在這本書裡不惜左右開弓大談性別差異，對男性在年輕氣盛時大逞威風而雄性賀爾蒙一旦消退便精神萎靡困頓，更是大加奚落。閱讀至此，某些讀者與其噓聲抗議，不如保有一份幽默感。因為究其實，朱天心對於理想美好的狀態、熱烈情感的眷戀，始終溢於言表。再者，相較之前的作品，《初夏荷花時期的愛情》語多俏皮，其中不乏戲謔幽默之語。諸如「不、能、原、諒」、「鬼替了的丈夫」，還有其他因為眼昏花耳不靈（梅花肉看成梅花鹿肉，北海岸看成北海道，照片櫃聽成泡麵櫃）造成生活上的小挫折與自我解嘲的幽默：「好些年了，聽力、視力的衰退夠捉弄人了，起先，你們以笑話的方式掩蓋它，」（134）「……後來這類看錯聽錯的笑話太多，漸也不好笑了，」（136）這些敘述的方式以及風格都可以讓人感受到小說家在看待生命熱情與時間銷磨的問題，總是多情而不忍的。所以即便是漸入初老的女人們，如果她們身體健康暫無病痛，也「不願相信並接受人生就這樣進入化石期，一種與死亡無差的狀態」（114），那麼對於曾經生死盟誓的枕邊人早早退出感情戰場，當然難以釋懷。

如果「偷情」跟「神隱」的結果都無法令人滿意，那麼乾脆把希望轉注到正值青春的下一代，會不會、能不能就此圓滿因為時間、年紀、性別各種因素所帶來的重重匱憾？女主角眼前的少男少女，恐怕也是早衰早朽的。那個曾經與你海誓山盟、小王子

般天真爛漫的兒子，如今已成一位鎮日駐守電腦的陌生宅男；而
女兒則是每天攜著名牌包包出門逛街，從不曾一次空手而回。
「男人不打獵，女人猛採集」（121），女主角赫然發現原來二
十一世紀的新世代與石器時代的兩性模式，並沒有不同。最大的
差別乃在新世代連滿足性欲的活動都不需要，「他們是知道得太
多，看得太多，還不及自己上場就食傷了。」（123）各種遐想
馳騁至此，可以思及的可能性都藉由想像力操演過，卻沒有一件
是令人歡心滿意的。表面上敘述者一再表示「不再留戀現世的東
西，不再了解和喜歡現世的人」（93），並且不斷徘徊在「前往
彼岸世界」的渡口，卻讓人有一種與表面描述完全相反的眷戀不
忍。所以，「你多希望小說家為你多寫些篇章，抵抗著終得步上
彼岸世界的那一刻。」（154）〈不存在的篇章 I〉〈不存在的
篇章 II〉〈不存在的篇章 III、IV、V⋯〉因此而生。

　　一千零一夜的故事，總還是要有劃上句點的時候。最後在
〈彼岸世界〉，這對夫妻又重新銜接回最初〈日記〉的末尾，兩
人真的依計劃踏上朝思暮念的那座橋：

> 你們面著河並肩站（他並未被推落橋下，你也未在偷情的
> 旅館被毀擊至死）。遠遠的群山是紫色的，冬天時它往往
> 山頭覆雪，秋天，老遠都能看到它金黃熟紅的斑斕之
> 姿⋯⋯，時光如那迎來的河風颯颯撲面而過，風從老遠之
> 處來的，鼓動你們衣衫，教人錯覺是羽翼，你努力不被那
> 風迷亂，以便伺機振翅隨風颺去。（156）

小說並未交代究竟女主角是否如願得到她想要／滿意的答案，唯

有寫道夫婦兩人相偕至河畔席地而坐。丈夫撩起衣衫，要妻子幫他重新貼好「腰際的陣痛貼布」（156），而妻子則是脫了涼鞋「露出那比平日走多了而磨皮破損的腳趾們」，丈夫從包裹裡掏出一盒剛才從便利商店購買的 OK 繃，「湊近為你一一貼妥。」（156）夫妻倆讓他們旅世將近六十年的雙腳稍獲歇憩，無須言語默契十足地互看一眼：

> 你點點頭，借他力，一躍而起，振翅飛去，耳邊除了呼呼的風聲，還有分不清是少年還是那老年男子的低聲私語：當市場收歇，他們就在黃昏踏上歸途，我坐在路邊觀看你駕駛你的小船，帶著帆上的落日餘暉橫渡那黑水，我看見你沉默的身影，站在舵邊，突然間我覺得你的眼神凝視著我，我留下我的歌曲，呼喊你帶我過渡……（157）

從最初的〈日記〉與最終的〈彼岸世界〉，剛好一前一後搭建起文本裡「過去、現在、未來」的三個時空狀態。朱天心在最後一章〈彼岸世界〉，以泰戈爾的詩句「我留下我的歌曲，呼喊你帶我過渡」（157）作結，不僅達到前呼後應的效果，更讓這部小說所欲開展的青春／愛情／時間／生命等等命題，沒有因為時間的物理性以及過度理性的思考任由結局走向理所應然的滅亡。最後，小說家再補一句：「你，自由了？」此話看似詰問，亦是綿延時間（duration）的表現。懸在空中的問句，永遠等待應答的回音。這個結尾的手法，有著朱天心近年所思所想的「回到抒

情」[11]，也有著卡爾維諾所謂「輕」（light）的藝術技巧與效果（Calvino，1988）。「輕」與「抒情」，朱天心這次選擇重重拿起輕輕放下，這個輕放的能力不僅讓人感動，也體現了她對藝術創作的另一種掌握力。

　　從第一本書不論是《方舟上的日子》或是《擊壤歌》的出版，一路筆耕到《初夏荷花時期的愛情》為止，朱天心的寫作生涯已過三十三年，她也屆臨五十二歲之齡。如果過去文友們所說的，九〇年代朱天心筆下的「老靈魂」是一種對時間不肯妥協的角力，那麼《初夏荷花時期的愛情》則無需再「裝老」，反而真正直視「年紀」與性別、肉體、精神、愛情最感性的關係。朱天心對烏托邦的渴望與對混濁現實的厭惡情緒，在《初夏荷花時期的愛情》還是彼此糾纏拉鋸的。所幸的是，《初夏荷花時期的愛情》最後收束在一個臻至「彼岸世界」的抒情與哲學境界的企圖，使得這部小說較過去的作品有了再進步的空間。藝術技巧的挑戰與突破，對九〇年代以後的朱天心而言自非遙不可及的難事，唯獨彼時的朱天心透過書寫來梳理自己的思考甚至為理念辯護的意圖，似乎強過藝術上的成就。直到這一次，作家總算願意

11　從九〇年代怨毒著書的激昂情緒中沉澱，朱天心對近年來的寫作心境有了不同的感受和體悟。在一次回應朱偉誠的訪問裡，她曾表示：「我回到抒情的傳統，是不得不的生存之道，不要說當一個創作者我不願意重複那些形式（按：現代主義、後現代、魔幻寫實……），即便作為讀者就像阿城說的小說味，你打開看幾句就知道寫的哪些路數，會倒味厭食的。當然我知道自己可能放棄了作為一個小說家虛構、經營故事人物的天職，至於你擔心（其實黃錦樹也擔心）的抒情傳統傾向，很不幸的是我寫我看到、感知的東西，還敢寫下去的暫時活路。」（2008：62）

平心下來，不僅讓她的書寫內容與形式達到某種完美平衡，更讓她的女性意識輝映其中。《初夏荷花時期的愛情》正因為有著朱天心文化習性裡始終不肯放棄的理想熱情，才會在這個階段試圖透過性別的出口，為愛情、為生命許多值得珍惜的美好事物再做努力。文本裡的女性主體意識也因為不願與時間的流逝輕易妥協，而獲得更全面且強韌的伸展。因此「彼岸世界」不只是文本故事的一個章節，書寫彼岸世界的朱天心也讓她的性別意識有了超越過去她比較關注的男性中心秩序的可能[12]。

四、結語

從性別建構與變化的角度來思考朱天心，絕對不是事先預設

---

[12] 若要說其間美中不足之處，那就要算是書末的兩篇「特別收錄」了。好不容易，願意收束並且適度提煉過去那百科全書式書寫風格的朱天心，她在《初夏荷花時期的愛情》裡努力將她承繼的文學網絡、養分給「化於無形」，拉提到一個比較自然天成的效果。偏偏這樣的努力與用心又被林俊穎以及駱以軍這兩位文友給破壞了。尤其是當駱以軍奮力地在他（讓人讀不懂）的大作裡如數家珍地告訴我們其實朱天心的最新小說可以看到／聯想到哪些諾貝爾文學大師的痕跡，《初夏荷花時期的愛情》就像是被炎夏突來的一陣暴雨襲打過，剎時褪失了幾分清新。然後，這兩篇「特別收錄」當然也是一種十足中性的（客氣地說）閱讀角度，它們罔顧了小說裡那些札札實實的血肉──朱天心大量著墨的性別差異與女性思考，被全然代之以偉大的、神秘的還有抽象的諸如「誤解的詞」、「無法收回的地獄場景」、「站滿天使之針尖」等等，總之是無關性別的詞彙與概念，來多踵事增華。從一個性別的閱讀角度來看，這兩篇「特別收錄」掩蔽了《初夏荷花時期的愛情》在朱天心長久的寫作生涯上的意義。

一個推論的起點與結論的假定，以為身為女性創作者的朱天心就一定會／要具備性別意識。更遑論性別的思考、批判在朱天心動輒傾數十萬言不吐不快的政治、社會題材創作裡，尤其顯得「輕」與「薄」。和朱天心相比，時下可以提供豐富的性別論述文本的女作家可說大有人在。所以，這個研究如果已是事先預設一個成色十足的女性主義文學批評論述，那麼以朱天心為討論的對象並非明智之舉。然而，透過夾雜在朱天心眾多小說中最不被注意、較少獲得討論、卻是饒富意義的女性題材小說來觀察作家性別意識的變化，尤其可以體現創作者的主體意識形塑與社會文化建構的互動關係。藉由布迪厄的場域框架與主體行為實踐感的概念，可以清楚看到朱天心的文學習性養成、藝術美學特質、各階段的社會網絡與文化再現，深入考察上述種種條件與她的性別意識形塑之間的關係。這對於過去女性主義文學批評所無法妥善研究的女性創作者，無疑是一種助益。

第三章　新興位置的開闢與奠定

　　雖然李昂在六○年代末以〈花季〉表現出早慧的現代主義異彩，七○年代初期又以「人間世」和「鹿城系列」展現她對現實的敏銳觀察；不過以一種自覺且明確的作家形象、文化功能在台灣當代文學場域裡闢出一席之地，應該要從 1978 年她自美返台後算起。這時候的李昂剛從美國學院完成戲劇碩士的學位，回到台灣再度投入文學創作市場。此時的她相當有意識地以身為「台灣作家」自居，並努力在文學場域內建立起既應合社會時代潮流又兼具個人特殊性的美學位置。自此開始以迄往後的二十多年裡，李昂持續無間斷地展示她旺盛的創作力、豐沛的書寫成果還有活躍的文化參與；其文學成就的代表性、象徵意義以及參照價值自不待言。

　　自七○年代末開始，台灣不論是在社會場域或者文化場域皆呈現著瞬息萬變的氛圍。面向自身，這是李昂個人寫作生涯的另一個新階段、新挑戰；面向外界，是一個風雲詭譎、變化多端的文學生態在等待這位年輕作家的投入與試煉。李昂如何建立她的作家社會形象？如何開闢與奠定她在文學場域內的位置？作家的文學習性、文化資本形態如何影響她對美學位置的選擇？作家在場域內的象徵意義如何取得？換言之，作家如何突出個人的優秀和差異以利與同時代的創作者進行區隔？這應該是我們思考李昂

從八○年代以降的二十年間她所展現的一連串精彩創作的一個重點。本章以李昂在八○年代的文學活動作為討論核心,分析此時台灣文學場域結構、各種新位置的出現與李昂在場域內的個人對應之間,呈現哪些有意義的互動。李昂的寫作與八○年代台灣文學場域之間的關係,不僅是銜繼她從六○年代末到整個七○年代的文學軌跡,更是決定她在整個九○年代不斷引起文化議題和學術討論的文學創作關鍵。將李昂放置在八○年代的文學場域內來思考,對於我們較全面而宏觀地掌握李昂的整體文學活動,應該是個重要且必要的研究起點。

一、正名的開始

承續本書第一章對台灣當代文學場域的勾勒,我們可以找出八○年代初的文學場域裡幾個足堪辨識甚至已經穩定的美學位置。例如,從六○年代一路發展並且時顯時隱地延續到八○年代的「現代」美學位置,還有自七○年代的「鄉土」沿承到八○年代的「本土」美學位置,以及八○年代正在萌生、以新世代作家為寫作核心的「女性文學」或者「都市文學」等等新興的次文類,這些都是場域內幾個新興的空間。這個基礎,有助於我們在場域裡圈出一個適當的空間參照界限,來討論李昂的「位置擷取」(position taking)依據。在本文分析李昂的位置擷取活動怎麼樣與場域內既有的位置進行競爭和區隔之前,有一個基本認知需要先行說明。位置擷取的主要意義在於對當時文學場域秩序的翻轉,而翻轉秩序的目地在於位置擷取者意欲建立另一套新的正當性,不論是政治意義的正當性(political legitimacy)或者文化

意義的正當性（cultural legitimacy）。然而一般人對於布迪厄「位置攫取」的概念，容易進行表層字意的負面判讀，並且流於道德層次的評價。這也和過去一個隱性而悠遠的中國文化傳統影響——傾向於視創作等藝術活動為作家心靈與天才的展現，不應將藝術與利益或目的並置討論——息息相關。因此，對布迪厄這類社會科學式的文化生產分析方式，抱持抗拒、排斥的態度。事實上，任何新位置的成立勢必都要先經過競爭以及區隔，不論是具體的一份工作的爭取或者抽象的社會聲望的奠定，皆須如此。由此再回到文學生產場域的脈絡，我們對於作家的位置攫取活動關注的是他如何界定目前的秩序和他企圖取代的位置。此外，位置攫取還需要憑藉其所擁有的資本形態、數量，並且考慮行動主體的個人習性如何引導他所採取的策略（Bourdieu，1993：198-99）。如果位置攫取者所佔據的新位置是具有發展前景但是尚未具體成形，那麼佔位者的「正名」還有「象徵建構」就顯得十分重要，因為這是最能襯托出該位置的區隔意義。

相較崛起於七〇年代末、八〇年代初的其他新世代文學創作者，李昂對作家的社會形象、文化身分及其功能有著比其他人都要強烈的敏感度。從幾本李昂在七〇年代末回台後陸續出版的小說選集序言中，我們可以強烈感受到作家在這個階段對於個人寫作定位的思考。例如在《愛情試驗》（1982）的書前序言，李昂表示「前四年因為在國外，寫得少，遠離這塊土地又隔著那麼遙遠的距離，……近來所做的一些較屬社會工作性質的事已近一個段落，回過頭再來看自己的創作，發現並相信，往後大概會全力繼續走下這條路的。」（1982：1）此外，李昂在《女性的意見》也提及：「那陣子（按：1982 年左右）我對一些類似社會

工作的工作十分感興趣，總希望以自己微小的力量，或寫文章、或從實際工作中，能喚醒大眾對諸多問題的關懷，進而能有所助益。」（1984：1-2）

　　顯而易見，契合台灣當下社會脈動的題材以及具備濃厚現實意識的精神，是李昂在八〇年代首先確立的書寫定位。這個寫作立場往前推可以回溯到台灣七〇年代的文化敏感氛圍。因應七〇年代初的現實處境，台灣社會內部開始出現公共知識分子對於認同意識危機的關注，並且在社會文化各個層面展開「回歸鄉土」的尋根熱潮，還有以台灣鄉土為對象的文化再生運動。所以文學以及各種藝術表現上的轉變，成為七〇年代以迄八〇年代中期以前的一個新興重要的文化熱潮。秉持之前突破侷限、觸探現實的創作態度與理念，七〇年代末回到台灣的李昂對於此時的台灣社會變化尤其敏感。保守來看，從 1978 年到 1982 年這幾年間，李昂的文學活動基本上表現出和場域內的台灣現實關懷同一步調。透過她的文章以及社會參與，我們不難看到李昂展現出來的智性知識分子的文化視野，與當時不少進步的藝術家保有類似的形象。然而值得注意的是，李昂在其現代作家形象裡另外突出一層更重要的性別身分的差異——來自前衛進步意識的觀點與批判。此中當然也與李昂在八〇年代初主動參與當時方興未艾的婦女社會改革運動有關（顧燕翎 1995：48）。因此，在李昂的新作裡，她關注的焦點大都圍繞著現代化的台灣社會現象與問題，對於現代都會男女情愛題材的書寫，其視角更著眼於社會關係結構裡的性別權力揭露。尤其是後者，它凸顯了李昂要比同時代的男女作家在類似題材與議題的探討上，都要帶有更深刻對於制度性、結構性問題的檢視能力。一如前文已有的提醒，新位置之所

以可能出現，勢必要與場域內已有的其他各種位置進行相互區隔後才會產生。李昂在八〇年代的文學表現，除了歸因於八〇年代台灣社會進步、婦女地位提升、性別意識增長讓女性創作者得以大量書寫相關題材、抒發女性見解；這也是李昂重新／再一次確立作家自我形象與身分，並且以此作為文學資本競爭的根據。

　　作家個人的創作理念是某種程度的現實依據，有利我們觀察八〇年代文學場域內「李昂」位置建立策略的文化習性導向。誠如上文，八〇年代初的李昂是相當自覺地將「公共知識分子」以及「女性」的身分特殊性，加注在「作家」這個社會形象以及文化功能裡，藉此回應文化、文學場域裡旺盛的台灣現實關懷意識。乍看之下，這好像與六〇年代末的《混聲合唱》現代主義文化意識，大相逕庭。甚至李昂在一次訪問中回顧她個人自 16 歲以來的寫作歷程，其中亦明白表示對於文學創作的態度和理念已與早期頗有出入：「對我個人而言，《混聲合唱》裡所採用的形式已經發揮到極致（不就小說好壞價值觀來說），對我個人已到達飽和狀態，若再不突破，只會一再重複而已。」（林依潔 1984：212）。事實上「公共知識分子」以及「女性」是現代性的兩個重要的進步象徵，所以由此立場出發的社會批判仍然處處呼應著作家文學習性的養成——現代主義革新求變的藝術精神[1]。「女性」與「公共知識分子」形像是李昂在八〇年代突出個

---

[1]　即使到了九〇年代末，李昂仍然一再強調另類性的文化對她的影響力：「我一直強調我受到現代主義潮流的影響，裡面當然包括佛洛伊德的心理分析，他把性放在那麼重要的位子裡，這在我的成長過程當中，絕對有很大的影響。」（邱貴芬 1998b：100）這裡除了凸顯李昂對於西方前衛文化的接受態度及其吸引力（重點不只是佛洛伊德），

人特點／差異性的第一步，再加上「現代主義」推崇的另類異議性，這三者是日後作家在場域內發揮創作能量的根基。

　　李昂確立作家自我形象的第一步，首先表現在八〇年初她將過去的作品重新整理、編排以及出版。例如《愛情試驗》（1982）、《她們的眼淚》（1984a）這兩本小說集裡一共收錄的十五個短篇，其中大部分作品是寫於七〇年代李昂大學時期以及之後出國留學的階段。根據這兩本書前的序言還有李昂在報章雜誌上的小說發表狀況來推斷，〈海濱公園〉、〈最後一場婚禮〉、〈生活試驗：愛情〉、〈她們的眼淚〉、〈轉折〉、〈誤解〉才是她回國以後陸續完成的。將過去的作品以及最近完成的新作重新加以編排，李昂並且在書前序言裡明白表示希望這兩部作品得以傳遞的意涵：

　　　　它們共同的特點都是以女性為中心，由此企圖探討成長、
　　　　情愛、性、社會、責任等等問題。最初的幾篇小說也許表
　　　　現出混亂、絕望與爭扎，可是收在這本書的最後幾篇作
　　　　品，以明顯可見出一個女性如何尋找到新的出路與立足點
　　　　——那就是走出狹隘的個人情愛糾纏，而參與、關懷社會
　　　　以及諸多人類面臨的重大問題。（李昂 1984a：2）

從有意識地整理新舊作到為書作序，包括不定期在期刊專欄上發表文章闡述個人見解（李昂 1983b，1984c），這些直接、間接

還有這派文化精神對李昂文學習性的滋養作用還有美學形式上的啟發。

地驗證李昂回國後試圖建立的女性知識分子的作家自我形象、現
階段她的寫作關懷重點[2]。

　　就八〇年代的文化與文學場域而言，女性公共知識分子的形
象以及身分可以為李昂創造某種特殊性（辨識度）、智識性並且
透過文字發揮預言性的革新使命。作家如此打造自我，以自主的
名義介入到文化生產場域的特定價值中，進而鼓吹某種新價值。
所以整體而言，《愛情試驗》、《她們的眼淚》旨在檢討現代社
會權力結構與兩性關係的問題，又特別是回台後陸續完成的〈海
濱公園〉幾部短篇，更顯見李昂明確的女性意識的批判視角。至
於〈她們的眼淚〉、〈誤解〉、〈別可憐我，請教育我〉這幾篇
保有濃厚的社會問題小說的關懷以及報導文學性質，主題也圍繞
著年輕女性在各種身分所面臨的處境、問題還有壓力來著墨。
《愛情試驗》、《她們的眼淚》不僅是七〇年代「人間世」系列
的延續，還有日益鮮明的性別意識蘊含其中。例如，〈她們的眼
淚〉文本敘事聚焦在性別、經濟與階級各種權力關係共同壓迫下
的雛妓問題。小說安排一位從小被捧在父母手掌心呵護長大的女
大學生，在一次偶然的機會裡接觸到一群與她來自不同世界的年
輕女孩。對比於小說敘述者「我」的純真美好以及一個人人欣羨

---

[2]　在 1983 年出版的《殺夫》序言裡，雖然作者主要在於解釋《殺夫》的
創作始末，但是行文中仍可以看到李昂對於個人身分定位的思考與摸
索：「回國後我有離開四年的台灣現狀要關懷，如此我參與一些實際
的類似社會工作的行動，也以此當題材寫小說……終於在參與一些實
際工作後的三年，我發現，我對社會最大的『功用』，也許應該在寫
小說，我也有熱切的渴望能摒除一切雜務專心寫作。」（李昂 1983：
6-7）另外，1984 年由洪範書店重新出版舊作《混聲合唱》，並自此改
名為《花季》，也是一個例證。

的光明前途，那一群看來年輕、嬉鬧但是並不真正保有她們原來的天真無邪的女孩們，慢慢地在「我」的眼前展現出她們的意義。在接觸、認識、瞭解人世裡存在的另一個截然不同世界的同時，進而也讓女主角獲得重新檢視、誠實面對自身、反思生命真正價值的機會。另一個短篇〈誤解〉描述一位女高中生對於未來生命、各種社會身分的苦於摸索；但是在一切懵懂並且還來不及親身驗證、獲得解答之前，女學生便遭到所有外在眼光的壓抑、懷疑、誤解甚至責罵。面對這種無由辯護的誤會和委屈，女學生想：「如果她必需用某種方式來為自身作證明，她應該會做得到」（李昂 1982：202）最後選擇在校外賃居的住所自殺。

　　〈誤解〉側身在李昂豐富的創作裡似乎不太受到研究者的注意，但是我個人認為文本除了女性議題的關注以外，並饒富與時代文化現象辯證的巧思。換言之，小說將一個高中女學生對於自我身心成長的疑惑和摸索，巧妙地與台灣當時的社會風氣——「文化懷舊」進行連結與對話。〈誤解〉對於當時台灣同時存在虛假浮誇與僵化守舊的社會風氣，有著細膩的觀察、反省甚至不留情面的嘲諷。小說透過女主角——女高中生王碧雲的眼睛，默默地觀察一群原是讓她多所崇拜的大學生：那些自詡懷抱理想的文藝青年們，聚在一起總能高談闊論「青年的文化、歷史責任，往後的歷史地位」或者「東西文化的交流與本土意識的覺醒」（175）等等的嚴肅議題。然而說穿了，這些口頭上冠冕堂皇的聚會往往淪為年輕人空泛貧乏的聯誼活動：

　　　　多半時候，他們聚集在學校附近的咖啡館，象徵性的帶著
　　　　上課用的幾本書或課外書籍，談些紛雜的學校生活，有時

> 候則各人湊上零錢，到學校鄰近小店買瓶高粱，切些滷
> 味，在校園草坪上或那個人住處，胡亂的談說起來，也不
> 外是些生活瑣事，以及，讓王碧雲驚奇的，帶性隱喻的笑
> 話。（176）

在時代風潮感染下，這些自認為是民族未來希望的大學生們滿腹
上山下鄉的文化熱情。但是一旦真的有貼近鄉土的機會，他們不
是臨時爽約就是抱持愚蠢無知的高傲姿態，一味譴責鄉土的不復
淳樸、失去民間特色：

> 這回下來，真有些沒意思。我一直以為這些靠海的村鎮，
> 居民一定穿著那種……就像電視上看到漁民穿的本島衫，
> 上衣和長褲那一種。（186）

諸如此類，王碧雲看在眼裡卻百思不解，為何在這群時代青年身
上表現出來的言談理想與實際行為會產生如此大的落差：

> 如果陳德明對他身旁最親密與接近的朋友，都甚且不曾多
> 加著想，那麼，他口中常提及的那一群與他根本沒有任何
> 深切關聯的所謂勞苦大眾、窮困漁民與鹽民，又能期待他
> 會給出怎樣的幫助？如果不然，陳德明一直談論的愛與關
> 懷，又能算是怎麼一回事？（200-201）

女主角怎麼也沒想到，原本可以是一次極富意義的漁村採訪以及
歡愉的朋友到家來玩的聚會，除了招來朋友缺乏同情理解的失望

抱怨以外，還有保守質樸的父母親因為片面印象引起的誤解而帶給她的一頓責罵與毒打。一如小說標題以及內容所示，一切都存在著許多「誤解」──傳統舊式的父母對年輕孩子的關心與愛在不適當的表達過程中演變成誤解與傷害；16 歲的女高中生在摸索未來的自我形象所存在的期待、迷惘以及疑惑；都市人空泛虛無的浪漫情懷對鄉土的侵犯與誤解；青年學子對於承擔社會國家責任的想像，不免也存在一廂情願的衝動以及幼稚與無知。小說裡的女高中生是無辜而令人同情的，因為從頭至尾她一直保持著不斷觀察和不斷思索的態度，「這一切究竟是怎麼回事？自己介入的，又是怎樣的世界？」（201）遺憾的是，這個世界似乎沒有給女主角尋找答案以及探索生命出口的機會。

除了〈她們的眼淚〉、〈誤解〉等篇以一種女性知識分子的視角來檢視台灣社會現實以外，李昂在〈海濱公園〉、〈生活試驗：愛情〉、〈轉折〉裡讓故事裡的男男女女（大多是物質生活充裕的中產階級或者受過西方高等教育後回台的社會菁英）處在一個新舊社會秩序交錯的介縫裡，企圖捕捉人性裡種種隱微、曲折卻無法安頓的不滿或者騷動。這幾篇小說圍繞著一個共同的主題：困頓在婚姻形式與不倫的愛情關係裡的現代女性／男性，並且明顯地，李昂企圖從婦女經驗的獨特位置出發來，對這些社會現象以及既定價值觀進行翻轉或重估。〈轉折〉敘述的是一名已婚的大學男教授跟學生的女友產生情愫，女方在婚前主動表態，兩人發生一夜情。事後男教授陷入迷惑，不斷揣測（擔心）女學生的行為與動機；直至接獲女學生類似日記的手札，才恍然體悟女方長久以來暗戀自己的情意。此時小說隱含的暗示慢慢浮現：原來故事中的女學生才掌握了行動、書寫、說明真相的權力，男

老師不過是一個讀者以及轉述者的身分。另外,在男主角自以為天衣無縫的婚外情裡,事實上他的妻子早已看穿並且不斷壓抑容忍丈夫的背叛。雖然,這件婚外情表面上以船過水無痕的結局收場,故事裡的每個人最後都回到他們原先歸屬的生活與秩序當中。但是,從事環境污染研究、充滿社會服務熱忱的男主角,竟無能體會身邊深愛他的兩個女子的複雜心情,也許才是〈轉折〉中最深刻的省思。

　　類似〈轉折〉裡對現代知識男性自我中心的嘲諷,另外還表現在可以視為一組文本來閱讀的〈愛情試驗〉和〈生活試驗:愛情〉。〈愛情試驗〉的男女主角設計以及故事安排與〈轉折〉雷同,但主要時間點是設定在女主角出國多年後與男主角的會晤,歷練成熟的女主角已然洞悉男性自我自私的心理,挫敗的男主角唯有沉溺在懷舊的感傷。〈生活試驗:愛情〉的敘述場景設定在白醫師公館的晚宴上。座上賓客除了有隻身從美國返台的女主角——富家太太丹丹、一群台灣的醫師名流、還有主人白醫師的姪子——丹丹的年輕情夫。席間白醫師偶然談起一件外遇案例:某位已婚婦人同情夫出遊,途中意外摔成殘廢,丈夫不離不棄的照顧她,妻子卻仍然堅持離婚投奔情夫。白公館裡群聚的男性聽聞,無一不是同情丈夫、鄙視姦婦。即使丹丹再三詢問醫師們從專業角度來思考這位堅決離婚的婦人的可能心理,這些男性菁英們顯然對於女性心理學完全不感興趣,並諉言這是社會工作者應該負責的問題。而小說在結尾附錄的一篇社工人員的手記中,也是對這件外遇案例裡的丈夫充滿同情,將那位外遇的妻子描寫得粗鄙不堪,並且將妻子對情夫的糾纏純粹解釋為是經濟因素。如果說〈愛情試驗〉是通過一則心理測驗諷刺男性對女性因地制宜

的多重面貌及其自我合理化，〈生活試驗：愛情〉則更宏觀地揭露男性中心的醫學論述和社會學論述對女性心理的忽視以及扭曲。最有意思的是，〈生活試驗：愛情〉的形式——從白公館的樣貌、宴席桌上的菜餚、飲酒，還有女主角的意識流回想與小情人的情愛，似乎都有意模仿白先勇經典的〈遊園驚夢〉。這個在李昂早期作品裡並不常見的互文（intertext）設計，無疑暗示著李昂的話語位置是延續著白先勇擅長刻劃女性心理的文學視角，並且進一步將〈遊園驚夢〉裡的女性主體性「未竟之業」（unfinished project）再予以補足強化。以文學論述來抗衡醫學、社會學對女性的扭曲和偏見，李昂透過女作家位置爭取對性別議題發聲權的企圖，昭然若揭[3]。由此觀之，《殺夫》以及接下來一連串小說的出現，實非偶然。

---

[3] 　在 1978 到 1982 年間，除了上述短篇小說的創作和發表，李昂也在中時副刊撰寫專欄文章「女性的意見」，接著又出版《外遇》（1985）這樣一本探討婚姻問題的指南性書籍。這些報章專欄、散文隨筆是李昂另一種較溫和的女性作家形象的呈現。雖然文章內容集中在作家對於兩性關係的分析、探討，但是內含的批判力道要比小說來得溫和；因此，專欄散文要比小說來得更容易、快速、清楚地確立作家的形象以及身分功能。爾後再陸續發表的《走出暗夜》（1986）、《貓咪與情人》（1987），都可視為是這條路線的延續。儘管這類文章字句淺白、意思明確，但不減損作者的思辨能力。李昂在這些文章裡充分發揮她左右開攻的批判特色，例如她在鼓勵婦女走出廚房、發揮個人才能的同時，對於刻板、錯誤的「新女性形象」亦不減其批評力道。在剖析兩性關係與權力結構壓迫的問題，李昂提出的改善意見也頗為實際中肯，不致淪為高蹈。這些作品時至今日也還具有某些時效性以及參考價值。

二、象徵資本的累積

　　從 1978 到 1982 年間，李昂的創作回應當時台灣社會旺盛的現實意識並對刻板僵化的性別意識提出檢討批判；然而，如此尚不足夠為她的文學位置明確突出其優越的差異性。在場域結構不穩定的情況下，行為主體持有的文化資本形態、數量多寡不但可以決定他／她在場域裡的位置結構（核心或邊緣），更是奠定位階的關鍵。換句話說，資本數量及其象徵有助於新位置之正當性的建構。所以，各式各樣的作家形象、風格還有作品特色等等，都是位置攫取的策略以及爭奪象徵資本的手段。

　　從這樣的思考出發，我們對於李昂的文學位置還必須與當時「女作家群」、「女性文學」進行內部細緻的比對。八〇年代一批新生代女作家的出現，她們透過報紙副刊以及文學獎參賽等等媒介，很快地就在文壇獲得高知名度，佔領了台灣文化生產舞台的中心位置。再加上這些新世代女性創作者的作品大多圍繞著年輕都會男女的愛情題材，漸漸在場域內開闢出一個鮮明且特殊的美學位置。李昂在七〇年代末重新整裝出發，她在這個階段的文學活動有很大程度是與女作家群、女性文學的發展彼此鑲嵌。置身這個空間，她與其他八〇年代女作家的相對位置為何？她如何在女作家群裡突出個人特殊性？這更是分析李昂在八〇年代的佔位過程以及區隔策略的關鍵。儘管李昂的寫作資歷要比這一批女性創作者來得早，基於世代、創作類型、作品發表管道……等許多類同之處，李昂也被歸類在八〇年代女作家群中的一位。就大方向來看，這樣的分類有其道理。但是，如果就行為主體在場域裡的佔位邏輯來說，這樣的歸類還需要一個比較細緻的對照與劃

分。就當時的台灣文學生態來看,蕭麗紅、蕭颯、廖輝英、袁瓊瓊等人已有作品陸續問世,並且獲得時下社會的注意和好評。其中例如蕭颯、廖輝英實不乏與李昂寫作類似的社會問題小說。《不歸路》、〈失去的月光〉、〈我兒漢生〉、〈死了一個國中女生之後〉等等都是奠定廖輝英、蕭颯文壇地位的力作。若是以寫作現代都會男女婚愛題材來說,袁瓊瓊的《春水船》、《自己的天空》受歡迎的程度也不亞於李昂的《愛情試驗》、《一封未寄的情書》。所以夾雜在這群為數不少的八〇年代女作家身影中,如果只是從文學表面的題材與內容,李昂並沒有能夠強烈突出她與廖輝英或者袁瓊瓊等人的差別。

此時,李昂在文學場域裡的「象徵建構」就顯得舉足輕重了。換句話說,李昂的文學習性以及能夠掌握的資本形態、數量,是這些決定了她與八〇女作家的不同甚至文學位階的高低。文學習性是行動主體過去種種文學或非文學經驗所導向、組構以及形塑而成的。佔有不同位置的文學參與者在從事競爭活動時所採取的策略,往往和他們個人的文學習性有關。因此,仔細比較之下,李昂與袁瓊瓊、蘇偉貞或者蕭颯、廖輝英等人在文學習性的建構過程還有美學認知上,是有著細緻的差異的。李昂的《殺夫》、《暗夜》不論就故事選材、藝術企圖心以及文本呈現的批判力道,都明顯地要比朱天文或者蕭颯等人來得強大。雖然當時亦不乏以創作對當代社會文化現象提出檢討的女作家,例如蕭颯及廖輝英,但是她們的作品同時也透露資本主義都會中心的價值觀——社會進步和豐裕物質可以給個人更多的機會和選擇自由。至於另一類女作家例如朱天文、朱天心、蘇偉貞等人的作品,相形之下充滿浪漫綺想的內容與風格,更難有尖銳的現實批判力。

與上述女作家創作相比，李昂通過成長環境以及知識教養所培育出來的文學習性（審美品味）——以六〇年代的現代主義美學為基礎再加上七〇年代的鄉土現實意識，這使得她與其他八〇年代女作家們有著不同的懷抱。或者從八〇年代的文學場域來解釋，李昂在這個階段所擁有的文化資本最起碼是現代主義、社會現實批判以及女性主義的總和。按照布迪厄的意思，一個作家可以同時立據在數個美學位置上，甚至可以在不同的位學位置之間轉換。這也是布迪厄在文學場域的理論中，以「位置」以及位置間的「關係」概念可以相對靈活並且更有效地處理、解釋行為主體的各個階段性變動。有意思的是，不論現代主義、社會現實批判或者女性主義這幾個美學位置，它們都在不同的台灣文學史階段中標誌著相近的「另類」或者「抗拒」的文化屬性，都是極具進步的象徵意義。因此，不論就文學的資本數量或者文學資本的象徵性來說，李昂所掌握的遠遠超過當時許多女作家甚至是男作家群。換言之，政治意義的正當性（女性主義、現實批判）與文化意義的正當性（現代主義標舉的藝術自由），這些李昂都掌握住了。它們是讓李昂在位置攫取的過程中，不但足以凸顯出她的秀異，更一併決定李昂在文學場域內的藝術位階以及象徵建構的關鍵。

　　八〇年代李昂持有的文學資本，除了是作家個人文學習性的導引之外，更與場域內其他位置的資本消長密切相關。我們應該要察覺，李昂在每一個可被劃分出來的創作歷程中，其寫作題材容或不斷更新、關注議題也時有調整，但是唯一不變的是，她必定都是立居在當時最新的美學位置上。從六〇年代的現代主義、七〇年代的現實意識乃至八〇年代的女性主義、本土意識，這些

隨著場域結構變化所突出的新位置，無一不是具備發展潛力以及各種文化意義或是政治意義的正當性。李昂在這些新位置上都不斷地力圖突出她與同一位置參與者之間的差異，彰顯個人的特殊性。正因如此，當我們在閱讀李昂並且試圖將作家作品進行歸類時，常常會發現文本與許多「典型」代表產生歧出的狀況。這一點將留待第三節再作討論。

回到文本的再現來看，《殺夫》（1983a）以及隨後的《暗夜》（1985）因此有了更明確的意義。它們奠定了李昂在八〇年代一個更鮮明而精準的寫作位置，是她在場域內取得正名與象徵建構的依據。現已成為台灣文學經典的《殺夫》，描述鹿港農村一位自小孤苦的村婦林氏，被安排嫁給屠夫陳江水。陳江水在性的需求上對林氏百般凌虐，甚至以食物來控制她的身體、行動和意識。再加上愚昧的街坊鄰居對林氏的惡意揶揄捉弄，林氏最後被折磨到精神耗弱。在飢餓、恐懼、神智不清的恍惚中，林氏把醉酒昏睡的陳江水誤當成豬隻給殺了。《暗夜》則是一幅充斥物質、欺詐、私欲以及敗德的台灣浮世剪影。小說的背景設定在五光十色的繁華台北都會，故事裡中產階級混亂的男女偷情與機關算盡的商場投機關係是環環相扣的，它們讓名利與情色得以並論齊觀。尤其是小說對於資本主義商品行為的觀察頗富心得，可以說是為八〇年代台灣的功利社會留下一筆側面速寫。因此，接下來的文本分析，我將把重點集中在論證李昂如何以《殺夫》、《暗夜》向場域內的其他位置證明她同時具有政治意義正當性（女性主義、現實意識）以及文化意義正當性（現代主義美學）的文化資本以及象徵資本。

在言論環境與社會風氣尚未鬆綁的八〇年代初，《殺夫》大

膽暴露傳統婚姻制度對傳統婦女的殘酷壓迫，文本對於性、性暴力的描寫尺度以及批判力道堪為台灣當代文學的里程碑。再加上隨之而來的《暗夜》推波助瀾，使得李昂的社會知名度一再暴漲。李昂曾經明白表示，她在寫作《殺夫》、《暗夜》時是抱持著使自己朝向一個偉大的作家而努力（李昂 1985b：159，1988：1）。這樣的抱負以及文本再現應該可以作為窺探作者位置攫取的線索。《殺夫》以光怪陸離的臆想文字再一次重整李昂自《混聲合唱》到「鹿城系列」的鹿港夢魘；另外，陳江水藉食物操控林氏，以及林氏（及其母）靠身體獲取食物，李昂將佛洛伊德的理論展演得異常慘澹恐怖：

> 那海埔空地應該是延伸向海，但在遠處為一叢叢蘆葦與幾棵小樹遮掉視線，因此只成一方綿長的灰黃空地。不長草的地面上有纍纍卵石，十分荒蕪，特別是黃昏一刮起鹿城特有的海風，漫天旋動一陣黃沙，襯著背後天空的一輪巨大紅色落日，更是荒清。（李昂 1983a：94）

> 而那股上揚噴灑的血液漸在凝聚、轉換，有霎時看似一截血紅的柱子、直插入一片墨色的漆黑中。……而後，突然間，伴隨一陣陣猛烈的抽動，那柱子轉為焦黑倒落，紛紛又化為濃紅色的血四處飛濺。……林氏伸出手去掏那腸肚、溫熱的腸肚綿長無盡、糾結不清，林氏掏著掏著，竟掏出一團團纏在一起的麵線，長長的麵線端頭綁著無數鮮紅的舌頭，唧唧軋軋吵叫著。（198-199）

文本裡舉凡恐怖、詭譎、冤孽、報應、飢餓、凌虐幾幕，算是
《殺夫》的主要脈絡。李昂將事件發生的所有條件以蒙太奇的手
法全部連結在一起，讓充滿本能衝動的夢境與幻覺得以充分發
揮。再加上整個小說的形式是將「擬新聞」、「文學」以及錄自
陳定山寫的〈春申舊聞〉並置在一起，讓老舊的軼聞展現新風貌
（黃心村 2011），文本自身就是各種話語論述的交鋒戰場。因
此，當許多批評家論及《殺夫》人物塑造扁平或者其他缺失而構
不上寫實主義美學的標準時，可能完全忽略了李昂在這部小說理
想要凸顯的象徵與寓言企圖。

　　《暗夜》同樣有此懷抱。就形式來看，《暗夜》的結構設
計、意象經營、人物心理刻劃都要比《殺夫》來得完整。例如小
說描述主角黃成德與友人相邀在啤酒屋慶功，啤酒杯裡的白色泡
沫在黃成德的醉眼中漫成一片汪洋，「波濤湧來，帶來一圈圈白
色浪花」（1985b：17）。啤酒的意象、海浪的意象與人物意識
的流動巧妙地銜接上黃成德貧困的童年回憶；小說在簡單的兩幕
場景變換中將時光的流轉環環緊扣，技巧性地附帶說明黃成德日
後經商成功的原因（18-20）。另外，黃成德的妻子李琳因為與
葉原通姦懷孕，以及尋求法師指點的佛畫，讀來更讓人毛骨悚
然：

　　　　趕到一旁去看畫，畫的是一大把瓜蔓，肥厚巨大的墨色葉
　　　　子佔滿畫的上方，下面則是個斷了藤的西瓜，碎裂成三個
　　　　片塊，血紅的瓜肉上無有任何黑色瓜子，只是綠皮上一片
　　　　紅墨淋流……（56）

> 那碎裂的西瓜血肉淋漓,在眼前揮除不去,過往聽來的有
> 關墮胎技術不良造成大出血、剪破子宮等等的可怕傳聞,
> 一一無比清晰的來到李琳心頭。(66)

在一個中篇篇幅的故事裡,雖然不時洩露作者急欲說教的急躁,但是李昂對於藝術效果的刻意經營,確實要比當時其他女作家來得更有野心。意識流與蒙太奇的現代主義手法一樣不缺,小說人物性格的刻畫也顯得深刻而典型。奚密就曾經運用中國五行生剋的概念來闡釋《暗夜》裡的人物設計與相互關係,認為小說裡五個重要角色事實上正是象徵著五行的衰敗(奚密 1997:270-271)。李昂對於《暗夜》的再現當然不會只是滿足在寫實層次,只是為了留下八〇年代台灣功利敗德社會的剪影(邱貴芬 1998b:96、113)。

李昂企圖以《殺夫》、《暗夜》在場域裡建立同時包含「女性主義」、「現實批判」以及「現代主義藝術」的資本,在證明自己是個具有先行、獨到眼光的作家的同時,也鞏固她在場域內文學位階的高低。除了作家個人的主動性以外,場域裡「評論」這個特殊的位置對於李昂及其文學,事實上是具有更大的決定作用。將觀察的視野拉長一點來看,七〇年代初「人間世系列」的短篇小說〈莫春〉,就因為加入性場面的描寫而引起文化界不少道德批判。這一次的經驗,我認為是八〇年代會出現《殺夫》、《暗夜》的一個潛在因素。因為〈莫春〉這部短篇小說引發的社會文化批評,再次提醒李昂並且讓她更清楚地意識到,將作品內容和主題賦予結構性問題的探討,對於提升作品的象徵地位是至關重要的(1984a:218)。《殺夫》的企圖在於批判父權制度對

傳統底層婦女的剝削與壓迫,因此小說的象徵使得故事內容並非特殊事件,而是再現一個社會整體權力結構的失衡問題。這也是《殺夫》之所以堪稱「女性主義小說」的關鍵。與此同時,這也是一層防火罩,它讓文本裡那些刻意渲染的場景、煽動性的文字帶有某種程度的保護。八○年代清楚標舉女性主義立場的女性小說家,大概只有李昂跟廖輝英二人。一如布迪厄所言,場域裡各式各樣的詞語、流派以及專有名稱之所以顯得非常重要,那是因為它們構成了事物:「通過命名,這些標誌得以生產出某種空間,在這個空間中存在就是因為區分。」(Bourdieu,1996:157)。儘管從女性主義文學批評的立場出發,我們可以在袁瓊瓊、蘇偉貞、蕭颯等女作家筆下讀出性別意識的微言大義,但是這些女作家在八○年代事實上是較為懵懂地、絕對沒有李昂對於自己的發言立場有那麼清楚的自覺。起碼袁瓊瓊、蕭颯等人並沒有明白標舉這樣的立場。至於李昂,我們除了在她八○年代的一系列專欄文章以及社會參與活動中看到她的認同立場,一直到1998年她在邱貴芬的一場訪問中仍然抱持相同的態度:

> 李:現在我還處在舊有的台灣社會,像那些妯娌等複雜的家庭關係我都經歷過,我不是新人類父母跟小孩這樣的小家庭結構組織下長大的,所以我想我的定位很清楚,我還有一部分在傳統台灣的社會裡面;可是一方面我又有足夠的機會到國外讀書,受到很現代化的教育訓練,這是第二個定位的空間。我從傳統走到現代,我是個台灣人、台灣女人。在這幾個定位之下,老實說,我真的很想試試看可能不可能寫出過去被埋藏在男性作家父權思想下的東

西。……我一直有一個說法：男作家在一個池塘裡撈魚，他們已經撈了好幾千年了，所以那些大魚大概都已經被抓走了，他們要抓大魚的機會不大，可是對於一個第三世界的女作家，特別覺得我們在一個女人的池塘裡要撈到一條大魚的機會很大，所以這個當然足夠去獻身，搞不好我們運氣很好，又加上足夠的努力，我們真的會撈到一條很大的魚上來。

邱：你所謂很大的魚是指？

李：那當然是指文學上的成就了。（邱貴芬 1998b：117-118）

《殺夫》、《暗夜》二書的發表，馬上引發評論家的攻訐或者支持，其爭論焦點大多側重在藝術成就、性別批判意識以及道德尺度拿捏的問題上打轉。隱含在這兩類批評立場中的兩種截然不同的道德以及價值取向，之間似乎存在著無可跨越的鴻溝。不過，從稍微宏觀一點的視角來看，歷來對於八○年代女性小說的評價變化——由存在附從、保守的現象到試圖凸顯出女性創作與男性文本的異質與貢獻（蔡英俊 1988，齊邦媛 1988，呂正惠 1992，邱貴芬 1997，范銘如 2002），批評典範的轉移過程，正是體現文學場域內文化意義正當性的競逐以及象徵權力鬥爭的變化。

三、現代主義及其文化矛盾

從上述兩節的討論，我們可以看到作品是作家佔有的位置的歷史軌跡，以及構成作家特有習性的過程的歷史軌跡。因此對於

文本的檢視，一樣可以從中獲取習性、位置的部分軌跡。一如布迪厄的強調，文本與創作者、讀者包括更外部的傳播管道，同樣都是構築文學空間和結構的一環。場域理論力圖結合內外緣的分析與詮釋，理由依據便是在此。因此，觀察李昂與八〇年代文學場域的互動除了是分析作家的寫作位置、文化資本形態與場域內幾股力量的分／合關係以外，還必須將當時日益蓬勃的文化工業生產機制納入考量。特別是現代主義美學與文化工業生產消費之間的張力，更應該置放在當代資本主義的文化運作邏輯裡來思考。在進入後工業社會、後現代文化狀態的二十世紀末台灣，各種藝術流派的理念和主張已不能再被絕對價值化。舉一個更明確的例子，女性主義理論思潮與社會婦女改革解放運動還有藝術創作行為上的性別修辭，這三者要各自被放在「思想」、「運動」以及「藝術」的情境脈絡裡來討論，不應該再彼此挾帶、模糊混充（這部分下文會再陸續說明）。

　　本書第一章業已說明，文學生產機制的商業化轉向是八〇年代文學場域裡的一個新空間。我認為也正是從《殺夫》、《暗夜》開始，李昂的文學活動日益體現當代資本主義文化生產機制的矛盾。如果我們按照文學理論批評流派的更迭邏輯來推論，《殺夫》、《暗夜》以降的幾本力作假設是因為現實題材與道德標準的衝突而致使這些小說招致負面攻擊；那麼在女權運動和女性主義文學批評日愈受到重視的九〇年代，李昂的作品應該可以仰賴女性寫作的特質、性與權力結構以至於身體政治（the politics of the body）等等觀點獲得安身立命之所。不過，事實顯然並非如此。即使在女性（主義）文學批評的詮釋過程裡，李昂的女性書寫立場也時常游移在激進女權與保守父權的天平兩端

（黃毓秀 1993：71-105，劉乃慈 2007a：259-284）。

　　這樣的文學現象借助丹尼爾・貝爾（Daniel Bell）的相關解釋，或許不無啟發。貝爾在《資本主義的文化矛盾》裡力圖揭櫫，前衛藝術觀與文化生產的商品化機制各自的理念往往是相互衝突，而這樣的狀況又特別發生在二十世紀後期的現代主義美學及其再現之中。前衛藝術向來堅持藝術與道德的分治原則，並大力推崇創新、實驗以及把自我（熱中於原創與獨特性的自我）奉為鑑定文化位階高低的準繩；這些都是前衛藝術「革命動力」的來源。因此在文類的表現上，其目的往往在於強調衝撞效果和煽動性，以此來喚醒人們的藝術感知能力。然而最近半個世紀以來，當現代主義正逐步取得文化領域中的霸權地位的同時，我們卻看到一種與內容或形式無關，而是對藝術媒介本身強烈的專注。現今的現代主義文學作品，徵用虛浮的語彙和詞句──常常弄到不顧一切的地步，所有這些都是為了表現自我、吸引觀眾趣味，卻不是為了從形式上探討媒介本身的限度和實質。究其因果，大家普遍都能同意前衛藝術已明顯受到資本主義中產階級貧乏趣味的侵襲與改造（Bell，1989：10-17）這樣的事實。換句話說，在資本主義文化生產的邏輯下創作者對前衛藝術觀念、技巧的挪用也常常可能是某種為了加強商業競爭力的手段[4]。貝爾對

4　布迪厄提出「否定性的經濟」（economy of negation）這個概念──對象徵意義越高的文化產品所做的分析，與上述貝爾（Daniel Bell）對於當代前衛藝術狀況的意見可以互為補充。布迪厄認為文學或藝術場域的自主性愈高，則場域中的行動主體愈會被導向非金錢以及非政治的目的，因而越具有「無私慾的利益」（interest in disinterestedness）的「幻覺」（illusion）。也就是「為藝術而藝術」的單面想像。事實

於資本主義貧乏美學的批判並非本文著眼的重點，但是貝爾凸顯當代文化變革是以複雜的形式和社會結構發生交互影響這樣的現象，再再提醒研究者們應該留意文學生產環境的結構性轉變。

　　在梳理現代主義前衛藝術與當代資本主義文化生產型態的矛盾之後，我們再回頭檢視李昂九〇年代小說創作裡的女性主義、國族論述等等基進思潮的飽滿修辭，不難發現小說家對這些基進思潮訴求的價值並不是抱持肯定的態度。《迷園》不以處理婦女問題為滿足，小說本力圖從女性的立場重新思考台灣的歷史以及政治社會的動盪。在台灣本土與中國中心這兩股政治勢力鬥爭尚未白熱化之前，李昂奪其先機將女性的隱喻與台灣獨立運動、台灣史書寫等等主題嵌合勾連。《北港香爐人人插》的批判矛頭，由過去的威權政府進而轉向向來強調民主與進步的反對黨。深諳「邊緣戰鬥」之箇中三昧的小說家，興味盎然地為讀者揪掀「邊緣」之所以為「邊緣」的游移與曖昧。《自傳の小說》跨足歷史小說的領域，試圖藉由一位歷史名女人召回喚醒一段被竄改湮滅甚至遺忘的過往；在小說為這副業已枯朽的女體進行一段段「回春」儀式的同時，被囚禁的歷史似乎也蠢蠢欲現。女性與性、經濟、權力、國族、政治、歷史的複雜糾合，是李昂自八〇年代以降一路描摹玩味的重心，再加上這些作品的議題性強、複雜度高、虛構想像與現實社會之間的指涉性佳、藝術設計與時興的理

上，文學或藝術生產的無私慾表現，表面上似乎與商品和權力的世俗世界對立，但這並不意謂是利益中立的。相反地，這意味的只是更容易在純淨美學的面紗下隱藏其利益的目的，對一位具有文學聲望的創作者而言，象徵資本可以很容易地轉換為經濟資本（Bourdieu，1996：75-76）。

論契合，每每吸引研究者的高度注意，成為當代文學研究者和文化評論家的攻防要地。李昂不僅偏愛套用女性主義的論式表達一系列被邊緣化的社會政治主張，文本觸及的議題深度和廣度，適足為女性主義台灣文學批評打開市場，也為近年來方興未艾的本土論述提供一個絕佳闡釋的空間。更重要的是，我們這位對後結構去中心、解消理體論述再熟稔不過的小說家，她的書寫因為藝術技巧上層層疊疊的虛實掩映、交互勾纏，十分投合時下文學研究所預期的論述風格。

因此，解讀李昂的小說特別是她對衝擊性思潮的敏銳與擅用，我們不應該忽略作家長期以來在美學書寫位置上不斷改變的歷程、策略甚至原因。在近二、三十年台灣文化場域秩序的每一次變動中，我們都可以看到李昂也「應時當令」地快速調整其書寫位置與批判對象。從 1983 年的《殺夫》開始，李昂在台灣文學場域裡的正名以及象徵建構慢慢成形[5]。女性主義、現實批判、現代主義美學是李昂應對台灣當代文學場域變化的美學策略，日後都是具有戰略性地靈活運用著這些文化資本。作家在實際創作上有可能是為了選取具有優勢潛力、足以自我彰顯的形

---

[5]　直至九〇年代末再重新回顧過去的文化風潮，兼及整體性地觀察創作者持續累積的書寫成就，我們對於許多文學作品的評價亦會有所調整。例如王德威在〈小說創作與文化生產：聯副中長篇小說二十年〉這篇文章裡，難掩其似有若無的挖苦和揶揄：「八三年李昂憑《殺夫》再度成為文壇矚目——或側目——的目標，風風雨雨，至今如沐其中。《殺夫》的故事原本單薄，經過李昂點染，一躍成為女性主義文學在台灣的範本。」（1997b：6-7）文學批評向來有其歷史情境和文化脈絡的驅動，而各種詮釋角度的交相對話或者觀點的前仆後繼，正是批評有趣、有意義之處。

式、題材和美學成規時，經常必須藉由採用菁英文化觀、「政治正確」的輿論共識來回應市場經濟邏輯。我們必須要很警覺的是，它與實際接受者甚至生產者之間往往存在著明顯的空隙，甚至是一種貌合神離的關係。這個層面是研究者在進行批評活動時，應該要考慮進去的。

四、結語

　　各式各樣的文化活動及其寫作事業可以說是八○年代女作家自我表現、施展才能的一個重要方式。就李昂為例，寫作及其周邊給了她一個引導社會視線專注於某些議題的機會，使她從一個具有立場、觀點的女作家甚至成為為自己創造社會認識以及公開討論各式議題的文學空間。八○年代以後的李昂，以一種更全面而成熟的作家身分進入到影響公共社會的文化權力結構中，導致她在扮演製造輿論、引導文學發展方向的重要角色。這篇論文借用布迪厄的場域觀，旨在從習性、資本、位置與區隔的角度闡明之文學主／客體之間的互動途徑。掌握李昂個人的文學習性和美學位置變化的歷史軌跡，並且將它置於文學場域內，與當時的主導美學位置進行參照，這樣的作法可以讓我們將文學及其相關活動置於一個較為系統性的動力網絡中來思考。這個思索的方向，也希望能夠對現階段的李昂研究略盡補充。

第四章　通俗文化品味的再生產

　　台灣文學的研究趨向，在很大程度上反應了全球性的文化新思潮在本地的流通與影響。至於文學批評與創作之間的關係，也隨著不同的時代以及對於不同問題的關注，而有密切的互動和調整。當文本意義的詮釋活動已被視為是重建的產物，讀者對作品的反應不可能有一個全然客觀的評斷立場，批評家更不可能再恪守一個理性超然的論述原則。因此，在各種文化研究的批評潮流中，許多過去被放在經典地位的象徵性產品目前正遭遇重新檢驗的命運，讀者還有批評家在觀賞與品鑑的過程中無疑多添了幾分自覺。與此同時，某些文化現象特別是發生在凡事講求「去中心」的九〇年代台灣社會，也因為觀看角度、意義詮釋策略的影響，引發截然不同的價值判斷。這個狀況在文學創作以及批評活動中，尤其鮮明。

　　本書在這一章正是希望針對當前台灣文學的品鑑標準提出部分的反思。透過蔡素芬與鍾文音兩位女作家的文學現象，我將集中分析保守通俗文化產品如何因為新的批評範式而模糊作品的位階與位置，又或者說是通俗文化藉由妝點新的流行元素暗渡陳倉，在台灣當代文學場域裡再製的過程。本文處理的材料跨越到九〇年代中期以後的女性書寫現象，這與前面兩章的時代關照起點七〇年代末、八〇年代初，已是不同。再者，和李昂

（1952-）跟朱天心（1958-）這一代戰後嬰兒潮世代的小說家比
起來，蔡素芬（1963-）和鍾文音（1965-）兩位又要算是下一個
世代（我們俗稱五年級）的新作家，她們受到文壇矚目已是九○
年代中期及其後的事。就蔡素芬、鍾文音在當代文學創作活動以
及作品的藝術成就來看，這兩位女性創作者很明顯地應該被放在
流行通俗文學的脈絡來討論。然而，令人遺憾的是一般研究者在
處理蔡素芬、鍾文音的小說創作時，往往傾向將它們放在同其他
嚴肅文學相等的位置來看待。這樣的批評現象當然不只發生在蔡
素芬、鍾文音二人的相關研究，許多當代創作亦出現類似情況。
導致如此現象的箇中原因複雜，亦值得研究者關注。我將藉助布
迪厄闡述「文化再生產」（cultural reproduction）時提出的「文
化的時間結構」概念，再輔以雷蒙・威廉斯（Raymond
Williams）對於文化生成過程的三種區分，來彌補我們處理當代
文學產品時可能忽略的模糊地帶。儘管我們一致同意九○年代的
台灣文學表現活潑、成熟、豐富，但是在高度資本主義文化生產
的文學建築裡，許多文學產品都內含著一套套複雜的文化迴路，
此中還有許多細緻的問題必須受到注意。它們再再提醒研究者，
過去我們所側重的文化批評還有主題式的文學詮釋所無法照顧到
的死角。

一、文化再生產的時間結構與文化存在樣態

　　布迪厄的文化場域理論強調各個環節彼此對應的動態關係，
最終目的都是用來闡釋「再生產」的運作邏輯與結果，而「文化

再生產」又是「社會再生產」得以縝密運轉的核心[1]。布迪厄最著名的研究成果，是以教育社會學的角度來解釋教育系統如何透過一套精心設計的文化資本型態，穩固、複製各階級間的主／從權力結構。布迪厄認為，學校並非如表象所看到的是一個公開、公平、中立的（有教無類）知識傳授場域，事實上它扮演著鞏固社會不平等以及文化不平等的重要功能。

　　布迪厄對文化生成、運作以及再生產邏輯有非常細膩詳盡的討論，不過這個部分並非本文所要討論的核心。反倒是在布迪厄操作整個文化再生產的理論之前，他首先針對文化的「時間結構」做了一個必要的釐析。對照於我們慣常將文化視為是在各個不同歷史階段的靜態、固定與特定的表現形式，布迪厄強調文化的時間結構不是簡單的呈現從古至今的線性更替，或者承先啟後的連續狀態。文化的時間結構指的是文化自產生、演化以及變動的歷程，此中還包含新／舊文化的彼此滲透、累積、融合的過程。在這樣複雜的時間結構中，文化的各種生成元素在不同的歷史發展階段裡，有時是以不同的程度表現出來，並在過程中作為不同的角色進行運作。有時又以不同程度被淘汰、被壓抑或者被隱藏，因而在文化創作過程中暫時缺席。在歷史運行的過程裡，

1　布迪厄使用「再生產」（reproduction）一詞而非「複製」、「重複」或者「模仿」，主要在於強調再生產與原來的生產基礎結構之間的關係，並且突出再生產過程中多元因素交錯共時互動的複雜性。當然，類同布迪厄的習性形塑概念，在我們討論當代社會的文化再生產活動時也必須同時照顧到兩個重要的面向：一是文化再生產過程包含了行動者個人富有創造性的自由意志，另一方面行動者的活動實踐又是受到既定結構的導引。

有時舊文化中的某些元素會被保存下來，甚至延續一段時間，因而構成下一階段文化的基礎結構。有時舊文化中早已被否定的消極元素，又會在新的文化中作為積極的作用而受到肯定，甚至成為下一階段文化再生產的持續有效性因素。由此可見，布迪厄審視文化的態度在於強調時間結構的非單線性進程與非單向度發展，每個時代的文化都具有某種程度的循環、重疊以及多種元素的複合。他提出這樣的觀察，自然是針對傳統人類學與文化社會學者往往只看到文化物質的、有形的以及有限靜態的空間存在結構，所進行的反駁。

　　布迪厄對文化時間演進概念的釐析，亦有助於文學研究者思考我們在處理文化產品時慣常抱持的基本態度。通常文學研究者都會將某一時代的文學產品視為是當下的文化結晶，因此對它們進行「時代分析」（epochal analysis）的研究方式，卻往往忽略文化產品的歷史澱積成分。早於布迪厄之前，英國文化研究大師雷蒙・威廉斯（Raymond Williams）在分析一個文化的傳統、機制以及生成時，就曾經提出一個影響深遠的觀念。亦即在文化生成過程中，存在主導（dominant）／殘餘（residual）／漸興（emergent）三種成分的互動關係（Williams，1977）。威廉斯認為所謂「時代分析」的不足之處，就在於研究者容易將某一時間的上下限間的文化現象，單純視為一個定型的系統。雖然這樣的做法有利於思考上的方便，卻往往簡化了任何特定時刻種種運動、潮流、傾向之間千絲萬縷的關係，於是也很容易排擠或故意漠視與該系統不吻合的證據（Williams，121）。因此威廉斯提出主導／殘餘／漸興這幾個文化存在的樣態和生成模式，就是要修正我們檢視文化時抱持的「發展」與「變異」如此簡化的演進

觀點。這三種基本的文化屬性不僅具備時間推演的特質——主導
屬於現在、殘餘則是過去、漸興指向未來，彼此又有發生時間的
重疊之處。換言之，所謂的「殘餘」與「漸興」的文化成分，雖
然前者源自「過去」而後者指向「未來」，但是都是在「現在」
活動，都是對「現在」發揮作用的（125）。總而言之，現下文
化（主導）都是過去（殘餘）與未來（漸興）的統合與折衝。

　　布迪厄與威廉斯在他們的研究裡指出文化的新舊成分、動態
的演化關係，對本文所要討論的對象是一個理論性的輔助，此外
還有一個更具體的文化生產歷史條件需要被考慮進去。亦即，在
台灣當代文學場域裡保守以及通俗流行文化如何復甦或者再翻新
的外在助力，例如「欲求高層文化的進步社會風氣」以及「商業
經濟從屬的文化生產邏輯」這兩個表面看似矛盾實際上卻形成互
助的動力。這樣的歷史政治環境，主要是從 1987 年國民黨政府
宣佈「解嚴」的開始。威權政治的解體、社會禁制令的鬆綁，讓
過去種種被束縛的社會力一一獲得釋放，解嚴後的台灣社會表現
出前所未見的活潑與多元，也是最紛亂、最具創造力的一個階
段。新釋放的社會力開始把台灣重新塑造成一個高度流動、多元
紛雜，並且時時顯得混亂不定的文化場域。例如在文化場域裡時
常受到討論的國家主權、身分認同爭議，就是此中最明顯的癥狀
之一。伴隨「政治解嚴」而生的「典律解構」似乎也成為九〇年
代的文化氛圍與藝術特色，許多人往往以「眾聲喧嘩」
（heteroglossia）一詞來形容這個階段的社會活力，以及無政府
嘉年華狀態的藝術創造力。至於向來與外在的政治、社會、經濟
條件有著密切而複雜的互動關係的台灣文學，同樣也受到解嚴後
反建制、去中心文化特性刺激，使得這個階段的文學創作呈現出

前所未見的自由、多變以及駁雜的特點。

在政治民主化以及經濟自由化的條件中逐漸走向自主運作的台灣文學場域，及至九○年代可以看到許多明顯的變化。正如本書第一章所述，台灣當代文學生產機制的改變、美學典範的轉移對嚴肅文學產生許多重要的影響。九○年代大多數的作家、評論者、出版社都深受來自西方高層文化論述的影響，將文學視為是一種高層文化位階的活動。就其正面意義來看，台灣文學場域在九○年代初已出現不少主流作家努力往高層文化邁進（high culture quest）的文學現象，例如目前已有針對朱天文、張大春在九○年代的文學表現提出是類的研究評價。然而，文學產品同時不可避免地也要受到資本主義文化生產機制的規律支配。表面上刺激九○年代台灣小說生產的兩大條件——高層文化前衛美學觀與文化生產的商品化機制，各自理念應該是相互衝突的。但是就文化消費邏輯來看，對高層文化的運用不僅是積極回應台灣社會場域、文化場域的期待，更可以作為加強商業消費競爭力的手段。因此，文學創作者生產的也許是受市場青睞的、偏向通俗的作品，卻可能因為文本裡巧妙使用一些前衛性修辭或者片面性的社會政治議題，而被歸類到嚴肅文學範疇。在結構複雜的文化建築裡，文本的意義本來就容易迷失，我們對日益萎縮的嚴肅文學的範圍界定也愈形寬鬆以及模糊。這是台灣當代文學發展在自我定位上的矛盾，卻也是當代文學產品的重要特質之一。

在「欲求高層文化」以及「商業經濟從屬」共同作用下的九○年代台灣文學場域裡，我們更要關照到創作者的文學習性養成以及位置擷取策略，以便進行更細緻的判斷工作。針對蔡素芬和鍾文音兩位作家所應對應的文學網絡來看，儘管九○年代的文學

創作以實驗性、基進前衛的題材為主流，然而從七○年代社會文化場域裡漸次形塑的「鄉土──文化再生意識」卻不曾消減它的影響力。甚至到解嚴後，在台灣政治場域裡愈演愈烈的本土化運動，亦對當代文化與文學活動影響甚鉅。我們可以看到整個島上大力推行的各族群文化復振、社區文化總體營造政策；我們也可以在當代文學創作中發現越來越多迴映本土化風潮的「本土書寫」──或者參與台灣史建構論的想像、或者突出各式族群及其次文化的特色等等。是類作品在九○年代的文學生態裡佔有一席之地，在各個大大小小屬性不同的文學獎得獎作品中，可見一斑。特別是九○年代初文學場域裡對於結合「女性」與「鄉土」關係的文學想像，逐漸成為學院研究的重點[2]。以《鹽田兒女》起家的蔡素芬跟以《女島紀行》艷驚文壇的鍾文音，一開始同樣選擇了女性與鄉土題材再搭配寫實主義美學，這對文壇新人來說，是一個明確而保險的位置。蔡素芬與鍾文音的女性鄉土題材，對事事講求重口味的九○年代社會來說，確實予人清新之感。在台灣高度資本主義化的景觀社會裡，文本提供另一種現實經驗的想像空間，寫實筆法尤其能烘培出一股平實的誠摯和感動。

　　以目前累積的創作成果來看，蔡素芬與鍾文音的文學風格應該是分屬於兩種截然不同的類型。儘管在她們筆下共同涉及了「女性」與「鄉土」等類似題材的描寫，作品卻表現出迴異的基

---

[2]　一個特別有趣的現象是，2004 年陳玉蕙出版《海神家族》並且在一夕之間受到相當高的重視；然而在這之前，出道已久的陳玉蕙發表過許多作品卻始終乏人問津，引不起研究者的興趣。這個現象再次反應了場域裡的美學位置與象徵資本的分配原則。

調。然而，如果我們貼近蔡素芬、鍾文音的文學活動、作家習性、文本內部藝術表現來觀察，我們便不難發現她們兩位應該可以算是九〇年代文學場域裡「被動置於／主動佔據」中層位階的代表。因為嚴格說來，她們兩位在場域裡立據的美學位置極為相似，她們的作品不以前瞻性主題或者形式技巧實驗取勝，內容皆以情節為主（蔡素芬主打平鋪直述的寫實原味，鍾文音雖然偏向片斷零散的敘述風格，但都不脫離寫實原則），具有相當高的休閒閱讀趣味。除了作品內部題材、技巧展現出來的相似點，兩位小說家的文藝活動與各自任職的工作也有相當高的同質性——她們在或長或短的時間裡皆具備報刊記者、文學編輯的經驗。所以，相較於同期的其他創作者，她們和文化產業賴以繁榮的消費大眾之間有著愈形密切的互動關係。對於一般中產階級的文化消費習慣和心理趨向、時下閱眾的喜好與品味，不可能陌生。因此，她們的作品較同時期其他嚴肅文學創作者在題材、文字、形式乃至美學意識型態等各方面，都表現出有意思的相似性以及微妙差異。

　　接下來的篇幅，我以蔡、鍾二人為代表，分析九〇年代受到通俗保守文化品味牽引的小說特性。這兩位女作家分別在九〇年代中期以及後期的文學消費市場裡脫穎而出，作品中摻雜的某些時代元素也受到評論家的注意。我的初步觀察是，蔡素芬繼承台灣五、六〇年代的主流文學趣味，作品保有濃厚的唯美溫情。至於相當敏感於場域裡流行趨勢的鍾文音，則是更積極地將那些被視為前衛藝術的元素向商業市場法則推進，以至於她的作品發生形式設計與內涵意義的極度落差[3]。這樣的文化現象提醒研究者

---

[3]　先行說明的是，對於鍾文音文學創作的觀察我需要將文本擇取的範圍

們在看待任何時代的文化產品時，應該多留心文化時間結構的互換或者滲透能力。

二、美學習性的滯後作用

國族想像、歷史記憶、族群身分認同、性別與情慾流動大概是九〇年代初台灣文學場域裡最熱門的話語；李昂的《迷園》、朱天心《想我眷村的兄弟們》、朱天文《荒人手記》等等作品不但是主流文學市場的寵兒，在研究者們的眼裡也是不可等閒視之。與此同時，一股追尋台灣的本土熱風潮對主流文學市場亦有不小的指導作用；陳燁《泥河》、凌煙《失聲畫眉》還有蔡素芬的《鹽田兒女》吹來一陣陣熟悉卻久違的鄉土風，為九〇年代的台灣文學再添一道風采。

1994 年《鹽田兒女》的問世，讓蔡素芬很快地獲得台灣文壇的注意。《鹽田兒女》以台南七股的鹽田為背景，故事描述自小生養在鹽田的女主角明月如何勇敢面對坎坷波折的人生，筆墨兼帶烘托出南台灣特有的物景風情。繼之，1998 年的《橄欖樹》將這一股溫厚的人情、堅毅的女性形象展往北台灣一個淳樸小鎮裡的大學校園，透過明月的女兒祥浩再進行一次詮釋。在明月與祥浩這對感情深厚的母女身上，作品試圖勾勒兩個世代女性

延長到 2005 年左右。鍾文音在九〇年代末躋身文壇新人，並且在很短的時間內有大量以及多樣化的作品產出，所以基本上我將她視為在九〇年代文學場域中試圖另覓文學位置的另一種典型。再者，從她 1998 年以迄 2005 年左右的出版品來看，內容、風格甚至文類上並沒有多少出入，所以我認為可以納入同一個階段性的表現來討論。

的生命成長經驗、探觸某些女性特質的變與不變。被認為自鄉土
起家的蔡素芬，到了 2000 年的《台北車站》改以散居大都會的
現代女性曲折心思作為著墨點。此時作家的創作技巧也較過去的
寫實筆法多添了一些現代味道，帶點八〇年代蘇偉貞、袁瓊瓊的
風格。整體來看，不論小說故事發生的背景是設定在鄉村或者都
市，世間女子是蔡素芬文本裡的關注核心。從明月、祥浩到《姐
妹書》裡個性氣質迥異的姐妹，乃至立於《台北車站》裡熙來攘
往人群中的各式女性群像，顯然蔡素芬是相當有意識地立居在鄉
土與女性這兩個美學位置來開展她的寫作。歷來對於《鹽田兒
女》的看法，評者或者視為沈從文以降的田園牧歌遺風，或者認
為這部小說擴展了台灣鄉土文學傳統裡較為缺乏的女性鄉土經驗
與階級關懷。《鹽田兒女》運筆樸實、故事內容圍繞著鄉土與女
性主題的關注，讀者在字裡行間常常能與蕭麗紅的小說美學做某
種程度的映照。截至 2003 年為止，已有十四本學位論文鎖定蔡
素芬文學作品裡的鄉土想像、女性形象、性別意識的表現進行正
面討論。

　　儘管《鹽田兒女》在欲求高層文化、前衛激進作品的九〇年
代文學場域裡相對保守，但是在文學銷售市場裡卻屢屢創下佳
績。《鹽田兒女》出版兩年便有數萬本的銷售量，這在文學市場
日益萎靡的九〇年代，不能不引人注意。這個現象充分說明蔡素
芬作品不帶尖銳的意識形態批判以及溫婉平和的文風，仍是目前
最大多數讀者可以／樂於接受的標準。這個現象更提醒研究者們
注意的是，自戰後以降的抒情保守文化對文學閱眾的影響——包
括喜好的規訓與品味的承繼，事實上存在著超乎我們所能想像的

有效性[4]。蔡素芬的作品之所以能夠獲得許多讀者的青睞，最主要的原因在於它們沿承的是台灣五、六〇年代以降的抒情文學趣味。平心而論，蔡素芬的文學品味是傳統而保守的。《鹽田兒女》承襲蕭麗紅《千江有水千江月》的風情，《橄欖樹》雖說是《鹽田兒女》的續篇，端的是五〇年代末鹿橋《未央歌》的迴旋。儘管，我們可以在她的小說裡隱約感受到故事背後企圖進行某些更抽象的、形而上的扣問，諸如對於各種關係的情與愛甚或是對於生命存在價值的探究（這又不禁讓人聯想到鹿橋的《人子》）。遺憾的是，作品最後所呈現出來的內容遠遠搆不上作者冀望隱含的深刻意義。例如，當《橄欖樹》裡的祥浩結束她純美的大學生活，一轉眼便蛻變成知性成熟的大學教授。文本著墨的都是浪漫唯美的地方，女主角在成熟、成功之前可能遭遇的種種社會試煉全部被省略。作為一曲校園情歌，《橄欖樹》為十八歲到二十二歲的大學生讀者譜寫青春浪漫想像。除了在故事情節上不時讓人想起鹿橋的《未央歌》之外，在文學場域中可以對應到

---

[4]　除了蔡素芬，同樣的例子可見張瀛太的作品。例如〈西藏愛人〉以浪漫的筆調將神話、羅曼史、傳說以及民族誌揉雜於故事情節中，不僅擴大閱讀的想像向度，也為小說增添更多瑰麗奇誕的異域色彩。雖然作品在參賽的過程裡有評者指出它的特色：「撩撥出身分、性別與種族差異在異文化交接處、邊界擺盪上的不確定性」（張小虹，《西藏愛人》前言，2000），但是我們也不應該輕忽，張瀛太承自朱西甯、張曉風以降對於「文化中國」的美學鄉愁：故事裡來自台灣的女主角與西藏浪子的愛情，有著前世姻緣、因果輪迴的暗示。再者，女主角的異國經驗只有製造浪漫情調的效果，沒有其他較深刻的價值觀衝擊或文化影響。張瀛太巧妙利用時下流行的身分認同論述做表面上的稀釋與轉化，然而國民黨主導文化孕育了半世紀的文學美學傳統，在這篇小說依舊可以清楚看到它「怎麼也不老」的身影。

七〇、八〇年代通稱「勵志文學」（生活智慧、處世之道的啟發性文章）的通俗位置。因此，蔡素芬的文學放在九〇年代台灣文學場域裡來看，特別帶有濃濃的歷史與文化遺緒。

至於蔡素芬的文學表現之所以會受到研究者的注意，其中一個比較合理的解釋是它們適時地呼應了文學場域裡的其他重要位置——自八〇年代中期以後日愈鮮明強烈的本土化運動以及女性主義社會改革運動，它們對學院這類知識場域亦產生不小的作用。蔡素芬的文本適時地為學院提供某些討論的議題，當然也呼應了社會某些層面的文化意義與價值評斷。如果我們用布迪厄的話來說，那就是「在藝術批評的各種轉折點上，被供給的可能性空間是什麼？」（1996：237）。首先，《鹽田兒女》獲得評審肯定的是它對鄉土的歌詠，對女性堅韌生命力的讚賞。例如，小說前文所附的「聯合報小說獎決審委員評語」中，朱炎讚賞蔡素芬「台語方言的運用相當清爽傳神」；另一評審李喬則指出「文字間流動著炎熱的南台灣海邊鹽田的風貌」。平心而論，《鹽田兒女》的敘述流暢清新，可讀易懂；但是蔡素芬想呈現的苦難女性加上偉大母親的題材以及保守抒情的寫實筆法，未免缺乏新意。在李昂《殺夫》、廖輝英走上《不歸路》的十年後，蔡素芬仍然執著在一種鄉愁式的女性韌力與認命邏輯上，總是給人一種「不合時宜」的「時差」錯亂與遺憾。最重要的是，蔡素芬這類鄉土題材作品與台灣鄉土寫實小說所承繼的批判精神，事實上有相當大的歧異。我們應該從她最早的創作〈一夕琴〉、〈白氏春秋〉一直到《鹽田兒女》來進行一系列的觀察。蔡素芬在大學時代以〈一夕琴〉拿下 1986 年「中央日報百萬徵文」短篇小說第一名，這篇充滿濃厚的中國戰地小說風貌的創作在參賽前已受到

司馬中原的讚賞鼓勵；而李有成在評論〈白氏春秋〉時更指出，
這篇小說透過一位富家千金的遭遇來呈現近代中國紛擾動盪的歷
史，「基本上是延續了陳紀瀅的《荻村傳》、王藍的《藍與黑》和
徐速的《星星、月亮、太陽》這一系列小說的傳統。」（邱貴芬
1998c：196）從這裡再延續到上文提及的《鹽田兒女》的鄉土、
女性以及階級議題，這些再再透露蔡素芬的鄉土書寫脈絡與台灣
鄉土文學批判精神大有出入，而蔡素芬的文學啟蒙與品味也應該
是另有所承。蔡素芬在一次採訪中曾談到她早期的文學養分：

> ……如果因此而承續了哪個傳統，那或許是潛移默化中的
> 影響。我國中時，讀了不少軍中作家作品。記錄軍旅生活
> 和大陸經驗的小說、散文，曾是文學市場很重要的一股力
> 量，我自然很容易讀到這類作品。那時十四、五歲，熱血
> 澎湃，容易受影響的年齡，讀了像《滾滾遼河》這樣的作
> 品，令我感情激盪許久不能平復，其他像王鼎鈞、司馬中
> 原、琦君等人的作品，在當時，都算是我的枕邊書。（邱
> 貴芬 1998c：197）

　　由此顯見，單從表面題材或者某一階段的代表作，實不足以
為創作者美學精神的憑判依據。誠如邱貴芬所言，蔡素芬的文學
養成可以作為與她同一世代成長的作家習性結構，做某種程度的
歷史詮釋：

> 這是一個經歷了台灣從農／漁村社會轉變為工商都會的世
> 代，也是讀軍中作家作品長大的世代，既懷有不曾質疑的

> 「中國想像」，卻也不經意地流露出台灣特殊的土地經
> 驗。在性別意識方面，這個世代橫跨舊世紀家庭社會恪遵
> 倫理的傳統法則與新世代企圖顛覆所有成規的大膽嘗試。
> 蔡素芬的作品可以說相當代表性的展現了這個世代大多數
> 人夾在傳統與現代之間的遲疑。（邱貴芬 1998c：191）

藉由邱貴芬這樣的註解，如果過去研究者看到蔡素芬小說裡諸如
性別、階級還有鄉土等等元素，那麼我在這篇研究中便要做出檢
驗這些時代元素有效性的提醒。這對調整、平衡蔡素芬的文學評
價絕對是必要的。

　　文學參與者在文學場域的競爭關係裡所採取的佔位策略，往
往和他們個人的「習性」──創作者個人過去種種文學或非文學
經驗所導向的以及形塑的歷史，密切相關。從蔡素芬個人的文學
習性以及她在九〇年代文學場域裡的美學位置來觀察，可以看到
其中明顯的「兩種歷史交會的軌跡」──作家所佔有的位置的歷
史軌跡，和構成他們特有習性的過程的歷史軌跡（Bourdieu，
1993：61）。九〇年代出道文壇的蔡素芬不是沒有看到時下文學
場域裡的前衛藝術風潮，然而，她對於中國文化倫理典範的孺慕
之情始終溢於言表。蔡素芬的文學軌跡事實上比較偏向在新文學
以降、包括戰後國民黨主導的「純文學」軌道裡運行的。九〇年
代場域裡的新興主流位置，對她來說並不是最重要的位置擷取目
標。所以相形之下，不論是在題材與主題選擇或者美學精神、藝
術技巧方面，她都要比同時期的作家作品來得謹慎保守[5]。

---

[5]　這樣的判斷當然要將世代落差考慮進去。蔡素芬相較李昂、張大春等

　　這樣的文學特性，我們另外還可以用美學習性的「滯後作用」（hysteresis）這個概念來強化。布迪厄在解釋觀環境對習性形塑的重要性時，亦強調社會變動對習性的影響。人們的習性是在特定的社會情況下構成的，只要習性形成的客觀環境持續存在，它就會適應這些客觀環境，使得行動者在習性的習慣運作的場域裡，能正確地採取適用於不同狀況的行為。但是如果客觀環境改變，習性卻因長久維持下來的慣性（inertia）而不會跟著改變，這時我們稱之為習性的滯後作用：

> 在舊習性處於新客觀環境並與之脫節時，這個落差就表現為行動者不合時宜的行為。也就是說，行動者做可能是符合他以前社會位置上的行為，……但這行為卻不符合他現在所處的新環境與新位置。（Bonnewitz，2002：115）

以蔡素芬的文學理念來看，小說的基本功能──對於「說故事」的要求以及作品肩負「寬容溫厚」的載道使命，讓蔡素芬的作品在很長的一段時間中停留在寫實技巧與市井小民日常生活的視角裡。或者換另外一種說法，作家本人頗為抗拒場域內的新興題材

戰後嬰兒潮世代作家要小上約莫一個世代的年紀，因此，若以「後之來者」來解釋蔡素芬創作的「素樸」當然可以有幾分道理。不過，如果我們把蔡素芬跟她同一世代並且差不多時間出道的五年級作家群（如林燿德、駱以軍、成英姝、陳雪、郝譽翔）並列觀察，這些五年級作家一出手同樣是爭寫流行議題或者明顯帶有實驗技巧的作品，那麼蔡素芬的創作不論是與前輩或者同輩相比，顯然是要「含蓄」得多。

與前衛藝術潮流。再加上長期身居副刊文藝版編輯的職務,副刊
文化長期經營的中庸、持平價值觀還有大眾化的教育功能,蔡素
芬對於小說應該如何,有著清楚的自覺。這些都是《鹽田兒女》
與《橄欖樹》每每能吸引讀者目光的重要原因。

　　藉由蔡素芬的作品特質,本文強調不能將「題材」或者「主
題」呈現作為判斷作品藝術成就的唯一標準,這個判斷更適用在
檢驗台灣當代小說裡的性別、國族等等修辭策略。雖然以女性主
題作為創作核心是九〇年代文學的特色之一,並且此中有許女作
家寫出不少具有豐富辨證性的出色作品,但是我認為在九〇年代
的文本生產條件裡,諸如「性別」、「國族」或者「階級」等等
分析框架明顯已不敷使用。我們必須考慮不同文本在生產時代裡
所佔據以及相應的位置,更應該仔細判斷的是故事內容及其背後
透露的文化意識形態,究竟是符合閱眾的慣習與品味期待?還是
挑戰甚至超越我們的閱讀與喜好規訓?因此,以下我希望透過
《姐妹書》將上述的討論做一個更具體的說明。我個人認為《姐
妹書》可以視為蔡素芬在整個九〇年代創作的代表典型。它囊括
了作者寫作歷程裡可能涉及的各種元素:新舊女性、世代差距、
身分條件還有文化差異等等,都集中濃縮在這本小說裡,具體而
微地展現創作者的文學信念與美學品味。

　　透過書信形式,蔡素芬在《姐妹書》鋪陳了一對姐妹大相逕
庭的婚戀遭遇,以此開展兩個個性、價值觀迥異的女性面對愛
情、婚姻以及家庭問題的種種對話空間。小說裡的姐姐是個知足
認命的時代婦女,像極了台灣七〇年代中南部鄉村裡從早到晚忙
進忙出於各種加工工廠的典型職業女性。她有著三個稚齡的孩
子、思想傳統的公婆,再加上一個沒有家庭責任意識的丈夫。女

主角的生活過得辛勞忙碌並且拮据；丈夫長期在外地工作，不但不願意分擔經濟重擔，最後甚至負債累累、外遇、毆打妻子。至於那個顯然比姐姐的成長條件來得優渥許多的小妹，思想自然比這個半舊不新的姐姐開放許多。幾番情海浮沈、恣意揮灑青春，小妹總是不甘輕易淪為婚姻和家庭的犧牲品。但是，在一次偶然的機會裡，她卻與相認識不久的男子倉促結婚，婚禮結束馬上遠赴異國。婚姻家庭生活的變調，異國單調落寞的日子，讓這對姐妹有了魚雁往返的強烈動因。

《姐妹書》圍繞著現代女性普遍面臨到的婚姻家庭問題，來觸碰女性的現實生活經驗以及內在心理。雖然採取小說形式，但姐妹書信往返的結構設計以及內容本身頗為規律，頗像是一問一答的勵志小品，是集結問題、煩惱、困頓、經驗還有心得的交流空間。例如，得知姐姐婚姻觸礁、暫時搬出公婆住處，妹妹在回信裡不斷鼓勵姐姐走出眼前僵陷的處境：

> 我很高興你暫時離開丈夫，有獨處的機會，也很高興你找到工作，在家庭之外，有另一片生活空間，在那空間裡，忙碌可以遺忘家庭的不愉快。……去發現你當下最歡喜的事，沉浸其中。（蔡素芬 1996：135）

而當姐姐得知異鄉孤寂與偶然的邂逅讓妹妹心生他念，萬分焦急地跟妹妹勸說：

> 我極力反對你放任感情，你傷害週遭的人，最終傷害的會是你自己。而今我再不能以欣賞的眼光看待妳的作

為。……我想你錯過了某些東西，某些更體恤他人，更懂感恩，更能知足的人生經驗。（137）

上述對話活脫像是小說版的「薇薇夫人專欄」。至於姐姐的忍氣吞聲，更像是八點檔本土連續劇裡的世間媳婦：

我勸勉自己，太小題大作，毅男並沒有到拋棄妻子的地步，我們住這裡，吃他的，用他的，還有什麼不如意？於是我悟出，當我們看正面時，極易忽略負面。如果我願傻乎乎過日子，只看正面不看負面，哪來心裡的波浪？一個高貴情操的養成，必然是可以接受負面，心平氣和的過日子，我做不到，是俗障過深，於人於情，有企求有慾望，才會心思情緒受人左右。（117）

是，孩子需要我，我要回到孩子的生活裡。（215）

　　台灣當代小說裡以敘述姐妹手足之情為故事軸心的作品不多，《姐妹書》的出版在文學場域中理應激起迴響，實則不然。主要的原因除了場域內文學品味（題材新鮮感）的快速汰換以外，我認為還跟這部作品的情感定位有關。《姐妹書》過度強調犧牲、忍讓的美德，對於已經習慣重口味或者要求新鮮變化的專業讀者來說，沒有太大的吸引力。再加上文本明顯暴露不少寫作上的缺點，使得原本應該妥善隱藏的教化目的、訓示功能，一覽無遺。第一，文本中兩位敘述者的生活環境、背景、知識條件其實有著明顯的差異，但兩位敘述者的聲音、視角以及說話表達方

式卻過於一致。第二，性格保守的姐姐可以在信裡毫無困難地向妹妹再三坦露夫妻床第關係的痛苦；但是同樣身為人婦、有強烈自主意識的妹妹，卻對於自己的心境轉折、情緒起伏輕描淡寫。第三，遠嫁異國的妹妹在整個故事裡並沒有什麼特殊的作用，似乎只是作為讓姐姐寫信吐露心聲（亦即整個故事情節的重點）的媒介，頂多是透過妹妹這個角色觸及海外生活的異國風情。《姐妹書》將故事的重心較多地放在姐姐這個傳統、悲情的苦命女子身上。故事高潮處，再也承受不了婚變壓力的姐姐開始有了「殺夫」的幻想。最後結局，這個原本相當自我中心的小妹放棄了她原先企望的理想，回國、回鄉、回家，回去照顧她生病的姐姐。姐妹情深、血濃於水，相當契合中產閱眾的情感與價值期待。

三、流行元素的套用與內涵的落差

在上一節的討論中，如果我們可以同意九〇年代的蔡素芬承襲傳統保守的美學趣味，因此我們對文本裡可能涉及到的女性、鄉土、階級議題應該更加審慎評估其文化批判性的程度；那麼相較之下，鍾文音的寫作可以說是作者相當自覺地將當代前衛藝術元素藉由通俗流行的故事內容還有書寫風格，大量對外輸出。在九〇年代出道的五年級新生代小說家裡，鍾文音的起步算不得早，在闖蕩文壇的過程裡也跟場域內某些結集的文學社群，保持著更為疏遠的距離。但是，她的作品卻與不少同時代的重要作家創作，有著饒富興味的相似及差異。相似的是，鍾文音對場域裡自高層文化衍生出來的流行議題保持相當高的敏感度；差異的是，她將某些前衛的藝術表現做了更大幅度的調整，更符合通俗

文學市場的消費特性。這與文學場域內比較嚴肅看待創作活動的其他作家來說（他們可能奉行高層文化理念但是對於背後文化生產機制較不自覺），鍾文音更明顯的是主動置於場域內的通俗位置。以下我將分別主題、形式以及場域裡的流行文化對應這幾個面向，來分析鍾文音文本裡的通俗特質。

鍾文音的文學受到評論家注意，主要是集中在《女島紀行》、《昨日重現》這幾部早期的創作。文本中可供討論的女性形象、性別意識、女性與鄉土或家族史議題，再加上一些被認為是特殊的技巧設計，大概是目前獲得關注的焦點。例如，從《女島紀行》的返鄉之路開始，女主角斷斷續續回憶自幼與母親的互動關係、經年飽嚐生活摧折的母親心理，還有女兒優柔寡斷的氣質與母親強悍堅韌的性格造成彼此難以親近的遺憾糾葛，每每是《女島紀行》引人之處。《昨日重現》受到稱譽的則是文本敘述以物件、影像替代事件的發展，時間跨度則涉及了整個家族三代的歷史，頗有打破以往採用線性時間紀實撰史的企圖。至於這部作品究竟要歸納小說或者散文文類，到現在也還有人爭議不休。到了《在河左岸》，小說的故事觸角從漫漫洪荒般的南部鄉村移轉到滿佈繁華夢的台北。只不過，北上討生活的這一家人是落腳在陰暗穢污的「河左岸」（郊區），遙望華燈熒熒的「河右岸」（市區），原先懷抱的種種夢想原來只是不斷與現實拉扯的生活真相。不顧邏輯的情節推衍，鍾文音的文本敘事全心著眼於生活中隨意偶發的事件及其情緒的細微起伏。因此，文本隨處可見作者即興的發揮以及獨特的個人意見，讓她對存在本質、生命經驗的敏感獲得盡情的發洩。尤其是，文本裡對各式女性在各種處境裡的種種關照，不論是橫豎兩道青紫色紋眉孤身守候貧寂小鎮的

「母后」、藏居陰暗潮濕之地沒有移動改變能力的「左岸女子」，或者在親情、愛情、工作與人際關係中游離失所的現代都會女性，每每能引發研究者進行類似女性主義式的批評詮釋。

鍾文音筆下有一個相當明顯的特徵，她偏好透過浪漫愛情故事裡的分分合合際遇，來展演某種現代女性的自我意識。因此，文本裡的女主角總在情人、家人以及週遭各種人際關係裡徘徊、遊蕩，敘述的表層好像一再強調現代女性可以具備的選擇權，事實上它只是不斷重複汰換情人的過程。文本裡的女性對兩性關係的認知（幻想），總是透過男性的缺席或者悖離來製造悲歡離合、刻骨銘心的淒美氣氛。坦白說，它強化了父權文化傳統裡特別加諸於女性的感傷情緒，遠大過於藉此議題可能進行的性別審析。與其從女性主義的批評立場來詮釋，不如將它看成是應和資本主義社會裡的某種生活型態（漫談流行時尚、羅曼史、個人生活風格）的展演，還比較契合[6]。至於鍾文音對於母女關係的掌握，也很明顯地停駐在「對望」的距離。儘管文本裡的母親形象相當鮮明，它攫取台灣本土婦女的堅毅精神與豐厚而內斂的情感，但是作者處理母女關係跟處理浪漫愛情裡的戀人關係以及遊子與故土的關係，都是十分類似的模式——遺憾、感傷並且遙不

---

[6]　楊芳枝在一篇針對流行雜誌的研究（〈美麗壞女人：流行女性主義的歷史建構政治〉）裡指出：「女性雜誌所建構出來的美麗壞女人女性主義是一種生活型態女性主義，這種女性主義不談政治信仰或政治實踐，而只是一種個人所選擇的生活方式。我們必須把這種強調個人主義，個人選擇性的女性主義，並把自由權定義為選擇權的女性主義放在女性雜誌這個商業機制來談。」（2004：474）雖然楊芳枝的研究分析對象是台灣當代大眾流行文化領域裡的時尚雜誌，但是她的觀點對研究台灣當代通俗小說來說亦具有參照價值。

可及。

　　女性主義文學批評在處理女作家文本裡的感傷情緒，會因各種不同歷史語境而有迥異的評斷。問題不在這類書寫風格、特質的優劣，應該重視的是它被放在什麼樣的脈絡、情境。鍾文音的作品擅長捕捉各式女性的生存樣態，但是環繞著這些女性層層疊疊的身影中間，必定要有一位歷經滄桑、寂寞疲憊卻又渾身帶刺的女主角，她在與現實環境對立拉鋸的過程，更不忘向眾人展示、舔舐她的傷口。就掌握大多數的閱眾口味來說，鍾文音確實深諳「若即若離」的心理與美學張力，她的作品充分捕捉現代（都市）人對於某種生活方式的企望、渴求以及追索的心情，還有更多「可望不可得」的距離與失落。因此，文本裡那個說故事的人、說故事的聲音，總是有著絲絲縷縷的寂寞、脆弱以及瀟灑：

> 我在城市寫城市。我在大城寫小調。我在右岸寫左岸。我在破碎寫完整。我在熱鬧寫孤獨。我在記實裡寫虛構。我在模糊裡寫清晰。我在痛苦中寫快樂。我在家族裡寫個人。我在開放裡寫封閉。我在幻滅裡寫存在。我在遺忘裡寫記憶。（2003：36）

> 我複製了父親流亡的心情，在這座城市漂流。一處搬過一處。床，是慾望的廢墟；愛，是烏托邦遺址。我持續漂流在河水，沒有人會把我撿走，……（2003：251）

這樣的風格與基調特別投合都會閱讀人口的喜好——作為平凡枯

燥的小市民生活經驗的宣洩抒發[7]（例如文本裡的「流亡」一詞就用得相當順手）。即便是描述故鄉、土地與母女關係的作品，我們也都可以看到如是的渲染處理。不要複雜的故事，不要深刻的道理，更不要釐析究竟、挖掘原委的理性，流行小說要的是源源不絕的、不間斷地輸出的情感與情緒，是可以「立即被感受」到的。矯飾的抒情、偶爾帶些坦率的個性，這些都可以為文本多添幾分情調[8]。另外，漂亮的句子、堆疊的文字絕對是製造浪漫閱讀氣氛的妙方：

> 在我人生困頓的某些年，困頓，各式各樣的困頓，心靈身軀慾望，失措失敗失身失戀失語失歡失格，從起先的茫然失措到痛失一切的愛慾與貪歡。（2003：100）

> 乍然相逢時，只能惴惴惶惶，哽咽惻惻，面對記憶揮劍劈

---

[7] 1996 年朱少麟發表的《傷心咖啡店之歌》就是一個最好的例子。「傷心咖啡店」兼融清談、思考功能的咖啡館和愛欲奇想迷幻的酒館為一體，既知性超然又浪漫縱情，成為書中一群社會新鮮人的避世之地。文本裡種種生存的意義，家庭、工作與個人的責任等等論題已經抽離現實的可碰觸性，它們是小說製造煽情氣氛的元素。

[8] 諸如此類的文字俯拾皆是：「你不要以為我們之間還有什麼，我見你只是因為顧及你的需要與情義！某已故情人說。很多時候，我們搞錯了戀人一路失速淡化成朋友時處在關係苟延殘喘階段最容易誤謬的感覺，以為還是可以成為什麼的掙扎者，彼此不捨的狀態和東西不同，在天秤上兩人所放的愛之事體常常是等重卻不等義。你秤付出，他秤獲得；你秤愛情，他秤慾望；你秤心意，他秤形式；你秤獨特，他秤平淡；你秤過程，他秤結局。當然你也可能成為他，隨著愛情對象所激起的深淺角色互換。」（2003：143）

> 來，兀自潸潸淚流，愀愴傷心，惛惛老矣。……深冥杳
> 杳，記憶啊，窮寇莫追，我不過是個一文不值的窮寇，感
> 情變體移位的另類窯姐兒罷了，窮窘畢露，面毀敗而色黑
> 的徽纆簍貧女子，不過是愛情星球的遺孤。良人返巢，吾
> 道有孤；天使歸鄉，獨留遺恨。（2004a：137）

這些成功地拉近作者與最大多數中產讀者的感情共鳴，同時也拉
開了鍾文音與其他有志邁向高層文化的作家們的差距。

　　統觀鍾文音的文學，最重要的是「重複」的故事，或者說，
故事的一再重複。希立斯・米勒（J. Hillis Miller）針對我們日常
生活中之所以一再地需要某些相同故事，做出某些解釋。他認
為，假如我們需要故事來理解我們的實際經歷的涵意，那麼我們
就一再地需要相同的故事來鞏固這樣的理解。所以，「相同的故
事」是維護文化基本意識形態最有力的方法（Miller，1990：
70）。在此我們不妨借用米勒的說法來解釋當代通俗文化的一個
重要特徵——重複（repetition）。我們可以說，通俗文學、流行
文學本身，就是以充滿內在娛樂性的重複節奏來鞏固常規意識形
態（形塑讀者閱讀經驗與慣性）的「相同的故事」。「重複」在
鍾文音的創作模式裡以一種更不加掩飾的方式給表現出來，更予
人「模式」與「刻板」之感。即使在要求故事敘述以及鋪陳延展
的長篇小說體裁，也是如此。例如，《愛別離》以將近二十四萬
字的長篇鉅構圍繞著一個家庭（丈夫、妻子、兒子、女兒）以及
丈夫的情人，審視五種生命的切片，摹寫「五個移動者的生命祭
文」。而事實上，這些都可以視為是「我」的各種身分展演來觀
看。卷一裡的五個角色基本上是立在他們所處的生活原地的迴

旋，到了卷二，作者讓她的人物各自做一次「出走」，在不同的地點／地理空間（恆河、熱帶島嶼、沙漠、流沙溼地、地中海）一再重複相同的情節模式。因此，總括全文、統合上下兩卷共計十個篇章，其實不外乎是一個「我」的幻化。一個篇章敷衍成十個，然而表面的增衍卻沒有與之相對的深厚內涵。

　　如果說《愛別離》在形式與內容上就是「重複」的最好例子，那麼《艷歌行》就更是「重複」的極致了。《愛別離》的基本結構與風格在《艷歌行》裡被延續著。篇幅將近五百頁的《艷歌行》，以大都會男女的青春肉身捕捉台北慾望城市裡最繁榮虛華、也是最頹敗荒涼的風景。整個文本的表現，基本上已經囊括在黃錦樹所下的評語裡面：

> 它的故事發展不會讓你問「後來怎麼樣？」……它的細節好像是雨季後，大地隨意湧泉；破布子樹椿抽芽，蔓澤蘭擴散。原以為它可以結束了，它又長出來好些大同小異的枝芽藤蔓。（黃錦樹 2007：118）

> 書中其他許許多多的細節，不過是重複來重複去的相似的通俗劇，重複的列舉而已。蓬門注定成廢墟，彷彿即是小說的母題。以此來構築長篇，似乎不太有說服力。讀來讀去，沒看到必要的剪裁功夫，及小說本身的技術。……但也許有人會辯稱，這是女性長篇的特色與奧義，那我也只好受教了。（119）

故事情節淡薄、事件因果飄渺，徒有一堆心緒（像是看見光線投

射下的浮塵，卻看不到牆壁和傢俱）。偏偏這些心緒，可能就是鍾文音擁有一定的讀者群的要因。

　　截至目前為止，有不少研究者對於鍾文音的創作形式、技巧給予高度評價。例如，以物件、影像的「點狀」敘述替代事件發展的「線性」書寫技巧，或者以女性、個人為視角的家族史書寫等等，強調是類特色來突顯鍾文音文本裡的後現代、解構甚至後殖民色彩。必須提醒的是，即使書寫形式有別於傳統寫實主義小說的表現形式，也不應該就把它直接等於是「後現代」，固然以空間、物件、女性的敘述方式有別於過去以時間、事件和男性中心為主的史觀，但這樣的作法並不就意味著「解構」的功效。究竟形式本身有沒有進步以及前衛的開創性，內容與主題意識的成功搭配是不能忽略的。再者，鍾文音意圖透過一段段的女性性史取代正史，以期串聯出二十年來的島嶼變遷，這種駕馭大河小說的歷史觀照面也流於薄弱（范銘如 2006，黃錦樹 2007）。九〇年代文化場域裡盛行的「小論述」、「邊緣思考」以及「差異邏輯」，連帶刺激著小說創作界也興起側寫歷史的風氣以及一些形式上的戲耍，早已是屢見不鮮的事。文本到底具不具背後現代的文化特性，可能還需要再更精細的討論。

　　作家對美學位置的選擇受到個人特有習性的影響。構成每位創作者特有習性的因素，不只包括個人所屬的意識型態社群，也和個人藝術啟蒙的師承、在文化場域裡的生涯軌跡有關。因此鍾文音的小說藝術表現，我認為不應該完全忽略創作者在過去曾經身為新聞從業員的書寫慣習。而這也有可能是鍾文音的寫作特別容易在小說和散文這兩種文類間轉換，並且形塑她個人鮮明的敘述風格的原因。儘管，我們不難察覺小說與散文這兩類文體在九

〇年代就出現疆界流動的現象，但是我認為鍾文音在寫作之初對文體特性就沒有清楚的自覺與規範。比起其他從事嚴肅創作的作家，她的作品更像在經營一套自我生活風格的品牌。在這裡，我們不妨再將蔡素芬與鍾文音這兩位作家如何界定場域內的秩序和她企圖取代的位置，稍微區分一下。蔡素芬的文學習性有著對於「文學傳統」的理念和堅持，她的文學身分與一般作家沒有太大差異，值得注意的是「美學時差」的問題。相形之下，從鍾文音的整個學養、經歷以及文學活動的整體表現來觀察，她就是在經營一套個人品牌的美學。換句話說，如果作家是透過敘事活動引領讀者進入他／她們對世界的觀察，那麼鍾文音則是希望透過她的作品（包括繪畫與攝影）來打造個人的形像。這是鍾文音在定位作家身分及其文化功能的最大不同。再者，鍾文音對場域內最流行的概念符碼有著高度的敏感，並且可以很快地轉換到文本裡的修辭策略，也是她與蔡素芬的文學習性差異。《愛別離》和《艷歌行》這兩部長篇明顯從朱天心、朱天文的作品（尤其是荒人手記）裡借用不少靈感。包括圍繞著個人身分與情慾的敘述主軸，並且裝飾性地向外觸碰一些政治現實素材，甚至敘述語氣、詞彙、句構以及各種足以補彩添色的時代通俗元素：

> 也許她正在某個樓層試用著新進口的芬多精跑步機，邊跑步邊聞著森林之氣然後不久又是一篇超短文現身，寫著她的芬多精心情芳香語錄，訴說著美好生活的回歸自我與內在分享。而其實我知道她在跑步機的腦中想著無非是那件洋裝那個手提包或者那雙鞋。（2004a：24）

> 女族倉皇。你記得車站那口亞米茄大鐘，你穿油漆白窄卡
> 其裙爬克難坡，有人呼叫你：安東尼呼叫小甜甜，控巴拉
> 褲呼叫黑玫瑰。……時光斷裂，記憶闕翦。日日長，樂未
> 央。台北公子，風月狎妓，蓄妓自污。台北女子，欲仙欲
> 死，臨別一炮，此去江湖。（2006：19）

本文在此與其指出鍾文音作品對朱家姐妹的模仿，不如提醒讀者
注意是類敘述方式的文化資本——屬於風格學、語意學上的文化
資本，在九〇年代台灣文學場域裡的影響力。這類明顯從朱家姐
妹帶起的敘述方式、語言風格，它在九〇年代相當明顯地引導其
他創作者乃至讀者的鑑賞品味。不要說是當代文壇新人招架不
住，就連蘇偉貞、駱以軍等人都很難不受誘惑。可惜的是，例如
朱天文在《世紀末的華麗》裡的原創性——巧妙融合前衛與通俗
的特色以達至「正統優雅」和「一般俚俗」的持續衝突效果，在
鍾文音的這兩部長篇裡絕對是消減許多。費心的形式設計與空洞
貧乏的內容產生高度落差，是鍾文音寫作的一大缺憾。

　　鍾文音作品裡匯集許多雅俗共賞的元素，這樣的特性對讀者
來說，充滿許多新奇新鮮的閱讀趣味，對研究者而言亦不無提供
主題分析的貢獻。正如 2005 年吳三連文學獎將獎項頒給了鍾文
音，在《艷歌行》的首頁登載評審委員對鍾文音文學成就的評
語：「土地、家族、性別、情慾、異文化、生命的安頓，是她關
懷的側重面以及觀想的立足點。」上述這些「她關懷的側重
面」，大概已經囊括了九〇年代文學流行議題的七、八成之多。
從八〇年代末《今生緣》、《泥河》、《迷園》、《香港三部
曲》、《行道天涯》、〈古都〉、《自傳の小說》、《海神家

族》等等，女性與國族、家族、歷史辨證的敘事文本所在多有，其中亦不乏具有時代象徵意義者。2006 年《豔歌行》再端出這樣一道可預期的菜式，對一位關注女性文學的研究者來說，我衷心期待能夠看到更誠摯且精緻的作品出現。另外，鍾文音在散文文類的經營以及成果，一系列的「旅行書寫」也再次呼應二十一世紀全球化風潮裡的深度旅遊與精緻閱讀要求。鍾文音的散文不僅密切接續九〇年代台灣散文的各種潮流，例如她的知性化散文就很有「類精英」的味道（劉乃慈 2007c），更將三毛的文學情調做了有效的承續。散文向來比小說要來的「真實」許多，但是鍾文音的散文即使是據實以告，篇篇都有浪漫綺麗的情景，更多是綺想性的滿足。有相同經驗的讀者，可以透過文字與作家輸通相似的心情；未曾經驗者，亦有另一層替代性的想像愉悅。因此，鍾文音散文裡的知性化傾向，讀者若以感性悟之，亦不乏心得。再者，諸如文字、風格等等內在的藝術形式亦然，例如散文《寫給你的日記》便有長達數頁關於的哲學思考的探問（2004b：71-75）。《情人的城市》暢談女性主體的種種困境、掙扎、蛻變以及揮灑，其中寫到：

> 英國作家維吉尼亞‧吳爾芙說，身為女人，她沒有國家。但我想身為女人，她卻有個母親。她的國土，是她的母親。女人和母親的關係絕對遠勝於子民之於國家。（2005：252）

諸如此類在文字表面耍玩花腔而文意卻含糊不清的曖昧語句，比比皆是。究竟，「她的國土，是她的母親」這句話意指「母親就

是她的國土」？還是「視國土為母親」？前後句的意思會造成很
大的落差，尤其如果解讀成是後者的話，無異又是回到女性與國
家的緊密聯結關係，並且與前一句引述的吳爾芙的文句（「身為
女人，她沒有國家」）正好背道而馳。

　　九○年代的台灣社會與文化環境已脫離早前威權時代的種種
囿限和箝制，大量的、外來的知識性產品快速在本地文化場域裡
流通。文化媒體人、文學與藝術創作者積極參與並且撤除原屬菁
英文化領域內的知識壁壘，培養、創造所謂的當代閱眾，使得九
○年代的文化閱聽人能夠以新的感悟方式去接受新的藝術產品和
體驗。從鍾文音的文學歷程，我們看到她對時下場域變化的反應
──對種種新潮觀念、時髦事物急於捕捉，縱使創作題材稍有涉
及歷史政治議題，也極容易作為一種個人感性的關照（例如《昨
日重現》裡處理三叔公的方式）。這些特色都是回應台灣當代文
學場域裡的美學表徵與外部文化生產的互動關係。

四、結語

　　本章借用布迪厄對於文化時間結構的釐析，來說明當代文學
場域裡小說產品的細緻區隔。上述觀察，除了就蔡素芬與鍾文音
兩位小說家的文學習性、創作定位以及文本藝術成就來分析，更
企圖突顯九○年代文學場域裡新興的女性主義、鄉土論述等等文
化批評位置，對這些文學產品聲響的影響。九○年代盛行一時的
文化批評，旨在探索意義建構與權力運作／宰制關係，因此容易
忽略美學而集中強調文本的意義認知，是類觀點自然有其侷限。
在文化批評的啟發以及貢獻發展到一定程度之後，應該要適度平

衡研究焦距來填補文化分析所無法照顧到的死角。如本書在第三
章最後指出，即便是具有抗拒性的前衛藝術也常面臨快速消失或
是質變的問題；那麼在這一章更是要指出不同文化層級間的流通
與模仿。這是台灣當代文學發展的明顯現象，它提醒我們需要重
新調整對於當代文學研究的一些基本態度。換言之，美學成就的
高低、文學產品座落的共時與歷時性文化脈絡，並且適度考慮文
學生產的外部條件，這些都是在討論一位作家或者一部作品時需
要被納入評估的範疇。

第五章 「婦女寫作潮」的
文學體制研究

　　拜後結構思潮與文化研究的挹注，華文女性文學自一九八○年代中期開始在本地學術圈裡備受關注，並累積豐沛的批評成果。抽象學術論述與生命具體經驗的交織、衝撞以及對話，使得女性文學研究仍然蓄存著旺盛的學術開採能量。有鑒於女性創作的大量出土、女性創作群像的漸次拼圖還有女性創作歷史的逐步勾勒，累積了三十多年的華文女性文學批評應該在新世紀繼續尋求突破和進步。而不是讓女性主義批判由激進淪為成規，女性文學批評由新興變成流行，在流行中瞬間老去。比方說，我們是否願意挑戰過去線性且單一的文學史劃定概念（古典、現代、一九二○年代、一九五○年代）？跨越國族法權規範的地理範疇（台灣、香港、中國大陸、馬華）？捨棄時下流行的詮釋觀點的拷貝遊戲？重新觀察、挖掘過去隱匿在種種學術研究規範底下而事實上饒富興味的蛛絲馬跡？

　　本章可以算是繼華文女性文學「浮出歷史地表之後」的下一個大膽嘗試。我在目前各種關於華文女性文學的研究文獻裡發現，自明清中國到當代台灣的各路文學史脈流中，曾經發生過數次「婦女寫作潮」的特殊文化現象。它們分別是明末江南一帶的

才女文化、一九四〇年代淪陷區上海女作家,以及一九八〇年代台北都會文化圈的女性創作群。之所以將這幾個文學史時間及其發生的「婦女寫作潮」稱之為特殊現象,不單是用來凸顯女性向來不被鼓勵寫作的文化霸權,更在於強調這幾個婦女寫作潮發生時間的政治社會情境與文化生產條件。儘管上述幾個文學史階段是分屬於數個截然不同的史地時空以及文學區塊,細究之下,它們卻隱含著不少令人驚異的、共通的物質性基礎。

　　追蹤漫長的女性創作歷程,自明末以降的幾次婦女寫作潮引發我莫大的好奇與疑問。為什麼是在這幾個歷史時間點上出現女作家群起的現象?這幾個歷史時刻是否有其特殊之處,使得長期不被鼓勵的女性寫作不但成為可能甚至蔚為文化風潮?這幾個歷史片段及其文化生態彼此是否具有共通的特性?更細緻地說,婦女的文學活動與外在的政治社會環境、文化生產條件之間,可能存在哪些有趣的牽連和互動關係?易言之,以「文學生產體制」作為探究華文婦女寫作潮的出發點,似乎不失為是一個可行之道。過去,明末江南才女、四〇年代上海女作家以及八〇年代台北女性創作群,在它們各自歸屬的文學史脈絡裡已經獲得許多專家學者們的討論,但是嘗試以一個整合性的分析框架來針對上述幾個婦女寫作潮進行討論,這應該是第一次。甚至,由文學生產體制再回扣到女性文學批評的幾個根本關懷,我們還可以再繼續追究,身為創作者,這幾個階段的女作家她們一開始是為何而寫作?她們寫什麼?怎麼寫?透過哪些形式來傳播?她們作品的社會反應如何?她們的作品如何被接受?什麼樣閱讀社群的人會接受?作家這一身分又是如何改變這些女性的個人生活並且影響社會期待?本文在這裡當然不可能同時處理這麼多的問題,但是它

們仍然是值得其他研究同好再詳細追蹤的方向。總括而言，以「文學體制」作為上述婦女寫作潮的觀察重點，是本文致力論述的核心。文學體制有助研究者將思考重心鎖定在文化生產場域裡某些結構性因素與文化產品、文化參與者之間的互動關係，開啟跨區域性的比較研究，提供與二十世紀末女性主義批評典範不同的學術視野。

一、文學生產體制作為一種分析框架

在以文學生產體制為前提進行觀察與分析之前，本文有必要為這個研究框架的設定做一個理論性的說明。儘管同樣身為知識婦女與文化生產者，活躍在「明末江南」、「一九四〇年代上海」、「一九八〇年代台北」這三個時空的女作家們，其置身的歷史條件卻大不相同。從她們使用的語言體裁（韻文／散文）、創作文類（詩詞戲曲／白話散文小說）乃至創作者的社會身分（望族閨秀／青樓藝妓／現代中產階級），都有極大差異。這些殊異的研究材料，要能夠被同時納入一個研究框架，有賴方法學的調整。

首先，本文將援用傅柯的「歷史斷裂性」（historical discontinuity）概念來強化本文研究動機的理論性。傅柯以「考掘學」（Archaeology）做為當代歷史研究的一種方法學，同時宣告了傳統歷史研究中「人」的死亡，以及結構主義中「再現」的侷限。也就是說，有別於傳統歷史與結構主義，傅柯對歷史研究的興趣乃在於知識的「論述形構」（discursive formation）以及「歷史斷裂性」。最早可以溯源到《詞與物：人文科學考掘

學》裡，傅柯將人類思想與「知識模式」（episteme）劃分成三個時期（文藝復興、古典時期以及現代），並以人文科學的三個面向（生命、勞力和語言）深入探討此三階段形塑知識模式的潛藏規則、預設秩序。是以傅柯的歷史研究方法由「人」的傳統，轉向「論述」的形構。此外，對傅柯而言，歷史預設之起源性、連續性與整體性均是一種假象。歷史的知識必有其多樣的斷裂，而斷裂的可能性正來自於各種論述法則的運作（Foucault，1972：17）。然而，歷史的斷裂不應只是一種史實敘事的缺失或遺憾，應該是一種具有積極意義的概念，它意味著一種「知識模式」的具體轉移。因此，在某種知識模式轉移後，人們對「事務的感受、陳述、表達、描繪、分類與知曉將不再相同」（1973：217）。所以「知識考掘學」的目的之一，就在於挑戰當前已被理論化、整體化或者符號化的當代歷史論述，並且檢視哪些歷史觀點必須再做進一步的確認，又有哪些觀點可以以不同的視野和方法來重新認識（1972：26）。

　　傅柯的歷史考掘學對女性主義的最大啟發，就是避免重蹈父權歷史起源性、連續性與整體性的知識論述形構。更值得注意的是，女性主義文學批評不應只是批判過去正統（男性）文學史論述裡隱含的複雜權力關係，連帶著在整個文學歷史學術規範傳統裡長期隱形制約的時代劃分以及地域範疇圈限，都需要被檢討和突破[1]。然而，當傅柯指出應該調整傳統「時序縱貫性」

---

[1]　受到此類歷史後設思潮的啟發，邱貴芬在探討台灣女性文學研究的方法學時，亦提出「斷裂的女性文學發展史觀」。在〈台灣（女性）小說史學方法初探〉文中，邱貴芬不僅分析五〇年代台灣女性小說何以不入史的現象及其原因，更藉由這個文學史論述現象來強調史觀反思

（disachronic）的研究方法，轉而關注「空間橫斷面」
（synchronic）的探討，其理論的部分局限性亦因應而生。傅柯
畢竟是一位思想家，而非社會學家、政治學家或者歷史學家，他
的知識考掘學以及權力系譜學雖然都是對傳統知識、歷史還有社
會規範的批判，但是宗旨仍在哲學思想層次的建構。相較而言，
知識考掘學缺乏對於特定時空的社會現象、問題提出具體的介入
與批評[2]。而這個缺乏深入歷史情境的遺憾，正好可以藉助社會
學家布迪厄的場域理論來填補。場域理論旨在於有效地掌握各種
歷史階段、社會生態的動態變化關係，具體觀點本書第一章已做

的積極意義。邱貴芬指出，正統的文學史撰述總是包藏重重的資源分
配不均問題，除了評估作品的社會文化再製體制（例如學校課程書
單、閱讀脈絡裡（文學史、書寫傳統）之外，還與文學傳統裡的「人
品與文品」價值（好的作家作品應與主流媒體、市場保持距離）息息
相關。因此，五〇年代台灣女性創作者一則與主流媒體保持友好關
係，一則與整個文學史的撰述結構所預設的標準大有出入，所以她們
的文學很難受到批評家的肯定，不論是出自哪一陣營或者立場的批評
家（邱貴芬 2003：21-28）。有鑑於此，女性文學研究當然不應、也無
法採取直線發展的歷史思維，相反地，斷裂式的女性文學發展史觀及
其特性，應該獲得學術規範的正視。

[2]　一個具體的例子是，當傅柯探討西班牙作家塞萬提斯的《唐吉訶德》
小說時，他並不是企圖批判主角唐吉訶德種種令人匪夷所思的行徑，
來開展唐吉訶德的反騎士精神（反諷騎士癲狂痴傻的大無畏精神，誓
言弭平現實的不公現象），亦非企圖揭示此小說「生產」背後的具體
社會體制或權力關係。傅柯意在檢視，何以唐吉訶德是存活在騎士小
說「再現」（representation）文本世界中的一個「相同英雄」（the hero
of the same），並進一步解釋文藝復興時期以生命經驗「類似性」
（resemblance）的知識模式，如何轉移至古典時期以語言封閉秩序的
「再現」知識模式（1973：51-73）。

過詳細說明，此處不再贅述。有意思的是，如果我們將傅柯與布迪厄的方法學並置來看，我們不難發現，前者側重歷史縱貫性的權力典範移轉過程，後者強調歷史橫切面裡的各種關係佈局與權力互動，兩套論述對本研究而言不但沒有衝突反而能收互補之效[3]。

由此出發，「明末」、「一九四〇年代」還有「一九八〇年代」不僅僅是三個可被併置觀察的歷史斷裂點，本文並且試圖追問，在這三個斷裂點上究竟有甚麼樣的文化生產條件以致從事文學創作的女性人數大量增加？這個思考除了是回應布迪厄文學場域的生態動態變化概念，將文學研究的內緣批評視角轉向外部生產環節的觀察，還必須進一步把檢視的焦點再鎖定在「文學體制」（literary institution）這個範圍來討論。換個角度來說，處理女性創作活動與外在文化生產條件的關係，這樣的研究側重在「文學體制」牽涉到的外在具體環節所進行的分析。這樣的方法既不與傳統文學批評的內緣分析有所牴觸，更是讓「藝術創作」（art-making）可以被重建為一連串、環環相扣的理性選擇的過程，使該領域獲致被充分認識的可能性條件。「體制」（institution）除了與「組織」（organization）一樣，承認一個由物質所組成的有形環境以外，「體制」更強調由認知、觀念、文化、習俗、制度、社會價值觀等等因素所構成的「體制環境」

---

[3]　傅柯的歷史考掘學為本研究示範了一個跨時空的歷史研究框架。不過，有別於傅柯旨在凸顯西方歷史發展過程中的三種不同的知識形構模式，本文著眼的焦點反而在於歷史上三次華文婦女寫作潮發生條件的共通性。換言之，我關照的是這三個歷史斷裂點的文化生產共通條件。特此說明。

（institutional environments）。因此，我們可以將體制理解成一個社會裡約定俗成的一套系統以及運作制度，不論成文抑或不成文，具體或者抽象。喬治・迪基（George Dickie）長期投注在種種關於藝術體制的觀察與研究，他在〈新的藝術體制理論〉（"The New Institutional Theory of Art"）一文裡開宗明義地指出，「人為性」（artifactuality）本來就是藝術必要的條件，但是，這樣的認知和討論在過去一直未從傳統的藝術理論中被辨識出來。在過去的藝術研究主流裡，對於藝術品的內涵、可被鑑賞的美學價值似乎取代一切，成為論述的全部。而這個狀況同樣發生在文學創作的範疇。迪基強調，以分類的角度來看，藝術首先是人為的創作物件，再者是藝術作為某些人或某些體制能夠欣賞以及賦予價值的特質（Dickie，2004：49-50）。所以，當我們強調藝術創作是體制化的，那是因為它處處回應著可見的規則還有隱形的支配性（52）。迪基主張，我們對於藝術創作應該具備兩個根本性的認知。第一，如果某人想要創造一個藝術作品，那麼他必須透過創造一個人為的創造活動來達成。第二，如果某人想要創造一個藝術作品，那麼他必須透過創造一個具體實物給藝術世界的公眾。所以藝術作品（work of art）可以被定義為，呈現給藝術世界的、公眾的人為創作物件（53）。

　　文本的外在條件與文本的內容分析具備同等重要性，因為它們都是意義建構來源之一，而所謂的「文學體制」應該可以被理解為是文學作品如何被生產、傳遞、接受以及評估的過程。文學生產的視角旨在說明「實際的活動和創造力與社會結構之間，皆存在著相互依存的關係。」（Janet Wolff，1993：9）或者我們不妨再參考彼得・柏格（Peter Bürger）在《前衛藝術理論》

（*Theory of the Avant-Garde*）中的提醒：「藝術的創作過程可以
重新建構為一理性選擇的過程，參照欲達到的效果，而在各種技
巧中作選擇」，「文學藝術作品效果的產生不是在其自身或屬於
自身，而主要是作品於其中運作的體制確立了這個效果。」
（Bürger，1998：23，49）柏格一再強調，不要將藝術成就和藝
術生產的現實條件看作是對立互斥的兩個領域，因為「藝術之
（相對地）隔離於必須服務其他目的的要求，以及作品內容的發
展變化，都是一種社會現象（由社會整體的發展所決定），它們
從來就沒有置外於社會。」（Bürger，11）很明顯地，柏格與迪
基都認為即使是獨立自主的藝術家，亦是為一個匿名的藝術市場
而創作。因此，關於藝術作品的「體制研究」正是在於讓作品建
構的內與外、公與私的疆界，成為透明可見的，並且將歷時性的
發展以及變化呈現出來[4]。總而言之，文學從「生產」到「分
配」的具體條件，還有普及於某一個特定時代並且左右著作品
「收受」的抽象藝術標準，這是文學體制關注的主軸。將文學生
產體制設定為一個明確的分析框架，藉此定位本研究所應聚焦的
內容，以免內緣批評所帶來的不必要干擾。強調社會、經濟與文
化的結構性作用，並不是試圖減損或者降低相關的文本詮釋與審
美可能帶來的影響，最重要是希望能提出更多可資交互參照的研
究視角以及焦點而已。

　　此外，需要再行強調的是，本文亦借用巴赫汀的「社會轉型
期」概念來標誌「明末江南」、「一九四〇上海」、「一九八〇

---

[4]　依循上文脈絡，體制研究特別強調「至高品味」以及「客觀的審美標
　　準」是虛假的：所謂的「品味」是一種透過制度形塑的能力與感性，
　　並且根據不同的種族、性別、階級背景而有不同的藝術觀眾。

台北」這幾個階段的特殊歷史與文化狀態。因此，「社會轉型期」並非一般的社會變遷概念，而必須是具備巴赫汀所闡明的條件與特性。簡要地說，巴赫汀認為當一個社會面臨巨大變動的時刻，這時不僅是社會結構的轉型時期，更是文化的眾聲喧嘩狀態。處於非轉型時期社會（亦即穩定狀態）的文化，大致上由一元統一的主導話語佔據支配地位。深刻的社會危機、文化斷裂與轉型是歷史的轉折點，轉型期的社會矛盾與衝突無疑是尖銳激化的，轉型期的文化標誌則來自主導話語中心地位的解體，各種價值體系相互衝撞、碰擊、滲透。易言之，眾聲喧嘩的對話關係成為各種觀念、價值相互交流的存在形態。按照巴赫汀的觀察，他概括西方文明史上希臘羅馬文明轉型、文藝復興、十九至二十世紀這三個文化轉型的高峰期，認為這三個階段的文化特徵即是眾聲喧嘩——亦即文化呈現著勃勃生機的開創性（劉康 1994：11，16）。在這樣的歷史氛圍中，主體最強烈地意識到他者聲音的存在以及確立起自我主體性的必要性（36）。

　　如果著眼在研究對象所經歷的社會轉型期以及經濟變動對文化生產造成的影響，那麼「明末江南」、「一九四〇上海」、「一九八〇台北」這幾個階段確實存在頗有意思的同質性。將上述幾個「婦女寫作潮」文化現象的發生條件以及狀況描述清楚，是本文的目的之一。至於從文學體制這個角度來檢視各階段的女性創作活動，這個作法更是積極回應女性主義文學批評裡的根本精神——對女性創作的徹底研究。

二、明末江南才女文化

　　根據現有研究顯示，明代中期以後的中國江南地區，湧現一
批為數眾多的女性創作者。她們大多出身世家名門，具備創作
詩、詞、曲甚至彈詞小說等等文才，史家往往以「才女」譽之，
是中國文學史上首次出現的特出現象[5]。一個具體的數據是以胡
文楷在《歷代婦女著作考》的記載來推算，自漢魏六朝以迄元代
的歷史上曾被記載的女作家人數共有 117 人；及至明代，女作家
人數已然高達 238 人；降至清代，女性創作者人數更是快數增加
到 3671 人（黃郁晴 2007：1）。換言之，僅僅有明一代，女作
家出現的人數儼然是過去歷朝累積的一倍之餘。而明代女作家輩
出又多是發生在隆慶、萬曆以迄崇禎年間，亦即史上所謂的「晚
明」時期[6]。至於男性文士編選或者出版女作家作品，也大多是

---

[5]　明清之交的中國社會出現一批為數不少的知識婦女，她們時常交換作
　　品、相互鼓勵創作，由於這個特殊的女性文化主要是靠文學創作以及
　　批評鑑賞活動來發展以及傳承，所以論者大多以「才女文化」稱之。
　　從文類來看，我們所指稱的「才女」自然以具備詩才、詞才等在當時
　　被視為是正統文類的創作為主。目前不少學位論文便是以晚明的女詩
　　人、女詞人作為研究材料。最有意思的是，根據胡曉真在其專著《才
　　女徹夜未眠》中的考察，目前可以追溯到最早的女性小說家、女性敘
　　事文體（女性彈詞小說）也是出現在晚明，而寫作彈詞小說的女作家
　　亦多出自名門閨秀（胡曉真 2001）。本來，學界對於「明清才女」的
　　定義雖以詩詞為主，但並不排除其它兼備的文藝諸如戲曲、彈詞等
　　等。誠如康正果的界定，「才女」是指「精通書史、擅於舞文弄墨的
　　婦女。」（康正果 1991：351）。

[6]　就現階段的中國婦女文學史論述來看，學界慣常將「明清才女文化」
　　視為一個特殊的文學與社會現象，並且清代才女盛況又較晚明更為發

集中在這個時候（李聖華 2002：327-8）。

　　明末是「江南才女文化」的發軔期，這個現象與當時的社會環境特別是文化生產條件密切相關。目前針對晚明大量女性創作者崛起的分析，大致歸因於社會風氣自由、經濟繁榮、（江南）文風興盛以及才女們的家世背景等等條件。不過上述解釋大多將這些條件視為才女文化發生的背景，至於它們是如何造成文化場域的結構性變化，仍然缺乏一個深入的說明。無庸置議，「晚明」乃是學界公認的文化史分期。儘管這個階段的政治崩壞，例如廟堂上各種朋黨政治角力不絕如縷、宦官專政、各種對外關係失控，再加上盜匪頻出、疫病成災，整個中國可說是天災人禍、內憂外患（史景遷 2001：15-24），但是這個時期也是明代社會經濟以及文化形態都出現顯著變化的階段。歷來已有充分的實證材料以及重要研究表明，明代後期是中國社會由封建開始步向近代社會的轉型期。商品貨幣經濟在此時呈現全面發展之勢，經濟

達。因此，在研究上往往傾向於把「明清才女」視為一個歷史斷代與文學區塊，來進行各種角度的闡釋。事實上也有不少研究者紛紛強調，沒有晚明的社會文化條件，就不可能締造清代才女盛況。或者應該說，晚明是催生清代更多婦女參與創作的關鍵時刻。諸如鍾慧玲的《清代女詩人研究》、高彥頤《閨塾師》、曼素恩《蘭閨寶錄》、胡曉真《才女徹夜未眠》、王力堅《清代才媛文學之文化考察》等等專著大致抱持相同的看法，認為明末與清初的文學活動不僅環環相扣，晚明的社會風氣以及文化條件，實為盛清的婦女創作起著推波助瀾之功。因此，「明清才女文化」縱然可以在文學史上被視為是一個特出現象，但是如果是考察婦女創作群的出現，則應該把時間更精準地鎖定在「明末」這個階段。「明末」這個時間點，象徵著婦女的寫作活動是具備時間接續性，漸次形塑女性寫作社群並且建立女性閱讀社群的肇端。

結構、社會結構、生產關係發生明顯的變革，其社會結構開始發生新的變化。特別是從過去的農業生產模式向商品化經濟的轉變，由農業社會轉向手工業、商業社會以及初期的城鎮形態萌芽。當然這是一個漫長曲折的歷史轉變過程，但是在明代後期這些變化已明顯形塑出社會轉型的雛形。它們首先是出現在經濟領域，然後引發一連串的階級結構、社會生活、政治關係、思潮觀念以及文學藝術甚至科學技術等等相應的改變（張顯清 2008：3）。

明代商業社會的到來、商人的大量出現，首當其衝的影響就是身分等級制的崩解[7]。貨幣的介入，尤其在江南一帶創造一個流動和易變的社會，除了明顯可見的許多農民透過向城市遷居來追求身分階級流動的機會，更彰顯此中身分定義、社會關係以及社群、階級都不再是預設的。商業經濟的活絡，使得過去以農業

---

[7] 明代中國是商業化社會成形的階段，一個最明顯且直接的證據便是，此時的人口較過去增加了一倍多。為了因應日益茁壯龐大的人口，明代社會出現更多的商人。如果沒有足夠的商人來負責日益繁雜的商業網絡，將生產以及消費有效率地導向中國各地，那麼整個生產活動還有消費活動將無法進行，社會無法維持正常運作。因此，人口的倍增促使商人大量出現，明代社會慢慢朝向商業化形態的發展乃勢之所趨。根據巫仁恕在《品味奢華》一書裡的觀察，明代社會的商業化具體表徵在各種生活面向上。諸如平民階層的家庭收入增加、市場購物率的提升、婦女在服飾裝扮上出現流行風尚、過去被視為奢侈的物品在明代往往成為日常用品（巫仁恕 2007：27-34）。此外，各式各樣的專門店鋪、酒樓茶館、青樓妓院，這類兼具娛樂和社交功用的場所相繼林立，使得看戲、聽曲、旅遊或者飲酒、品茶、狎妓等等活動，都突出其感官消費的特色，標誌著一個近代城市所應具備的商業交易以及大眾娛樂的功能。

為重心的生產型態移轉到手工業、商業還有服務業。小商人、手工業主、手工業工人、各式服務業及其從業人員，是近代城鎮的主要組成成分也是推動城鎮發展的動力。與此同時，士紳地主的勢力擴大，不管在數量以及權力上都開始超越貴族，他們慢慢成為左右國家統治以及政治發展趨勢的主導力量。他們使封建等級制度和宗法關係有所減弱，再加上地方鄉紳階級的影響力以及競爭力壯大、文官制度的發展，在一定程度上產生對皇權的制約與分化。

晚明的社會轉型更可以從尊卑失序、違禮越制的文化現象，以及標新立異、開放不拘的風俗習尚來體現。民眾超越封建禮法規限的生活方式和消費行為，直接挑戰／鬆動尊卑貴賤的社會等級制度，浪漫主義與自我意識越來越受到重視（陳江 2006：124-125）。在政治黨爭中，士大夫敢於挑戰權威的議政風氣也是加劇自我意識的昂揚，並且彼此影響（張顯清，422-423）。綱常倫理觀念明顯發生變化，其中對五倫中的君臣、夫婦關係，便有別於過往的傳統觀念。有的學者開始為婦女的差別待遇抱不平，甚至注意到婦女的才能和智慧勇氣，並且給予高度評價（張顯清，432-435）。

除了經濟的商業化帶來社會階級與身分的流動、以儒家理想秩序為中心的社會結構已不再穩定，商業經濟更造成文化生產型態的改變。眾所周知，明代中國是印刷技術突飛猛進的時代，但是更大的衝擊恐怕還來自於這類成熟印刷術所啟動的「出版經濟」以及「學習文化」（知識獲取管道）的革命。換言之，商業社會的到來，加速現代化以及都市化的文化生產體制成形。卜正民（Timothy Brook）曾經在《縱樂的困惑》（*Confusion of*

Pleasure: Commerce and Culture in Ming China）書中，用一句相
當明確而精準的話來概括此時的商業生產模式所啟動的劃時代影
響：「新的財富生產方式改變了資訊傳播和知識儲存的方式。」
（卜正民　2004：11）這樣的描述可以見諸以下幾個具體的例
證，還有這些新現象所帶動的結構性的大轉變。首先，明代中葉
以來經濟快速發展、土地兼併嚴重，促使大批農村人口流入市
鎮。大量流入市鎮的人口造成勞動市場的人力貶值，直接衝擊到
當時刻工工價的大幅降低。廉價的刻工減低圖書生產的成本，這
讓刻書販售愈發有利可圖，因此，此時有許多商人紛紛選擇以出
版業做為謀生與牟利之途。街道上書坊林立，更是明代中葉以後
普遍常見的文化景象[8]。過去主要為文人士紳圈服務的學術性出
版，在此也慢慢導向具備商業性的出版行為。很多在當時地位顯
赫的商業出版人，都以重印教科書和大批官方在明初所出版的經
典和參考書，來供應市場。這對沒錢購買稀有藏本、也沒有其它
門路可以獲得知識的文人來說，是非常重要的。商業取向的出版
人甚至在官學課程以外，廉價且大量地發行各式各樣的大眾化讀
物，賣給比積極鑽營的官員更為龐大的一般讀者群（卜正民，
177）。啟蒙讀物、德育課本、法律條文彙編、小說、戲劇、色
情讀物、幽默故事、導遊手冊、外國風物介紹、各類知識摘抄和
各類書籍的廉價改寫本，只要有讀者、有銷路就行（225）。這
樣的轉變又促使商人與士紳圈子愈加頻繁緊密的互動，商人甚至
得以參與文化生產活動。根據卜正民的考察，揚州在明代中葉便

---

[8]　建陽、蘇州、金陵、新安、杭州、北京等地成為中國的刻書中心；及
　　至晚明，蘇州地區以出版高質量的書坊具名者更多是分布在南京、無
　　錫一帶（白嵐玲 2004：392-393）。

有「俗尚儒雅」之名，而活躍在揚州一代的商人尤其擅長打進上層文化的圈子。以揚州商人鮑松為例，他就曾聚集一批為數超過萬卷的稀有圖書來印行，這樣的文化事業不僅標誌著他個人的興趣，還凸顯當時商人已然得以參與士紳菁英分子的文化和教育活動（174）。這對歷來以文人為主導的文化和教育系統，產生不小衝擊。換句話說，商業這個新的財富生產方式也以超乎許多文人士紳所可能想像或體會到的具體形式（例如書籍出版），介入並且改變以文人士紳為主導的文化生產方式以及內容（175）。

市場導向的出版業不僅要考慮當時的讀者結構還有讀物內容，並且也不斷地改變讀者結構與讀物內容。明代出版業的繁榮，加速過去由文人士子為主的閱讀群轉變為文人士子與市井百姓並存的景況。出版物自然也經歷了以往與科舉舉業制度密切相關的經史子集，轉向與舉業制度無關、卻是為市井小民所喜聞樂見的小說、戲曲等娛樂性、通俗性作品並存的發展。小說、戲曲、民歌的文學形式，是伴隨城市及其市井文化發展而來，它們一一回應著城市居民的文化消費活動訴求（方志遠 2004，118）。大量刊行的通俗小說在出版物中佔了重要比例，成為晚明出版業一個鮮明的特點，也使得小說評點事業相當活絡（白嵐玲 2004：392）。讀者面的擴大、讀者數量的增多，又促成圖書印刷數量的增高，並再降低圖書成本，更加速出版業的發展。總而言之，進入印刷業領域的新資訊除了是回應追求感官享受的消費市場需求，同時也涉及知識取得途徑以及資訊服務對象的改變。城市、商業、現代化的文化生產技術，加速文化商品數量的與日俱增，也改變文化的體質與內涵，它們不僅是啟動新風氣的文化現象，更是一個各種環節緊密相扣的文化生產過程。

　　整體而言，我們在明代後期的中國社會可以敏銳地感受到階級身分秩序的轉變與重組，商業化以及新的批判思考方式所帶來的巨大影響[9]。而與本文題旨密切相關的就是，這一批出現在明末清初的才女們，她們的文化活動正是「社會失序」與「商業化社會」交織作用下的產物。曾經有研究指出，「明清之交的才女頻出」可能與「『國勢日非』巧合或非巧合地同時發展有關。」（胡曉真 2003：251）這個說法自有其觀察立據，不過比起惡劣動盪的政治環境，才女文化形塑不能不拜「社會失序」與「經濟發達」所賜。「社會失序」的結果讓原本屬於男性的知識大門漸漸向婦女敞開；「經濟發達」不但改變了明代的文化生產型態、組織結構，更啟動一種新型態的文化分配以及收受的環節。兩者直接刺激晚明文化場域走向自由活潑的動力，這對明末女作家的大量湧現提供一個必要的溫床。誠如高彥頤（Ko Yin Yee）在《閨塾師——明末清初江南的才女文化》（*Teachers of the Inner Cambers: Women and Culture of Seventeenth-Century China*）書中所強調的，明末清初江南才女文化的發展是伴隨這一地區因城市化和商品化所增值的財富，相輔相成的。扼要來說，是有相當數量的知識女性以及支持她們創作的男性，同時還要建立出版中

---

[9]　卜正民在《明代的社會與國家》（*The Chinese State in Ming Society*）中曾就「書籍」這種輕便而小巧的物品來考察國家與非官方組織間的關係。他指出，書籍可以廣泛的獲得意味著讀者們可以多方選擇他們的讀物，按他們的選擇來攝取知識，而不僅僅是去閱讀國家為那些尋求做官的人所設定的課程讀物。對於這種知識權力失序甚至無序的狀態，國家常常感到焦慮。儘管歷史記錄著明代文字獄的史實，然而明代並不是一個具有積極審查制度的國家（卜正民 2009：16-17）。

心、學校以及藝術市場，這些都是形塑此一才女文化所不可或缺的環節（高彥頤 2005：23）。明代印刷出版文化的繁榮預示著知識生產加快的節奏和多重的流通管道；這個變化對於當時的中上階級婦女而言，她們不需翻越閨閣高牆就能飽覽群書、欣賞戲劇，甚至經由閱讀和寫作將親族與友誼的領域擴展到家庭之外的空間。也可以說，是明末社會的商業化、現代化以及印刷出版文化將婦女創作帶進歷史紀錄之中。

更有意思的是，「社會無序」弔詭地為婦女受教育提供了一個最強而有力的辯護，鬆動「女子無才便是德」的僵硬文化藩籬。對主張個性解放、情教盛於禮教的人士而言，明末社會風氣是自由開放的，相反地，對於保守衛道人士來說，明末社會的失序更應該加強「女教」、「女誡」。所以當時不少衛道人士甚至包括知識婦女本身，都主張母德修養是移風易俗的關鍵所在。保守人士通過大規模地印刷讀物，強化他們的說教目的，這在無形中助長婦女識文斷字、受教育的機會。再加上社會風氣解放、男女之防寬鬆對江南才女的社交活動、社群集結產生不小影響。名門閨秀透過父系、夫系家族的對外連結，以詩文結友被視為是強化家族社會地位的活動之一。女性創作潮由此加速催生，自不意外。例如，徐媛能夠閱覽群書、增長學識，其夫婿正是從旁支持的鼓勵者（黃郁晴，106）；徐範自幼家貧又堅持終身不嫁，以賣字畫謀生並成就其名，她以才媛身分拓展社交，其詩作《紅餘草》日後更是透過沈紉蘭付梓而傳。黃德貞是當時婦女詩社的策畫人、婦女詩集（名閨詩選）的編輯者，她與其他才媛之間的通信，更不乏商討編務以及促進寫作之事（黃郁晴，108）。

總而言之，我們可以在晚近的許多研究中漸次勾勒出明清才

女文化的面貌。這些在家族中受到良好教育的女子,在文藝創作上往往非常活躍,不但吟詠創作,還以書信、結社等方式彼此交流,有些甚至能以書畫謀生。而她們的作品也能經由傳鈔或出版而流傳下來(屬於士人家庭的婦女文學創作,經常是由其家族出版)。她們是積極參與文化活動的一群。

最後必要一提的是,論及明末的才女文化自然是以詩才為最,然而這個階段也是目前所能考察到最早的女性小說家的出現。胡曉真在《才女徹夜未眠》這部研究中國最早的女性敘事文體創作者及其作品的專書中指出,十七世紀(明末清初之際)以吳語區為主的中國江南一帶的「女性彈詞小說」,是目前我們所能見到最早的中國女性敘事文體的創作。婦女對彈詞的高度興趣,再加上閱讀以及書寫的能力和意願,極有可能在明末就出現了首位彈詞小說的女性創作者。這些女性彈詞小說家的陸續出現,在日後慢慢凝聚成一個以女性為訴求的書寫與閱讀流通圈,進而形塑出一個以女性為中心的小說傳統(胡曉真 2001:21-85)。這是中國文學史上一個相當重要的現象。

三、一九四〇年代上海淪陷區女作家

在上一節的討論中,我們知道明末江南的特殊社會文化條件間接培育了一批女性創作者,此中又以當時所謂的「吳中地區」(蘇州)為最。當時序進入二十世紀上半葉,女作家群起的文化現象又以一九四〇年代日本佔領的上海最引人注意。根據現有的研究統計,在短短四年不到的日本佔領時期上海地區,首度躍入文壇的女作家就有十五、六人(陳青生 1995:228,235,317;

黃心村 2010：23），這和同一時期同一地區出現十位不到的男
性創作者相比，要來得多（陳青生，235）。這些年輕女作家除
了我們耳熟能詳的張愛玲、蘇青，另外還有施濟美、施濟英、湯
雪華、程育真、練元秀、汪麗玲、楊琇珍、曾文強、俞昭明、周
玲、邢禾麗、張璟、吳嬰之、鄭家璦。這群女性生力軍不僅人數
可觀，她們其中亦不乏文學才華斐然傲眾者。尤其是在當時更加
特殊的政治環境裡，這批年輕女性創作者如何能在文學場域裡畫
出一道短暫卻奪目的光影，箇中條件饒富興味。

　　淪陷期上海女作家當然不是第一批以白話文從事創作的現代
知識女性，在二十世紀的第一個十年裡，五四女作家的出現與表
現早已獲得學院的認定和肯定。五四愛國運動的歷史契機，再加
上近代婦女解放意識的催化，加速中國文壇第一批現代女作家的
崛起。五四女作家堪稱是中國現代史上第一批獲得發言權、講壇
及聽眾的性別群體的文化代言人。晚近三十年裡拜女性主義文學
批評所賜，由五四以降到一九四九年以前的新文學女性書寫系譜
已然建立，因此評家論者也大多傾向於將四○年代的女性文學活
動以及成果，納入現代性別主體的發展脈絡來詮釋（孟悅、戴錦
華 1995）。但是如果從文學生產體制的角度來看，五四女性文
學的生發條件與三○年代乃至四○年代各有明顯的不同。按布迪
厄文學場域運作的基本邏輯來看，五四女作家與三○年代左翼為
主流的女性創作者，她們的出現在較大的程度上是受到政治他律
性原則的推動，前者基於愛國運動後者源自普羅社會改革。至於
四○年代的淪陷區上海，雖然處於高度政治以及言論自由控管的
狀態，卻不波及當時一般常民百姓的通俗文化生活；所以這個時
候躍現文壇的年輕女性她們受到通俗文化市場經濟條件的影響大

過其他。這個部分隨著本文在這一節的內容逐步開展，會有更詳細的討論。總之，當我們論及四〇年代淪陷區上海的女性文學形態，或許也可以把觀看的焦距拉遠放大，讓詮釋的重點由女性意識再轉移到其他有意義的環節，將文本內緣批評轉向文本生產與市場消費體制的關係。

想要掌握並且了解中國近現代文學生產場域的結構性變化，不得不從十九世紀中葉以後在各個層面陸續發生的變革來說明。此間，上海又是展現這些變化、衝擊的首當之地。上海在明清時期，因為經濟逐漸發達而成為繼蘇州、南京之後的江南新都會。十九世紀上葉鴉片戰爭（1839-1842）之後，西方帝國主義以船堅砲利衝破中國的鎖國狀態，連帶使得上海成為中國最早的通商口岸之一。上海這座城市因此出現由西方人管轄的「租界」區，形成另一種特殊的政治治理型態。爾後，上海城市規模不斷擴大，經濟與文化發展更快，及至二十世紀初已成為極具重要性的國際大都市。可以說，上海都市社會的崛起導源於租界的關設，而這個由西方資本主義空間所帶動的都會文化特性，又和往後的中國政治動盪以及複雜社會形構絲縷相牽。租界的最大特色除了華洋交雜以外，中國政府無法對它直接控制，上海租界內部又分屬不同國家、各方勢力，然而這些宗主國對於遠在遠東的這塊孤島所能直接干涉的程度也有限（熊月之 2008：4，21-29）。因此，嚴格說來，這是一個不完整的市民社會──其主導權在外國人手上，但又正是像這樣一個處於不確定、不斷改變的社會結構，它以特殊的方式打造出屬於自己的空間屬性。例如，租界特殊的社會生態讓中國文人不僅獲得賴以安身立命的維生方式，並且開闢了相對獨立自由的言論空間（辦報、創刊、結社），甚至

在許多層面上掌握頗具影響力的公共輿論。再者,通商口岸的設立吸引了大批非血緣關係的中外移民,而一個大規模的由外來人口、陌生人組成的社會,正好是現代公共傳播媒體賴以生成的前提(一個封閉、眾聚而居的小規模社群,自然不需也不利於傳播媒體的發展)。這個現代公共傳播媒體,又是中國文人藉以轉型、並作為一支獨立的知識力量崛起的媒介(葉文心 2010:24,90-91)。

　　文學作為上海城市文化的重要表徵,大概從十九世紀末開始。在此之前,中國文學發展重鎮要以南京、蘇杭為中心。一如本文在上一節所做的說明,高度商業化的出版事業在二十世紀初的中國早非新鮮事,明代以來江南的出版業就已慢慢走向商業化的型態,蘇州和南京在當時即已出現文化商品市場。二十世紀以降,上海城市經濟的繁榮、「江海通津」的地理位置,再加上特殊的政治社會型態,吸引不少原本散居中國各地的作家遷居於此,並將此處作為他們從事各種文化活動的根據地。上海蓬勃興盛的文化事業──眾多的新式學校、報業、印刷出版業以及廣大的文化消費市場,使得中國文學在江南的中心由蘇杭、南京向北往上海轉移,這些都在二十世紀初成為定局。上海因此也躍升為與北京分庭抗禮的另一個文化重鎮[10]。無怪乎在中國近現代文學的研究裡,上海的文化生產條件一直是學界高度關注的重點。晚近的關注焦點,更是側重其都市商業文明與媒體文化對各類文學

---

[10] 進入二十世紀的上海,越來越多的中國作家把它當成文學活動的重要舞台。特別是自 1927 年到 1937 年這十年間,上海可以說是現代作家常年匯聚人數最多的城市,更是各家思想、各路文學匯集、爭鳴以及傳播之處(陳青生 1995:2-3)。

的複雜影響。例如,印刷文化的現代性建構如何打造上海的文化
地景(李歐梵 2000:45-85),舊式文學「鴛鴦蝴蝶派小說」如
何在上海復甦(Perry Link,1981)。幾個更具體的數據可以用
來證明,上海在民初已是中國最大的出版中心。根據相關統計,
上海在民國以前就擁有 460 種中文報刊和 54 種外文報刊(熊月
之 1999:40);直至民國初年,光是在上海出版的中文文學期
刊就有 75 種,約佔同時期全中國中文文學期刊總數約 90 種的
83%(陳伯海、袁進 1993:66)。一直到被稱作是「雜誌年」
的 1933 年,該年上海出版的雜誌出版總數達到 215 種(宋應離
2000:151)。從這些數據便可略窺上海在清末民初之際旺盛的
文化生產力,還有龐大的文化交易量。整體而言,上海一方面是
最精華的中國文化與最現代進步的西洋文化交會之地,另一方面
又是各種政治力都無法徹底施力之境,無論是行政組織鬆散的中
國政府或者遠在天邊的租界宗主國。甚至在一九三〇年代以後,
上海可以是中國抗日民族主義愛國活動的發源地,同時也是漢奸
聚集、中外利害相結的大本營。在十九世紀中葉到二十世紀中葉
這百年間,上海社會空間的秩序運作無疑是充滿許多複雜的權力
對抗、折衝以及矛盾。

　　誠如上述,晚近許多研究都側重在上海的都市商業文明與媒
體文化對各類文學的複雜影響,本文在此要聚焦在一個更具體的
文化生產體制——現代稿酬制度的建立,以及作家作為一種專業
工作和社會身分這兩者間的關係。我認為這個現代傳媒制度的建
立與奠定,對日後一九四〇年代淪陷區上海女作家的大量崛起,
打下非常重要的基礎。當戰爭烽火頻仍、經濟潰敗、社會動盪不
安之際,以消費市場為導向的出版文化,讓上海這一批年輕知識

女性更加主動地加入文化生產的行列。寫作與出版，一則可以維持日常生活生計，二則（在一個比較抽象的層次上）也是女性以公共知識分子的身分和功能介入時代、參與社會變遷。並不是說女作家們全然因為金錢報酬而寫作，她們之中並不乏世家望族出身的婦女（如施濟美）。但是，物質酬勞對女性得以進入社會文化場域，並且在其中獲得更多的獨立自由甚至正面的社會聲望，確實是一個重要誘因。本文在這一節，將集中討論現代都會文化的生產體制，還有因為戰爭帶動文學場域結構的變化，這兩個環節對一九四〇年代上海女作家群起的影響。

大約從 1870 年代開始到 1905 年廢除科舉之間，上海明顯湧進一大批與其日趨興盛的中文印刷媒體相接而至的文人。此一階段來到上海的文人，已不再把當官佐政看作是實現人生理想和價值的唯一途徑。他們立足報刊媒體，將辦報、編刊、譯書、著述等等過去在文人仕途裡被認為是副業甚至「末路」的活動，推向一種象徵現代人文知識分子身分的「正職」（李仁淵 2005：354-363）。從另一個角度來看，正是因為科舉制度的廢除，上海新興的媒體市場以及各類文化機構，得以大量吸納那從科舉制度退下來的過剩的知識力，並為那些處於窮途末路的傳統文人提供展現知識才華的新途徑。科舉的廢除是「傳統士大夫」往「現代作家」轉型的一大契機，而這個大轉型的背後更有賴現代稿酬以及版稅制度的支撐。簡言之，稿酬版稅制度為傳統文人打開另一道謀生之路。當我們論及「現代作家」的社會意義時，不應忽略這個現實條件。

所謂的「稿酬制度」是包含稿費、版權、版稅在內的一種契約化規範行為，也因此它具備公共性、貨幣性、市場化的條件。

現代稿酬制度與中國自古即有的「潤筆」大不相同，前者乃是文化傳播媒體自身的創設，後者是自由隨意的文化行為，並沒有建立一套共識與規範化的社會契約。根據葉中強的研究，目前可以查到的最早資料是在 1875 年 10 月 18 日的《申報》上，便已刊登一則「出價購稿」的啟事。堪稱完備的稿酬制度，應該要算是梁啟超在 1902 年日本橫濱創辦的《新小說》。「新小說社徵文啟」賦與稿酬以明確的形式──稿件體例分門別類（例如章回體、傳奇曲本、自著本、譯本、雜記等等）、明確標示稿酬、並且實施按字計酬（葉中強，96，98-99）。稿酬制度既為市場產物，當然受制於市場的生產與消費規律。稿費不僅按字計酬，稿酬的高低還取決於作品質量、市場銷售行情以及作者名氣……等要素。對出版商而言，作者名氣不僅象徵某種文化品味與權威，同時也是文化市場的號召力。

伴隨稿費制度而來的版權以及版稅觀念，最遲約在十九世紀末一些具有西學背景的文人社群間慢慢形成，並在上海出版業裡逐步獲得實踐。這些觀念的萌發以及制度的落實，一開始當然是圍繞著撰述者自身的權益而展開。幾個有名的例子，比如 1899 年上海南洋公學開辦譯書院以 2000 銀兩買下嚴復翻譯的《原富》，雙方並且立字據以作契約；嚴復也曾經明確指出版權保障與學術進步之間的密切關係（李明山 2003：24，55）。以譯介西方小說出名的林紓，他的譯書在商務出版社多達 140 餘種；林紓的翻譯稿酬每千字六元，並享有書籍定價百分之二十的版稅，居當時之冠（李明山，60）。1903 年至 1905 年間，晚清著名小說家李伯元將其創作的《官場現形記》在他自己創辦的《世界繁華報》上連載，隨後又由該報館集結成五冊出版；《官場現形

記》甫經出書便創下銷售佳績，隨即遭到坊間其他出版業的盜版翻印，並署名作者為吉田太郎。李伯元忍無可忍，遂起版權之訟，此案最後以李伯元勝訴告終（李明山，208）。另外，1906 年《月月小說》在上海的創刊號上刊登了版權聲明，顯見當時的小說期刊已有著作版權以及版權購買這類遊戲規則的出現（葉中強，105）。從上海民間出版市場規則的逐步實踐以及許多知識分子的呼籲，1910 年清政府頒布了中國第一部著作權法《大清著作權律》。雖然隔年辛亥革命爆發，滿清覆亡，中國第一部著作權法還來不及施行，但是這是第一次以政府律法形式確立著作者在文化生產中的地位和基本權益（李明山 104，124-125）。

小說稿酬制度的建立讓現代文化市場愈形穩固，彼此又共同刺激了文學的繁榮。「小說」除了是在清末梁啟超等人的提倡之下，被賦予國家民族振興的重要期待；它同時也是伴隨城市崛起、不斷擴張的市民社會所需的一種日常生活文化活動；更與遭逢「中國數千年來未有之變局」的文人身分的轉換，密切相關。文人躋身出版，當然有其立言或者致用等等文化理想，此外，自然也有維生因素的考量。創作小說或者翻譯小說而能獲致稿酬，並且走上職業作家之路者，不在少數[11]。至於稿酬版稅的觀念對

11　在這些不論是因困頓、因慕名或者因喜愛而走上文學創作的讀書人之中，周瘦鵑堪稱典型。周瘦鵑是著名的鴛蝴派作家，時有「哀情鉅子」之稱。他曾主編過《禮拜六》、《申報・副刊》「自由談」、《半月》、《紫羅蘭》、《紫蘭花片》等等雜誌。周瘦鵑進入文壇的契機在於他投稿包天笑主編的《小說時報》和《婦女時報》，頗受包天笑提攜。後來又為陳蝶仙主編的《女子世界》、徐枕亞主編的《小

新文學作家而言，已是天經地義、毋須為此辯駁之事。相較於清末的文人，新文學家幾乎毋需理會「鬻文」的舊式道德苛責，也不必背負「義利兩難」的精神壓力。以「專業作家」作為謀生的職業和社會身分形象，早就堂而皇之地進入城市的文化分工體系裡。1903 年，魯迅的第一篇小說〈懷舊〉，即在舊派作家惲鐵樵主編的《小說月報》上發表，時致稿酬五銀元，並深獲惲鐵樵好評。1908 年，在上海求學的胡適遭遇家業一蹶不振的困境，所幸受到《競業旬報》之邀，擔任編輯，每期致送編輯費 10元，食宿由報社全包，這才解決胡適的燃眉之急。即便是作為新文化運動和文學革命陣地的《新青年》雜誌，在創辦時亦不得不借助上海群益書社的出版資源——群益書社不僅承擔發行重任，亦挹注《新青年》開辦所需的編輯費和稿費（葉中強，132-133）。甚至茅盾經歷大革命失敗之後於 1928 年從武漢退回上海，還有 1927 年來到上海的魯迅、三〇年代初亡命日本的郭沫若，這些在中國現代文學史上舉足輕重的文學家，他們的維生之計都是依賴上海的出版市場（李明山，217-219）。上述種種都是被遮蔽在偉大文學命題背後，一個世俗凡常的現實世界。

　　小說創作稿酬制度的建立以及運作，是我們了解上海現代文化生產體制以及專業作家生成的一個重要環節。透過上述，我們看見一個具備現代化的文學生產環境，無疑為當時處於社會劇烈轉型中的知識階層，打開另一個安身立命的空間。可以說，中國現代稿酬制度是建立在自由市場和職業分工的某種社會形式之

　　說季報》撰寫小說。在民初的舊派小說家裡，周瘦鵑、程小青和程瞻廬是少數幾位能夠以筆耕所得購築屋舍的作家（葉中強，123）。由此顯見稿酬制度在現代文化生產環節裡所具有的影響力。

內，它體現了現代作家對「知識權益」的自覺。從舊式文人到現代作家，他們在城市中進行不同職業的轉換，既是謀生也是催化了多元活潑樣態的文學，更是文化價值觀的互滲、調適以及整合（胡曉真 2010）。換言之，除了文化的內容，文化傳播的形式亦衝擊原有的文化預設，改變了各個階層與社會各種體制之間的關係[12]。

二十世紀初的上海，市場包孕的商品價值觀已然將文學推向一個與「仕途經濟」與「載道文學」相對的一端。到了四〇年代，戰爭加劇經濟的潰敗，更讓寫作等文化活動成為一種兼具才華表現以及經濟自主的管道，特別是對那一群剛從大學畢業的年輕知識女性來說。兩位在當時享有文名，直到現在也不時被人提起的女作家張愛玲與蘇青，率直地談論個人的寫作因緣、價值觀還有態度：

> 生在現在，要繼續活下去，而且活得稱心，真是難，……
> 我們這一代的人對於物質生活，生命的本身，能夠多一點
> 明瞭與愛悅，也是應當的。（張愛玲【1947】2001b：
> 264）

---

[12] 葉文心在《上海繁華》一書裡便透過上海的金融、出版還有現代百貨業，生動地描繪出這個城市的中產階級樣態。其中，白領職業青年的小市民群像，是為這個城市文化的「讀者」與消費者。他們在辦公室工作，擁有固定的工資收入。在電影院、茶館以及商店大街上的擁擠人群裡，都能看到這些「讀者」的樣貌。小市民們看報紙、聽收音機當作消遣，他們也是通俗文學的支持者（葉文心 2010：151）。

我們都是非常明顯地有著世俗的進取心，對於錢，比一般
文人要爽直的多。（268）

我喜歡我的職業。「學成文武藝，賣與帝王家」，從前的
文人是靠著統治階級吃飯的，現在情形略有不同，我很高
興我的衣食父母不是「帝王家」而是買雜誌的大眾。不是
拍大眾的馬屁的話──大眾實在是最可愛的雇主，不那麼
反覆無常，「天威莫測」，不搭架子，真心待人，為了你
的一點好處會記得你到五年十年之久。（張愛玲【1944】
2001a：69）

我投稿的目的純粹為了需要錢，雖也略受朋友慫恿，我知
道此乃人家對我的好意，替我設法解決吃飯問題哪。……
我的意思大概是預備把賣稿當作一個短時期的生活方法，
不久以後仍希望能有固定的職業，有固定的收入可以養活
自己和孩子。文章越寫越多起來了，「蘇青」這個名字也
漸漸的有人知道，而我想找的固定職業還是沒有找到。於
是我只好死心塌地做職業文人下去了。（蘇青【1947】
1989：8-9）

像所有的通俗作家一樣，張愛玲很在意她的讀者。而她的讀者多
半是上海小市民，滋養這些小市民的閱讀習慣的是傳統通俗小說
與戲劇，此外還有鴛鴦蝴蝶派的作品。至於蘇青，她不但靠寫作
為生，更創辦雜誌、出版社，儼然是一位專業的女性文化人。此
外，幾個常被討論的上海文學生產特點，諸如出版品包裝、作家

明星化、寫作的市場導向（開發以特定閱眾做為對象的閱讀市場）再再顯示出文學生產者對這個專業必須付出更多、更大的關注。整體而言，大都會的生活方式以及文化結構，為這群年輕女性開創一個獨特的寫作空間；上海女作家成為現代職業作家兼具職業婦女的社會身分，更是與上海的都會性格分不開。

　　以市場物質條件來解釋四〇年代上海女作家的崛起，是絕對不夠的。戰爭帶來政治與社會場域的劇烈轉變，連帶刺激文學結構的重整，是這群女作家可以在短時間內進入文壇、引起時人注目的契機。誠如葉凱蒂在〈在淪陷區上海寫作──蘇青以及她所創辦的文學雜誌《天地》〉開宗所強調，蘇青的出現以及她在四〇年代上海文壇所獲得的成就，應該要和淪陷區上海的特殊歷史條件緊密關聯。包括蘇青、張愛玲、潘柳黛、程育真、施濟美、湯雪華等人在列的年輕女作家，她們都是受過現代新式教育的都市女性，「她們的個人成就適值戰爭時期上海處於相對『和平』的狀態下得以表現的。」（1999：650）葉凱蒂所謂的相對『和平』，指的正是淪陷區上海文學場域發生的三大結構性變化：

> 一是日本人與汪精衛政權對於以左翼為代表的新文學傳統的壓制，二是大量作家離開上海轉移到大後方從事抗日宣傳工作，造成作家人數銳減，三是在侵略者統治之下，一貫把持著文壇並為其制定基調的文豪們（一般說來不外男子），在國家失去主權之時便也失去了其對文化的霸權地位。（650）

除了上述三點，另外還有一個不可或缺的原因是，舊式通俗文學

代表之一的鴛鴦蝴蝶派小說，在上海孤島時期的尾聲重新復甦（黃心村 2010：65-75）。於是，在前列三項因素造成文學場域的權力真空，而第四項因素挹注新興位置湧現的情況下，這群女性創作者在很快的時間內擁有了文化新舞台。

　　一般常論往往暗含某種預設，以為受到日方嚴厲管控的上海淪陷區，其日常生活與文化活動必定是被多方遏止與限制的。所以這個時候的文化，理應十分貧乏蕭條。事實上，日本在佔領區的政治控制雖然非常強大，但是它在短時期內可能作用的是公共性的社會政治輿論，至於休閒娛樂性的、大眾消遣性的讀物，日本政權似乎不太干涉（實際上也是無暇干涉）。一如耿德華（Edward Gunn）在他對中國淪陷區文學的研究專著中，不斷透過各種文史材料所試圖論證的，日本人也許把軍隊暴行、獨裁和經濟困頓推向了極端，但是「日本當局及其中國偽政權並沒有使佔領區的中國文學發生根本性的變化」（2006：266）。那些將日本佔領區的生活當作創作題材來書寫的，是戰爭期間待在中國內地的作家，而非停留在日本佔領區的作家所為。耿德華肯定地表示：

> 中國唯一值得注意的親日宣傳作品，是一些在日本人直接監督下所拍攝的電影，……沒有必要對文學在親日宣傳中所起的平凡作用進行冗長的評述。然而，假如對日本佔領區文學的性質產生好奇跟懷疑是很自然的話，那麼證實一下日本人政治影響的侷限性，並且搞清楚大部分作家對於檢查禁令有所反應，卻對於親日宣傳人員的指示無動於衷的原因，這倒是非常重要的。（5）

是以在無人注意又沒有具體主流文風導引的壓力下，這一批年輕女作家的作品沒有鮮明的意識形態，與新文學裡的左翼傳統更是分道揚鑣，她們以寫婚姻、家庭等等人間事嶄露文學才華。

對上海女性文學素有研究的葉凱蒂與黃心村都共同認為，淪陷期的上海文學場域確實空出不少位置，是當時這群年輕女作家可以進入文壇的關鍵。黃心村更進一步指出，淪陷區上海文壇的混亂與空缺，讓孤島時期接近尾聲的鴛蝴派在振興之餘，還得以拉拔當時年輕的女性創作者成為生力軍，他們聯手在很短的時間內便搶占上海閱讀與出版市場（2010：68，74-75）。特別是，鴛蝴派的同仁刊物，在淪陷時期上海為新一代年輕女性作者提供了一個成熟的文化市場與傳播媒體，「這種與業已存在的出版體制、文學流派、讀者群、城市通俗文化的緊密聯繫」，可以作為四〇年代女性創作者在此時湧現的一個解釋（黃心村，65）。

在四〇年代立足上海文學場域的年輕女作家，她們對於當時的上海文壇氛圍，有著高度的自覺；她們要比前輩作家更敏銳地意識到，如何善用當時可以掌握的有限而寶貴的文化資源。蘇青就曾經表示：「這時候上海已為淪陷區，所謂正義文化人早已跟著他們所屬的機關團體紛紛避往內地去了，上海雖有不少報刊雜誌，而寫作的人數卻大為減少起來，我試著去投稿，自然容易被採用了。」（【1947】1989，8）至於在當時因為貴族遺後的身分更添神秘色彩的張愛玲，亦曾經暗示女性作者能在日本佔領的高壓環境裡取得成功的關鍵。她並且將自己塑造成一個時代的評論家，來審視自己親身經歷的大變動。在 1944 年《傳奇》再版的序言中，張愛玲說道：「出名要趁早啊！來得太晚的話，快樂也不那麼痛快。……快，快，遲了來不及了，來不及了！」還有

「個人即使等得及，時代是倉促的，已經在破壞中，還有更大的破壞要來。」（【1944】2001a：30）在當時戰爭頻仍的情境裡，這些話可以解讀成是個人對生命存在樣態的極端感受，然而放在張愛玲整個四〇年代的文學創作活動中，更不無作者對她個人寫作態度的自我指涉意味。

　　四〇年代上海的淪陷，給了蘇青、張愛玲等年輕女性創作者尋找獨立自主的新生活、奠定明確的社會身分和形象，提供了特殊的條件。例如蘇青直率強烈的言論，在引起當時輿論注意的同時，也是掌握了參與改造現代社會文化結構的機會。透過都會傳播媒體的各種體制，抓住戰爭時期特殊的文化生態，這些女性創作者不僅表現自我，更是懂得藉此創造自我、提升自我。

四、一九八〇年代台北都會區女作家

　　一九八七年前後，台灣社會發生四十年來最急劇的變化，我們通常將這個時間點標誌為「解嚴」的開始，以此預告日後一個具備多元文化的市民社會，以及自由開放的民主政治時代的到臨。就在解嚴前約莫十年間（1977-1986），台灣文壇陸續湧現一批批年輕的女性創作者，自蔣曉雲、康芸薇、蕭麗紅、鄭寶娟、袁瓊瓊、蘇偉貞、蕭颯、廖輝英、李昂、朱天文、朱天心、平路等等，她們以在報紙副刊上頻繁地發表作品而引起時人注意。從七〇年代末到八〇年代中期，以新秀之姿躍現文壇的女性小說家人數亦超過當時的男性新人。因此，從八〇年代開始甚至往後一路延展到九〇年代，也被其他研究者稱作是台灣女性文學的文藝復興期（范銘如 2002：151）。

不論對八○年代的女性創作抱持肯定或者否定的評價，歷來已有不少學者針對這個時期女作家輩出的外在條件作出直接或間接的解釋。呂正惠認為，這批年輕女作家所寫的內容、題材以及風格，投合了以高中生還有白領階級的年輕女性讀者為主的閱讀品味（1988：137）。另外，邱貴芬在〈族國建構與當代台灣女性小說的認同政治〉一文中，則由八○年代台灣政治情勢與社會狀況指出，女性文學在當時緊繃的風氣中能脫穎而出，多少歸因於她們的作品涉及的是無關宏旨的主題（1997：46）。至於張誦聖亦點出，包括八○年代女作家在內的戰後嬰兒潮世代的創作者們，由於大多和台北藝文圈以及都會文化產業消費大眾相互依存，所以彼此呈現結構上的關聯性（2001：21）。

如何解釋台灣在七、八○年代之交出現快速轉變的政治社會環境，以及具體說明新興的都市傳播媒體和文化生產條件，對八○年代女作家及其文學發展的影響？這是這一小節要處理的重點。承繼前面兩個小節的論述，我認為八○年代女作家輩出的一個很重要的因素，也是因為這個時期適值國民黨軟性威權文化的長期主導之下，發生在政治、社會、經濟以及文化的全面性轉型期階段。一如本書在第一章勾勒台灣當代文學場域的變化時業已說明，自七○年代初期開始國民黨政府在國際事務和外交上的一連串挫敗，逐漸動搖它在法統上作為「中華民國」的正統性，這是導致日後威權政體瓦解的關鍵之一。自此開始到八○年代中期，層出不窮的政治反對運動、各種社會問題，甚至是國民黨內部的權力繼承鬥爭，一一打擊國民黨的統治能力。再加上一連串的金融危機、市場運作與國家機器之間因不同邏輯發生的緊張，讓台灣資本主義的發展對既有的政治統治形式和制度產生挑戰，

也都是八○年代動搖國民黨政權的結構性因素。換句話說，台灣社會在八○年代邁向資本主義經濟的發展，以及各種政治抗爭帶動的民主社會結構轉變，莫不直接、間接地造成國家機器與民間各種組織的衝突和緊張。乃至於國民黨在最後不得不以「解嚴」的一連串措施，試圖重新整合國家機器的運作。

　　從政治場域的權力變化與鬥爭、社會秩序動盪不穩、民間異議性力量勃發、各種「重新審視一切標準」的訴求四起（包括兩性平權、族群、社會階級意識的高漲等等），換言之，當整個文化場域、文學場域裡的主流秩序也不像以往那般穩固時，這讓八○年代許多女作家有了進軍文壇的機會。八○年代台北都會文化圈的女作家崛起，可以與前文一九四○年代淪陷區上海的狀況做一參照。一九四○年代淪陷區上海的文學場域，主要是因為戰爭的影響迫使不少重要作家西遷或南移，此時場域呈現某種程度的真空狀態，來自場域內的競爭阻力相對小得多，自然有利上海年輕女性的進駐。反觀八○年代活躍於台北都會文化圈的女作家群，她們在入場的當時場域空間不僅不空虛，反而是熱鬧擁擠的。此中還有多種新興力量蓄勢待發，女作家們除了要和早前佔據主流位置的文學勢力進行區分，也要與其他新興力量時而合作時而競逐。因此，我們可以說文學場域的結構變動是婦女寫作潮發生的一個重要條件，但是每次文學場域的鬆動可能造成哪些實際樣態（例如真空或擁擠），卻是不一而足。

　　處於社會文化轉型期的文學場域，還必須與發達的文化傳播媒體相生相伴，方能刺激女性創作群的乍時湧現。八○年代開始，資本主義經濟型態刺激台灣社會出現一個強大活絡的文化市場，一個最直接的例證就是台灣文化傳播媒體的變化。所謂文化

傳播媒體應該包含圖書出版業（出版社）、雜誌、報紙以及書店
通路等等，一個或數個不等的生產與傳播環節。在過去，我們比
較容易地以七〇年代的「五小」出版社（洪範、爾雅、九歌、遠
景、遠流）和八〇年代的「金石堂」、「誠品」大型複合式連鎖
書局來做對比，藉此凸顯八〇年代文化生產環境的劇烈變革。事
實上，如果我們把焦距放大，那麼從七〇年代以降一直到解嚴前
的出版制度、具體狀況及其影響，未嘗不能當作一個階段性的趨
勢來觀察。換句話說，如果我們可以同意，自戰後以降受到政治
它律性原則規範的台灣文化場域，到了八〇年代漸次走向由自律
性原則導引的相對自主狀態，那麼從七〇年代開始許多制度層面
的改變（例如出版法），並不次要於來自經濟面的思考。

　　七〇年代初，國民黨政府開始對新聞、出版等大眾傳播媒體
進行統一管理。在此之前，例如 1958 年以前，台灣的出版管理
是歸屬於內政部，並且由內政部暫交給警政司代理。1962 年，
內政部增設出版事業管理處，負責管理台灣的出版事務。至於新
聞管理方面，在五〇年代開始就一直由新聞局來監督。1973
年，行政院將內政部所屬的出版事業管理處併入行政院新聞局，
同時也將過去分屬教育部等機關管裡的其他大眾傳播事業，都劃
歸新聞局統轄的範疇。自此，新聞局的管理，由原來的新聞擴展
到包含出版、電影、電視、廣播等所有大眾傳播事業（辛廣偉
2000：74）。1974 年新聞局重新制定行業分類標準，出版業由
原來的教育用品業獨立出來並且建立純粹的出版組織，中華民國
圖書出版事業協會與台北市圖書出版商業同業公會，便在 1974
到 1975 年間相繼成立。

　　根據相關整理與統計，1970 年台灣的出版社約有 1350 餘

家，出版圖書 8700 多種；到了 1980 年，出版社超過 2000 家，出版圖書 8870 多種；1986 年出版社超過 2900 家，出版圖書 10200 種（辛廣偉，74）。無怪乎，這個時期也被稱做是出版界的戰國時代。出版管理制度、出版業自七〇年代開始一路興盛，有其背後的各種條件支撐。除了七〇年代的工業化和出口導向的經濟結構，此時還完成了九年國民義務教育的普及，第一批接受完整的九年國民義務教育的中學畢業生，無疑加速閱讀人口的增長。七〇年代初，國民所得年平均是 600 多美元，1976 年突破 1000 美元，解嚴前已達 6000 美元左右。這些具體的數據，間接凸顯出台灣社會大眾日愈增加的文化生活需求還有文化消費的能力。

七〇年代在偏向文學性的出版社方面，除了上文所提到的「五小」，另外還有兩家以完全不同的型態出現在當時的出版界。它們分別是隸屬於台灣兩大報集團底下所設置的聯經事業出版公司（1974 年成立）還有時報文化出版公司（1975 年成立）。由於背後擁有雄厚的企業財力支撐，聯經與時報文化這兩個出版社以截然不同於民營出版社的形式出現。諸如洪範、爾雅這一類型的出版社，都是屬於個人興趣和信念或者與幾位同好協力經營，創業之初都是白手起家的性質。至於聯經和時報它們都具備健全的組織——獨立的部門、專業的工作人員、完善的制度和標準的作業程序，以及自屬的發行網絡。每一本書在付梓和上市之前，都要先經過初審、複審以及成本核算等流程（徐開塵 2008：260-261，265；蘇惠昭 2008：325-326，329-331）。七〇年代中期，這兩家出版社的設立不僅標誌台灣現代化出版業經營形態的來臨，更吸引其他企業的仿效，陸續加入出版行列，加速

帶動傳播媒體的活力。

除了圖書出版業啟動文學市場龐大的生產動因以外，報業的擴張（發行量、廣告收入甚至是報業產業規模）以及由此衍生日愈重要的副刊功能，是值得說明的重要環節。台灣的報社數量在七○年代並沒有擴充，但是發行量卻由 1971 年的 130 萬份，一路增長到 1980 年的 350 萬份（辛廣偉，279）。此間最明顯的變化是，「副刊」由原來無足輕重、聊備一格的附屬價值，變成與新聞、評論三足鼎立的局面，其形式上的變化與內容的豐富日益吸引大批青年讀者，應是副刊地位提升的主因。副刊變革的濫觴始於中國時報，高信疆在接下人間副刊主編職務之後，開起一連串的實驗示範。聯合時報副刊緊追其後。兩大報副刊的較勁角力，已是許多文化人所津津樂道的文壇雅事，本文不再贅言。當是可以思考的是，副刊在七○年代中期以後發生的種種變革，應該要與其他的相關面向作一相互參照。首先，和當時的新聞報導相較起來，副刊仍是一個相對柔軟的發言空間。這對尚處戒嚴時期仍然存在「欲言又止」的台灣文化場域來說，副刊可以發揮想像的空間較大。再者，隨著物質生活條件的富足，讀者的閱讀需求隨之多樣，文化品味亦隨之提升，對於忙碌講求效率的白領中產階級來說，副刊可以提供及時的審美趣味，同時也是累積文化修養的方便管道。從七○年代中期以降到整個八○年代，副刊的功能還有重要性與日俱增。

總而言之，兩大報副刊的繁榮與活潑直接刺激文學場域內部的自主體制，不僅是副刊每日的文學交易量遽增，報社更需要主動積極開發各式寫手和各類稿源，年輕新作家一有作品便往副刊投遞，再自然不過。1976 年聯合報除了設立小說獎刺激文學創

作風氣，並且聘請一批年輕作家做為該報的「特約撰述」。報社每月提供新台幣五千元的資助，作家們則是每月向聯副提供一篇新作；作品一經采用，報社還會另外支付最高稿酬，若不采用，作者還可以將作品另投它處。當時簽約的作家包括蔣曉雲、蕭颯、小野、朱天文、朱天心、吳念真等人（汪中明 1997：47，49）。在特約名單裡的小野就曾表示，一個月五千元的寫作資助相當豐厚，「當時他在陽明醫學院的薪水，一個月也不過四千多元。」（汪中明，50）。茲不論各界對於聯副此舉的評價如何，現代新興都會傳播媒體再次加重文學藝術創作的人為性（artifactuality），絕對是事實。

如果我們對八○年代的台灣文化產業有著「文化工業化」的概念，甚至「文化工業」的批評，那麼這個突出的文化現象就應該從七○年代以來的前行發展來觀察。七○年代台灣文化產業從獨立、成長到興盛，是奠定八○年代繁榮文化地景的基石。從圖書出版業、報紙副刊、小型獨立經營的書店到大型連鎖圖書通路，不論是硬體或軟體，台灣當代的文學建築愈形龐大而複雜。其中一個重要的影響便是，在過去屬於少數菁英階層專有的前衛文化，在極短的時間內可以透過一套有系統的生產編製模式，快速流通到大眾流行文化體系裡。這一點對於往後的文化風氣、藝術創作走向、美學品鑑標準都起著長遠的作用。

八○年代的女性創作群，是在台灣政治、社會、文化各個場域相對活絡的狀態下的產物。從女性創作者身分與當時文化生產體制的互動來看，她們其中有不少人是多方位經營的女性文化媒體人。她們自出道以來筆耕不輟，身為專業作家的社會形象自是有目共睹。此外，蕭颯、朱天文在八○年代便與電影編劇結下深

厚因緣，廖輝英也因為作品改編成電影而數度與影視工業交會。
台灣電影新浪潮的成就，有一部分還要歸功這些年輕女作家們的
原著與編劇。甚至，在台灣九〇年代以後的國片發展裡，朱天文
一直擔任侯孝賢電影劇本的重要推手，執筆《戲夢人生》、《好
男好女》劇本的朱天文，不應該完全隱沒在《荒人手記》的朱天
文背影之後。其他遑論各式各樣的主題座談、校園演講、藝文專
欄等等文化活動，都是這些年輕女性創作者一顯身手、發表個人
獨到見解的機會。

　　如果從這些女作家在八〇年代的文學內容來看，那麼她們的
作品可以說既是回應時代的條件，也是開創時代風氣。包括本書
在第二章處理朱天心年輕階段的文學繼承與文化資本網絡，還有
第三章討論心八〇年代李昂的文學表現與作家位置的奠定過程，
這些都可以看到作為年輕創作者的各種文化能量吸取和展現。此
外，蕭颯、廖輝英兩人在八〇年代的文化活動以及文學作品，也
是最能彰顯當時女性創作的社會回應。她們本本暢銷、發人議論
的作品，為八〇年代台灣女性文學現象打下牢固的基礎。廖輝英
擅長以冷靜樸實的筆觸，描寫年輕女性的婚戀過程，還有種種矛
盾衝突的心理。一樣是對婚姻、情欲制度提出質疑，廖輝英在字
裡行間更多了一分凜然的現實自覺。和同時代的女作家相比起
來，「廖輝英沒有蘇偉貞的潔癖，也不如李昂跋扈，她以個體戶
方式經營女性議題小說，成為暢銷通俗作家，本身就是一則女性
創業故事。」（王德威 1997：7）至於蕭颯更是擅長銘刻中產階
級種種感情的嫌隙、道德的偽善，她對現代社會其他面向特別是
青少年的成長與教育問題，也有著比其他人都要獨到的觀察與關
心。

五、社會轉型期與現代都會文化的共振作用

　　總觀數個世紀以來的女性創作活動，本文專注在說明歷史上出現的幾個「婦女寫作潮」的發生條件，並將其歸納為兩個重點來鋪陳。第一，女性寫作潮這樣的文化現象，主要發生在社會處於較大的轉型期的階段，也就是當時的文學場域呈現相對混亂或者結構鬆散的狀態。社會場域的不穩定，不論是舊秩序正遭遇崩解或是新秩序尚未抵定的階段，都是鬆動文學場域結構的重要因素，在這樣的條件下出現大量婦女參與寫作的可能性較高。當政治與社會結構穩定，文化主導權通常都是掌握在男性文人群體及其制定的主流美學意識形態之中，女性創作者尤其是「女作家群」，想要在這個時候透過文化市場的自主體制在文學場域裡爭逐一席之地，是相對不容易的。言下之意，如果這時候是政治他律性原則的積極介入，例如台灣五〇年代外省婦女寫作潮，那又要另當別論，這一點我會在下文另行說明。

　　第二，現代化以及商業化所啟動的文化生產活動及某些文化特性，更是強化／鼓勵婦女創作的溫床。這個觀察，相信本文在前面幾節的討論裡已充分舉例說明，此中還有一點可以附帶強調的是，「都市」這個提供並且培養現代文化傳播媒體的環境。不論是出版業與媒體、制定文藝政策或者執行審查工作的政府機構，研究和評鑑藝術作品的學院，以及作為文化藝術的主要消費者中產階級，這些大多集中在都市。文化場域裡大部分的競爭、協商、主要的消費活動，也都在都市進行。因此，不論作家和讀者群是否聚居於都市，都市的繁榮直接影響到文學體制的許多層面。由此延伸出來的重點之一，都市無疑是遵循市場邏輯的文化

工業賴以生存及發展的主要場域和空間。而上述幾次婦女寫作潮，又都是發生在都市。再加上另一個共通特性在於，女性創作不論是在傳播或者收受的過程中，都是面向雅俗共賞的中產文化閱讀市場，而非獲得菁英嚴正文學的肯定。因此我們可以說，女作家的大量出現，往往伴隨其所在的都會地域條件，以及當時文化風氣較為鬆綁、大眾的文化品味較受到注意的時候。換言之，當文學典範開始由從菁英雅正轉向常民通俗之際，也正是女性創作者大顯身手翻攪文壇之時。

　　「婦女寫作潮」這樣的文學生態，不只出現在過去幾個歷史階段的華文女性創作圈，回顧西方文學的發展，類似的文化現象亦所在多有。例如，英國小說在奠基之初，女性小說家幾乎占了當時作家總數的一半。女作家的作品在當時不僅叫好叫座，許多男作家甚至因此採用女性化的筆名，期待打入當時的小說市場（Dale，1989：21-34）。另一個類似的例子是發生在內戰前的美國，女性小說家的人數以及在當時享有的文壇聲名，亦超過當時的男性文人，當然也招來當時男性文人們的抱怨和緊張（劉開鈴 2011：114-124）。

　　從體制角度來檢視華文婦女寫作文化的生發規律，過程中當然也遇到條件相似卻無法納入討論的材料。誠如本文在一開始便強調的，這個研究的理論依據是建立在「文學體制」的分析框架，來開啟是類思考空間。文學體制與文學場域諸如習性、資本、位置等等概念一樣，是建立在一種普遍可行的前提上，企圖對定義範圍內的所有存在現象加以解釋。在本文所討論的對象——「明末江南」、「一九四〇上海」以及「一九八〇台北」，基本上都是符合這個研究的設定。然而在整個過程中，嫻熟現當

代華文女性文學的讀者應有疑議，何以一九五〇年代的台灣外省
婦女寫作群，以及大陸新時期文學湧現的大批女性創作者，在本
研究裡缺席。五〇年代的台灣與八〇年代的中國大陸，各自因為
政治遷移／改革開放的因素，造成當時婦女寫作人數激增。然
而，就文學場域運作原則來說，這兩階段的文學生產受政治外力
干預的程度頗大，不應納入本文的討論對象。五〇年代活躍台灣
文壇的女作家，多數是隨國民政府逃難來台，她們與官方文藝組
織往來甚密。這些官方文藝組織不僅大量網羅當時的創作者，同
時也是主動積極「製造作家」的國家機器。大陸當代作家受官方
文藝組織的動員運作，自不在話下。即使中國當代文學在質量上
備受佳評，此時「製造作家」的機制仍受制於官方[13]。本文不將
它們納入觀察，並且認為這類文化現象應該置於其它更適切的脈
絡來討論。這也是本研究對自身的有效性以及「未竟之業」的自
覺，更是期待日後有興趣的研究者願意接力討論。

六、結語

　　這個研究是由文學的歷史嬗變來審視婦女寫作文化的生發規
律，並且試圖闡釋這種規律的生發條件。上述內容企圖展示的，
與其是強調尋覓的結果，不如說是一個尋覓的過程。選擇幾個歷
史階段的婦女寫作潮作為觀察，這個研究本身最需要的就是突破
傳統文學史論述的進化成規，讓女性文學研究可以跨越傳統學術

---

[13]　2013 年末，大陸當代作家韓少功先生在成功大學有一場演講。會後，
　　本書作者曾當面向他請教，依據他的說法，「一書作家」即能納入當
　　代中國作家協會的組織。

藩籬，探勘未竟之域。本文在構思之初，當然也自覺這樣的作法
勢必會逸離本書書名所設定的「當代」時間範疇，不免招來質疑
之音。但是，假如傅柯對知識權力運作的揭露仍然有其啟發性，
再加上不願一昧謹守在安全保險的論述策略底下，基於這兩股不
安分的學術驅動力，我還是選擇了這個吃力不討好的撰述工程。
一如本書嘗試運用布迪厄的場域分析框架來討論台灣當代女性文
學，同樣是源自上述冀求突破的初衷。回顧個人的學習歷程，我
從對場域概念的強烈抗拒到慢慢地理解接受，繼之在方法運用的
獨自摸索，此中更因為研究對象的學術史情境，還必須想辦法疏
通層層理論或者論述關卡。箇中訓練與收穫，對於一個在過去比
較嫻熟文本內緣批評的研究者而言，實在彌足珍貴。因此，在總
結本章研究結果的最後，我最想強調的還是這個嘗試突破的理
念。

總結：
延展台灣女性文學的論述向度

　　從一個比較自省的學術史角度來看，台灣近三十年來人文學界裡文學批評典範的頻繁更替，是發達資本主義社會裡學術體制過度專業化的癥候之一。這樣的現象在西方學院知識圈裡的發展更是清楚明顯。生成在台灣當代學術場域結構裡的「台灣文學研究」，在快速學術體制化的同時也吸納了公共領域裡的論述活力，又加上資訊便捷、大量西方思潮的中文譯本的助益，所以在短時間內可以發展出相當驚人與傲人的研究成果。與此相應的是，學術場域裡的參與者不得不持續地對大環境裡出現的各種新挑戰作出即時回應。學術場域與其他社會場域、文化場域或者經濟場域有著隱性而交疊的關連，彼此都存在相同的權力同構性。換言之，學院知識的生發以及變化，同樣是回應場域內權力結構、資源分配的具體現實情境。

　　台灣學術場域內的文學批評潮流，自九〇年代初期開始從「科學性典範」快速轉向「政治性典範」。其中一種典型的文本研究就是「癥候性閱讀」（symptomatic reading），解析的重點在於彰顯各種權力結構在文本裡的運作。值得細思的是，台灣本地的文學形構本來就具有它存在的歷史獨特性，晚近西方政治性

典範的批評論述固然可以對我們的思考帶來許多啟發和刺激，一旦面對歷史脈絡的涵括性的問題，研究者們就必須尋求其他的分析方式來輔助。以布迪厄文學場域的結構框架來重新盤整台灣文學史的生發脈動，帶入文藝社會學的分析視野，這對具體掌握研究對象有著正面積極的效果。特別是，布迪厄的場域概念不是一套研究方法，所以也就沒有一個所謂預先規劃好的思考徑路，暗示導引一個「普遍」、「一致」的論述結果。相反地，場域概念是一個分析架構。既然它是一個分析框架，那麼在這個架構裡放進不同的材料，場域內的圖像必會是大不相同。研究者面對不同的文學生態、權力佈局還有結構變化，必須說出不同的故事、畫出不同的動態性圖像。換句話說，場域概念致力於更具在地性與脈絡性的理論建構與研究實踐，這樣才能如實反映並且積極回應不同情境裡的不同群體的不同需求。

　　台灣女性主義文學批評的發展，絕對是緊緊扣合在上述學術體制的變化之中。雖然當前的台灣女性主義文學批評不再侷限於傳統二元對立的陳腔濫調，我們也不得不開始反思後現代「差異邏輯」（the logic of differences）所帶來的樂觀魔咒。如果凸顯差異多元的能動主體可以挑戰既有的知識概念、帶動社會文化結構的轉變，那麼包含女性文學在內的種種性別論述，就必須更加謹慎細膩地思考社會建構與主體定位之間的關係，釐析敘事修辭在銜接個人想像與社會文化再製之間的積極／消極功能。由此出發，《布迪厄與台灣當代女性小說》是一個試圖援用布迪厄文學場域理論來挹注女性文學研究的嘗試，而這個嘗試的目的無非希望再延展台灣女性文學的思考與對話空間。此中，台灣當代女性小說不僅是內容豐富、藝術成就斐然，其與各種文化生產條件的

互動更是頻繁密切。換句話說，台灣當代女性小說特別能夠彰顯文學場域結構與各種位置、文學參與者的分布網絡，觀察彼此間的互利／角力關係。我在這本書中動輒言及女性文學，然而實際上的操作卻只是以女性小說為對象；言下之意，我認為女性藝術創作在詩還有散文這兩大文類的發展，未嘗不能進行場域化的思考。只是後者非我所專精，唯有靜待該領域的專業學者們的發掘了。與此同時，場域論亦非「當代」專利，特別是已有許多文學史料出土的近、現代文學研究範疇，更是具備場域分析框架之優勢。架構一個文學場域的思考框架，實能活化時下文化研究的批評窠臼，延展台灣女性文學的論述向度。

　　總結本書前述幾章的討論，我希望在結論的部分補充說明這本書的意義形成次序。首先我想強調的是，在台灣當代文學場域裡的「女性文學」位置，某些文學參與者可能要比其他參與者更具顯著性與影響力。誠如我在第一章已稍事說明的，選擇朱天心與李昂而非其他的當代女作家作為重要的討論對象，是因為她們的文學習性與美學位置在場域內尤其鮮明，而非研究者個人的主觀偏愛。此外，我在第二章觀察朱天心三十多年來文學習性的「被結構」（structured）與「結構」（structuring），第三章討論八〇年代的李昂如何在各種美學位置上的變換跳接，表面看來，前者是一個屬於歷時性的軌跡追蹤，後者則偏向截取某一時間點的集中觀察。實際上，在朱天心與李昂的背後都必須依賴一個結構性的關係網絡，亦即台灣當代文學場域輪廓以及場域內的各種位置，作為我在思考與判斷的根本參照。再者，文學習性與美學位置本就相生相關，作家的創作活動永遠是文學習性的歷史軌跡與美學位置的歷史軌跡交會的產物。強調朱天心的文學習性

養成，實難漠視她的美學位置以及相應的文化資本；突出李昂對
於美學位置的敏感度，更由此可見其文學習性的潛在、持續性作
用。於是，在一縱向（朱天心）一橫向（李昂）的交錯對照中，
女性創作者的藝術軌跡與性別意識的變化可以更為立體地被辨識
出來。

　　如果說二、三章是鎖定個別女性創作者的討論，那麼接下來
的四、五章或許可以視為是針對女性創作的外部生產觀察。我在
第四章以蔡素芬、鍾文音為例，在作家習性觀察與文本內涵解讀
的背後，實是挑明九〇年代文學品鑑標準的政治性轉向對作家文
學聲譽的影響。一個複雜而有趣的現象是，台灣即便是到了九〇
年代後期，屬於保守妥協的文化成分仍然可能會透過各種方式被
延續下來，並且被視為是新的文化元素而受肯定。因此，當我們
在判斷作家對美學位置的選擇甚至背後承載的意識形態印記，不
應該只是從表面的語言、題材來判斷，它也和個人的藝術師承、
在文化場域裡的生成軌跡環環相關。這或許是女性文學研究者在
集中詮釋文本裡的性別意識之餘，應該一併考慮到的面向。本書
第五章則企圖探討一個更大的文化生產的結構性特徵。以「文學
體制」作為框架或者脈絡的研究，可能會運用同樣的文本探討不
同的問題。假若是站在女性主義文學批評的立場，那麼我們可以
細膩辨證各個歷史階段女性創作裡蘊含的性別意識。一旦從文學
體制的角度來檢視，那麼我們要關注的則是文化生產、流通和接
受的模式以及它們在歷史上的變化。由此出發，作為明末江南才
女文化現象之一的女性敘事文體（彈詞小說）的出現，本來就是
一個帶有娛樂性的文化產品；而張愛玲出道時正逢上海都會文化
傳播媒體成熟，因此筆下的「蒼涼」有一定的流行文學煽情效

果；至於蕭颯、廖輝英的當代台北社會速寫，也需要受到新興中產階級閱眾們的支持。如果我們能夠在上述這些表意文字的底層看到某些文化「同質性」、「連續性」的話，或許更能豐富我們對這個「文學體制」這個研究面向的理解。

　　《布迪厄與台灣當代女性小說》僅僅是一個研究的開端、分析的嘗試，整個過程還有許多應該卻還不及處理的面向。例如，台灣當代文學場域內的女性文學位置，還應該包括許多域外華文女性書寫者的加入／被加入。諸如香港的西西、黃碧雲，馬華的商晚筠、黎紫書，本文不便逐一列舉。作為台灣女性文學現象之一，這些域外華文女性創作者從被注意（出版、閱讀、批評）到不再被注意，其實與整個文化生產、文學生態有著若即若離的關係，值得研究者留心。思之所及，大陸女性文學在台灣學院、文化圈的傳播效應，亦有其意義。這些面向的觀察，都可以是這本書的下一步。總而言之，從「鉅視層面的文學場域結構」到「微觀層面的個體女作家創作特徵」乃至「動態的台灣文學生態演化」，由衷期待這樣的分析架構能讓現階段的台灣女性文學批評論述，可以再開展出另一層次的思辨空間。

引用書目

朱天心，【1977】2001，《方舟上的日子》，台北：聯合文學出版。
　　　（按：括弧內所示為該書最初出版年份，後者是本文寫作時採用的
　　　再版版本，以下皆然。）

朱天心，【1977】2010，《擊壤歌》，台北：聯合文學出版。

朱天心，【1980】2001，《昨日當我年輕時》，台北：聯合文學出版。

朱天心，【1982】2001，《未了》，台北：聯合文學出版。

朱天心，【1989】1992，《時移事往》，台北：遠流出版。

朱天心，【1989】2001，《我記得…》，台北：聯合文學出版。

朱天心，【1992】2009，《想我眷村的兄弟們》台北：印刻出版。

朱天心，1992，《下午茶話題》，台北：麥田出版。

朱天心，1994，《學飛的盟盟》，台北：時報出版。

朱天心，1997，《古都》，台北：麥田出版。

朱天心，2000，《漫遊者》，台北：聯合文學出版。

朱天心，2001，《二十二歲之前》，台北：聯合文學出版。

朱天心，2008，〈回過神來，回到抒情的傳統——朱天心答朱偉誠問〉，
　　　《印刻文學生活誌》5 卷 1 期。

朱天心，2010，《初夏荷花時期的愛情》，台北：印刻出版。

朱天心，2013，〈凝凍在此刻之中〉，《聯合報副刊》（2013 年 12 月 1
　　　日）。

朱天文，【1979】1989，《淡江記》，台北：遠流出版。

朱天文，1996，《花憶前身》，台北：麥田出版。

朱西甯【1960】2006，《狼》，台北：印刻出版。

朱西甯【1961】2003，《鐵漿》，台北：印刻出版。

朱西甯【1963】2003，《破曉時分》，台北：印刻出版。

李　昂，1982，《愛情試驗》，台北：洪範出版。

李　昂，1983a，《殺夫》，台北，聯經出版。

李　昂，1983b，〈女作家對社會的巨視與微觀〉，《中國論壇》，第十六
　　卷四期。

李　昂，1984a，《她們的眼淚》，台北：洪範出版。

李　昂，1984b，《女性的意見》，台北：時報出版。

李　昂，1984c，〈女性與文學〉，《今日生活》，11 月號。

李　昂，1985a，《外遇》，台北：時報出版。

李　昂，1985b，《暗夜》，台北：時報出版。

李　昂，1986a，《走出暗夜》，台北：前衛出版。

李　昂，1986b，《一封未寄的情書》，台北：時報出版。

李　昂，1987，《貓咪與情人》，台北：時報出版。

張愛玲，【1944】2001a，〈《傳奇》再版序〉，《張愛玲典藏全集》，台
　　北：皇冠出版。

張愛玲，【1947】2001b，〈我看蘇青〉，《張愛玲典藏全集》，台北：皇
　　冠出版。

蔡素芬，1994，《鹽田兒女》，台北：聯經出版。

蔡素芬，1996，《姐妹書》，台北：聯經出版。

蔡素芬，1998，《橄欖樹》，台北：聯經出版。

蔡素芬，2000，《台北車站》，台北：聯經出版。

鍾文音，1998，《女島紀行》，台北：探索出版。

鍾文音，2000，《從今而後》，台北：大田出版。

鍾文音，2001，《昨日重現》，台北：大田出版。

鍾文音，2003a，《在河左岸》，台北：大田出版。

鍾文音，2003b，《情人的城市》，台北：玉山社出版。

鍾文音，2004a，《愛別離》，台北：大田出版。

鍾文音，2004b，《美麗的苦痛》，台北：大田出版。

鍾文音，2005，《寫給你的日記》，台北：大田出版。

鍾文音，2006，《艷歌行》，台北：大田出版。

蘇　青，【1947】1989，〈關於我〉，《蘇青散文》，喻麗清編，台北：五四書店出版。

卜正民（Timothy Brook），2004，《縱樂的困惑──明朝的商業與文化》（*Confusion of Pleasure: Commerce and Culture in Ming China*），方駿、王秀麗、羅天佑合譯，台北：聯經出版。

卜正民（Timothy Brook），2009，《明代的社會與國家》（*The Chinese State in Ming Society*），陳時龍譯，安徽：黃山書社出版。

丹尼爾‧貝爾（Daniel Bell）著，趙一凡、浦　隆等中譯，1989，《資本主義的文化矛盾》（*The Cultural Contradictions of Capitalism*），台北：桂冠出版。

王德威，1996，〈從〈狂人日記〉到《荒人手記》──論朱天文，兼及胡蘭成與張愛玲〉，收錄於朱天文著、王德威主編，《花憶前身》，台北：麥田出版。

王德威，1997a，〈老靈魂前世今生〉，收錄於朱天心著、王德威主編，《古都》，台北：麥田出版。

王德威，1997b，〈性，醜聞，與美學政治──李昂的情慾小說〉，收錄於李昂著、王德威主編，《北港香爐人人插》，台北：麥田出版。

王德威，1997c，〈小說創作與文化生產：聯副中長篇小說二十年〉，收錄於瘂弦主編《眾神的花園》，台北：聯經出版。

王力堅，2006，《清代才媛文學之文化考察》，台北：文津出版。

方志遠，2004，《明代城市與市民文學》，北京：中華書局出版。

牛健強，1997，《明代中後期社會變遷研究》，台北：文津出版。

白嵐玲，2004，〈小說評點與晚明出版事業〉，《晚明與晚清：歷史傳承與文化創新》，陳平原、王德威等主編，武漢：湖北教育出版社出版。

史景遷（Jonathan Spence），2001，《追尋現代中國──最後的王朝》（*The Research of Modern China*），台北：時報出版。

田新彬，1986，〈文學的方舟〉，《小說家族》，台北：希代出版。

朱雲漢，1989，〈中產階級與台灣政治民主化〉，收錄於蕭新煌主編《變

遷中台灣社會的中產階級》，台北：巨流出版。

何春蕤，1994，〈方舟之外：論朱天心的近期寫作〉，收錄於楊澤主編《從四〇年代到九〇年代：兩岸三邊華文小說研討會論文集》，台北：時報出版。

呂正惠，1988，〈閨秀文學的社會問題〉，《小說與社會》，台北：聯經出版。

呂正惠，1992a，〈台灣文學的浮華世界：一九八八年的觀察〉，《戰後台灣文學經驗》，台北：新地出版。

呂正惠，1992b，〈八〇年代台灣小說的主流〉、〈台灣女性作家與現代女性問題〉，《戰後台灣文學經驗》，台北：新地出版。

呂正惠，2001，〈隱藏於歷史與鄉土中的自我：李昂《自傳小說》與朱天心《古都》〉，政治大學《台灣文學學報》，第二期。

巫仁恕，2007，《品味奢華：晚明的消費社會與士大夫》，台北：聯經出版。

辛廣偉，2000，《台灣出版史》，石家莊：河北教育出版社。

汪中明，1997，〈留住一船星輝——王惕吾先生資助年輕作家的故事〉，《眾神的花園：聯副的歷史記憶》，瘂弦主編，台北：聯合文學。

李　琳，2013，〈信念的必須承受之重：朱天心女士訪談錄〉，《思想》第 23 期，台北：聯經出版。

李元貞，2000，《女性詩學——台灣現代女詩人集體研究（1951-2000）》，台北：女書文化出版。

李仁淵，2005，〈傳播媒體與知識份子：以江南為例〉，《晚清的新式傳播媒體與知識份子》，台北：稻鄉出版。

李明山主編，2003，《中國近代版權史》，開封：河南大學出版社。

李歐梵，2006，〈印刷文化與現代性建構〉，《上海摩登：一種新都市文化在中國 1930-1945》，毛尖譯，香港：牛津大學出版。

李聖華，2002，《晚明詩歌研究》，北京：人民文學出版。

宋應離主編，2000，《中國期刊發展史》，開封：河南大學出版社。

朋尼維茲（Patrice Bonnewitz），2002，《布赫迪厄社會學的第一課》，孫智綺譯，台北：麥田出版。

彼得・柏格（Peter Bürger），1998，《前衛藝術理論》（*Theory of the Avant-Garde*），蔡佩君、徐明松譯，台北：時報出版。

周英雄，2000，〈從感官細節到易位敘述——談朱天心進其小說策略的演變〉，收錄於周英雄、劉紀蕙編《書寫台灣》，台北：麥田出版。

吳忻怡，2008，〈成為認同參照的「他者」：朱天心及其相關研究的社會學考察〉，《台灣社會學刊》第四十一期。

吳秀瑾，2000，〈什麼是女性主義科學觀〉，《南華哲學通訊》，第三期。

林依潔，（1978）1984，〈附錄：叛逆與救贖〉，收錄於李昂著，《她們的眼淚》，台北：洪範出版。

林芳玫，1994a，《解讀瓊瑤愛情王國》，台北：時報出版。

林芳玫，1994b，〈雅俗之分與象徵性權力鬥爭——由文學生產與消費結構的改變談知識分子的定位〉，《台灣社會研究季刊》第十六期。

林淇瀁，2001，〈「副」刊大業：台灣報紙副刊的文學傳播模式〉，《書寫與拼圖：台灣文學傳播現象研究》，台北：麥田出版。

林淇瀁，2003，〈海上的波浪——小論文學獎與文學發展的關聯〉，《文訊》「文學獎觀察與省思專題」。

邱彥彬，2006，〈恆常與無常：論朱天心〈古都〉中的空間、身體與政治經濟學〉，《中外文學》第三十五卷四期。

邱貴芬，1997a，〈想我（自我）放逐的（兄弟）姐妹們：閱讀第二代「外省」（女）作家朱天心〉，《仲介台灣・女人——後殖民女性觀點的台灣閱讀》，台北：元尊文化出版。

邱貴芬，1997b，〈族國建構與當代台灣女性小說的認同政治〉，《仲介台灣・女人——後殖民女性觀點的台灣閱讀》，台北：元尊文化出版。

邱貴芬，1998a，〈朱天心〉，《（不）同國女人聒噪——訪談當代台灣女作家》，台北：元尊文化出版。

邱貴芬，1998b，〈李昂〉，《（不）同國女人聒噪——訪談當代台灣女作家》，台北：元尊文化出版。

邱貴芬，1998c，〈蔡素芬〉，《（不）同國女人聒噪——訪談當代台灣女

作家》，台北：元尊文化出版。

邱貴芬，2003，〈台灣（女性）小說史學方法初探〉，《後殖民及其外》，台北：麥田出版。

范銘如，【2002】2008，〈由愛出走——八、九〇年代女性小說〉，《眾裡尋她——台灣女性小說縱論》，台北：麥田出版。

范銘如，2005，〈土地氣味的家族史——評鍾文音《昨日重現》〉，《像一盒巧克力——當代文學文化評論》，台北：印刻出版。

范銘如，2006，〈又一代風月寶鑑〉，《中國時報·開卷》。

胡曉真，2003，〈女性小說傳統的建立：閱讀與創作的交織〉，《才女徹夜未眠——近代中國女性敘事文學的興起》，台北：麥田出版。

胡曉真，2010，《新理想、舊體例與不可思議之社會：清末民初上海傳統派文人與閨秀作家的轉型現象》，台北：中央研究院中國文哲研究所出版。

高彥頤（Ko Yin Yee），2005，《閨塾師——明末清初江南的才女文化》（*Teachers of the Inner Cambers: Women and Culture of Seventeenth-Century China*），李志生譯，南京：江蘇人民出版社出版。

珊卓·哈汀（Sandra Harding）著、江珍賢譯，1992，〈女性主義、科學與反啟蒙批評〉，《島嶼邊緣》第二期。

奚　密，1997，〈黑暗之形——談《暗夜》中的象徵〉，收錄於李昂著、王德威主編，《北港香爐人人插》，台北：麥田出版。

耿德華（Edward M. Gunn），2006，《被冷落的繆斯：中國淪陷區文學史1937-1945》（*Unwelcome Muse: Chinese Literature in Shanghai and Peking, 1937-1945*），張泉譯，北京：新星出版社出版。

海若·亞當斯（Hazard Adams），2000, *Four Lectures on The History of Criticism and Theory in the West*, 傅士珍譯，《西方文學理論四講》，台北：洪範出版。

徐開塵，2008，〈鍛鑄一枚經久不朽的戒：聯經出版公司〉，《台灣人文出版社 30 家》，封德屏主編，台北：文訊雜誌社出版。

康正果，1991，《風騷與豔情：中國古典詩詞的女性研究》，台北：雲龍出版社出版。

曼素恩（Susan Mann），2005，《蘭閨實錄——晚明至聖清時的中國婦女》（*Precious Records: Women in China's Long Eighteenth Century*），楊雅婷譯，台北：左岸文化出版。

陳　江，2006，《明代中後期的江南社會與社會生活》，上海：上海社會科學研究院出版。

陳伯海，2001，《上海文化通史》，上海：上海文藝出版社出版。

陳伯海、袁進主編，1993，《上海近代文學史》，上海：上海人民出版社出版。

陳青生，1995，《抗戰時期的上海文學》，上海：上海人民出版社出版。

傅大為，1999，〈從「女性主義中的科學問題」到多元文化中的科學〉，《當代》，第一四一期。

張　敏，2001，〈從稿費制度的實行看上海文化市場〉，《史林》，第二期。

張小虹，1996，〈性別的美學／政治：當代的台灣女性主義文學研究〉，《慾望新地圖》，台北：聯合文學出版。

張大春，【1992】2009，〈一則老靈魂：朱天心小說裡的時間角力〉，收錄於《想我眷村的兄弟們》，台北：麥田出版。

張茂桂，1989，〈「知識分子」與社會運動〉，收錄於蕭新煌主編《變遷中台灣社會的中產階級》，台北：巨流出版。

張瑞芬，2003，〈明月前身幽蘭谷：胡蘭成、朱天文與「三三」〉，政治大學《台灣文學學報》，第四期。

張瑞芬，2007，《台灣當代女性散文史論》，台北：麥田出版。

張誦聖，2001a，〈袁瓊瓊與八〇年代台灣女作家的「張愛玲熱」〉，收錄於《文學場域的變遷》，台北：聯經出版。

張誦聖，2001b，〈朱天文與台灣文化及文學的新動向〉，收錄於《文學場域的變遷》，台北：聯經出版。

張誦聖，2001c，〈台灣女作家與當代主導文化〉，收錄於《文學場域的變遷》，台北：聯經出版。

張誦聖，2015，《現代主義‧當代台灣》，台北：聯經出版。

張顯清，2008，《明代後期社會轉型研究》，北京：中國社會科學出版社

出版。

黃心村，2010a，〈戰爭‧女性‧家庭性〉，《亂世書寫：張愛玲與淪陷時期上海文學與通俗文化》，上海：上海三聯出版。

黃心村，2010b，〈打造公共知識分子：女性出版文化的誕生〉，《亂世書寫：張愛玲與淪陷時期上海文學與通俗文化》，上海：上海三聯出版。

黃心村，2011，〈從醫園弄到鹿港：詹周氏殺夫的跨國演繹〉，政治大學台灣文學研究所《台灣文學學報》，第十八期。

黃郁晴，2007，〈晚明吳中地區名門女詩人研究〉，中山大學中國文學研究所碩士論文。

黃毓秀，1993，〈《迷園》中的性與政治〉，收錄於鄭明娳編《當代台灣女性文學論》，台北：時報出版。

黃錦樹，2003，〈從大觀園到咖啡館——閱讀／書寫朱天心〉，《謊言或真理的技藝》，台北：麥田出版。

黃錦樹，2007，〈浪女吟——評鍾文音《艷歌行》〉，《文訊》，第二五七期。

黃淑玲、謝小芩，2011，〈運動與學術雙向結合：台灣性別研究發展之跨學門比較〉，《女學學誌：婦女與性別研究》，第二十九期。

詹宏志，【1989】2001，〈時不移事不往——讀朱天心的《我記得…》〉，收錄於朱天心著《我記得…》，台北：聯合文學出版。

楊　照，1995a，〈浪漫滅絕的轉折——評《我記得…》〉，收錄於《文學、社會與歷史想像：戰後文學史散論》，台北：聯合文學出版。

楊　照，1995b，〈兩尾逡巡迴游的魚——我所知道的朱天心〉，收錄於《文學、社會與歷史想像：戰後文學史散論》，台北：聯合文學出版。

楊芳枝，2004，〈美麗壞女人：流行女性主義的歷史建構政治〉，《知識形構中性別與權力的思想與辯證》，謝臥龍編，台北：唐山出版。

葉中強，2010，〈近代稿酬制度與文人職業化〉、〈職業空間與文人多棲〉，《上海社會與文人生活（1843-1945）》，上海：上海群書出版社出版。

葉凱蒂，1999，〈在淪陷區上海寫作——蘇青以及她所倡辦的文學雜誌《天地》〉，《文藝理論與通俗文化》（下），彭小妍主編，台北：中央研究院中國文哲研究所出版。

熊月之主編，1999，《上海通史》（第 6 卷·晚清文化），上海：上海人民出版社出版。

熊月之，2008，《異質文化交織下的上海都市生活》，上海：上海辭書出版。

董鈞萍，1986，〈朱家的三十年〉，《小說家族》，台北：希代出版。

廖咸浩，1999，〈合成人羅曼史——當代台灣文化中後現代主義與民族主義的互動〉，《當代》第一四四期。

齊邦媛，1988，〈閨怨之外——以實力論台灣女作家的小說〉，《千年之淚》，台北：爾雅出版。

劉　康，1994，《對話的喧聲：巴赫汀文化理論述評》，台北：麥田出版。

劉乃慈，2007a，〈便利、營利與架空的危機——女性主義修辭與台灣當代小說生產〉，國家台灣文學館《台灣文學研究學報》，第四期。

劉乃慈，2007b，〈九〇年代台灣小說與「類菁英」文化趨向〉，國立政治大學《台灣文學學報》第十一期。

劉乃慈，2015，《奢華美學：台灣當代文學生產》，新北：群學出版。

劉亮雅，1998，《慾望更衣室》，台北：元尊文化出版。

劉亮雅，2001，《情色世紀末》，台北：九歌出版。

劉開鈴，2011，〈塗鴉的女人：美國內戰前女性暢銷小說作家〉，收錄於劉開鈴主編《女力與韌性：婚姻、家庭、姐妹情誼》，台北：五南出版社。

蔡英俊，1988，〈女作家的兩種典型及其困境——試論李昂與廖輝英的小說〉，收錄於子宛玉編《風起雲湧的女性主義批評——台灣篇》，台北：谷風出版。

顧燕翎，1995，〈婦女學理論與方法初探〉，《性別學與婦女研究》，張妙清等編，香港中文大學出版。

應鳳凰，1996，〈一九九〇年台灣文學的體制化：國家台灣文學館及台灣

文學系所的建立〉，收錄於《台灣新文學發展重大事件論文集》，
台北：前衛出版。

魏愛蓮（Ellen Widmer），1993，〈十七世紀中國才女的書信世界〉，劉裘
蒂譯，《中外文學》，第二十二卷六期。

蘇惠昭，2008，〈持續打造炫亮的榮光：時報文化出版公司〉，《台灣人
文出版社 30 家》，封德屏主編，台北：文訊雜誌社出版。

蕭新煌，1992，〈台灣新興社會運動與民間社會的興起〉，收錄於《中華
民國民主化──過程、制度與影響》，張京育主編，台北：政大國
際關係研究中心出版。

蕭新煌，1999，〈1980 年代以來台灣社會文化轉型：背景、內涵與影
響〉，《「一九八〇年代以來台灣經濟發展經驗」學術研討會論文
集》，中華經濟研究院主辦。

Adkins, Lisa & Skeggs, Beverley, edt., 2004, *Feminism after Bourdieu,* Maldeu,
MA: Blackwell Press.

Bourdieu, Pierre, 1984, *Distinction: A Social Critique of the Judgment of Taste*,
MA: Harvard University Press.

──, 1990, *The Logic of Practice.* Stanford, California: Stanford University
Press.

──, & L. J. D. Wacquant, 1992, *An Invitation to Reflexive Sociology*,
Chicago: Chicago University Press.

──, 1993, *The Field of Cultural Production: Essays on Art and Literature*,
Randal Johnson edited, Cambridge: Polity Press.

──, 1996, *The Rules of Art: Genesis and Structure of the Literary Field,*
trans. Susan Emanuel. Stanford, California: Stanford University Press.

──, 2001, *Masculine Domination*, Cambridge, UK: Polity Press.

Calvino, Italo, 1988, *Six Memos for the Next Millennium*, Cambridge, Mass:
Harvard University Press.

Dickie, George, 2004, "The New Institutional Theory of Art", in *Aesthetics and
the Philosophy of Art: The Analytic Tradition: An Anthology,* Peter
Lamarque and Stein Haugom Olsen edt., MA: Blackwell Publish.

Foucault, Michel, 1972, *The Archaeology of Knowledge*, translated by Allan Sheridan, New York: Harper and Row.

Foucault, Michel, 【1973】1974, *The Order of Things*, translated by Alan Sheridan, New York: Vintage.

Harding, Sandra, 1986, *The Science Question in Feminism*, Ithaca, NY & London: Cornell University Press.

Hillenbrand, Margaret, 2010, "Communitarianism or How to Build East Asian Theory", in *Postcolonial Studies*, Vol.13, No.4.

Hillis, Miller, 1990, "Narrative", in *Criticial Term and Literary Study*, Frank Lentricchia & Thomas McLaughlin ed., Chicago: Chicago University Press.

Link, Perry, 1981, *Mandarin Ducks and Butterflies: Popular Fiction in Early Twentieth-Century China*, Berkeley: University of California Press.

Laberge, Suzanne, 1995, "Toward an Integration of Gender into Bourdieu's Concept of Cultural Capital", in *Sociology of Sport Journal,* 12(2).

McCall, Leslie, 1992, "Does Gender Fit? Bourdieu, Feminism, and Conceptions of Social Order," in *Theory and Society,* Vol.21, No.6.

Moi, Toril, 2001, *What Is a Woman? And Other Essays*, Oxford: Oxford University Press.

Morris, Meaghan, 1990, "Banality in Cultural Studies" in Patricia Mellencamp, ed. *Logics of Television: Essays in Cultural Criticism*, Bloomington and Indianapolis: Indiana University Press.

Spender, Dale, 1989, "Woman and Literary History", in *The Feminist Reader: Essays in Gender and the Politics of Literary Theory*, edts. Catherine Belsey and Jane Moore, New York: Basil Blackwell.

Sung-Sheng Yvonne, Chang, 2004, *Literary Culture in Taiwan: Martial Law to Market Law*, Columbia University Press.

Williams, Raymond, 1977, *Marxism and Literature*, Oxford: Oxford University Press.

Wolff, Janet, 1993, *The Social Production of Art*, London: Macmillan.

國家圖書館出版品預行編目資料

布迪厄與台灣當代女性小說

劉乃慈著. – 初版. – 臺北市：臺灣學生，2016.12
面；公分

ISBN 978-957-15-1719-3 (平裝)

1. 臺灣文學 2. 現代小說 3. 女性文學 4. 文學評論

863.57   105020614

布迪厄與台灣當代女性小說

著　作　者：劉　　　　乃　　　　慈
出　版　者：臺　灣　學　生　書　局　有　限　公　司
發　行　人：楊　　　　雲　　　　龍
發　行　所：臺　灣　學　生　書　局　有　限　公　司
　　　　　　臺北市和平東路一段七十五巷十一號
　　　　　　郵 政 劃 撥 帳 號 ： 0 0 0 2 4 6 6 8
　　　　　　電　話　：（ 0 2 ） 2 3 9 2 8 1 8 5
　　　　　　傳　眞　：（ 0 2 ） 2 3 9 2 8 1 0 5
　　　　　　E-mail：student.book@msa.hinet.net
　　　　　　http：//www.studentbook.com.tw
本 書 局 登
記 證 字 號：行政院新聞局局版北市業字第玖捌壹號
印　刷　所：長　欣　印　刷　企　業　社
　　　　　　新北市中和區中正路九八八巷十七號
　　　　　　電　話　：（ 0 2 ） 2 2 2 6 8 8 5 3

定價：新臺幣三○○元

二 ○ 一 六 年 十 二 月 初 版